# 騎士&魔法

那兩個人影小了許多，是普通的人類——

艾爾和亞蒂。

7

Knight's & Magic



Hisago Amazake-no

天酒之瓢

插畫／黑銀

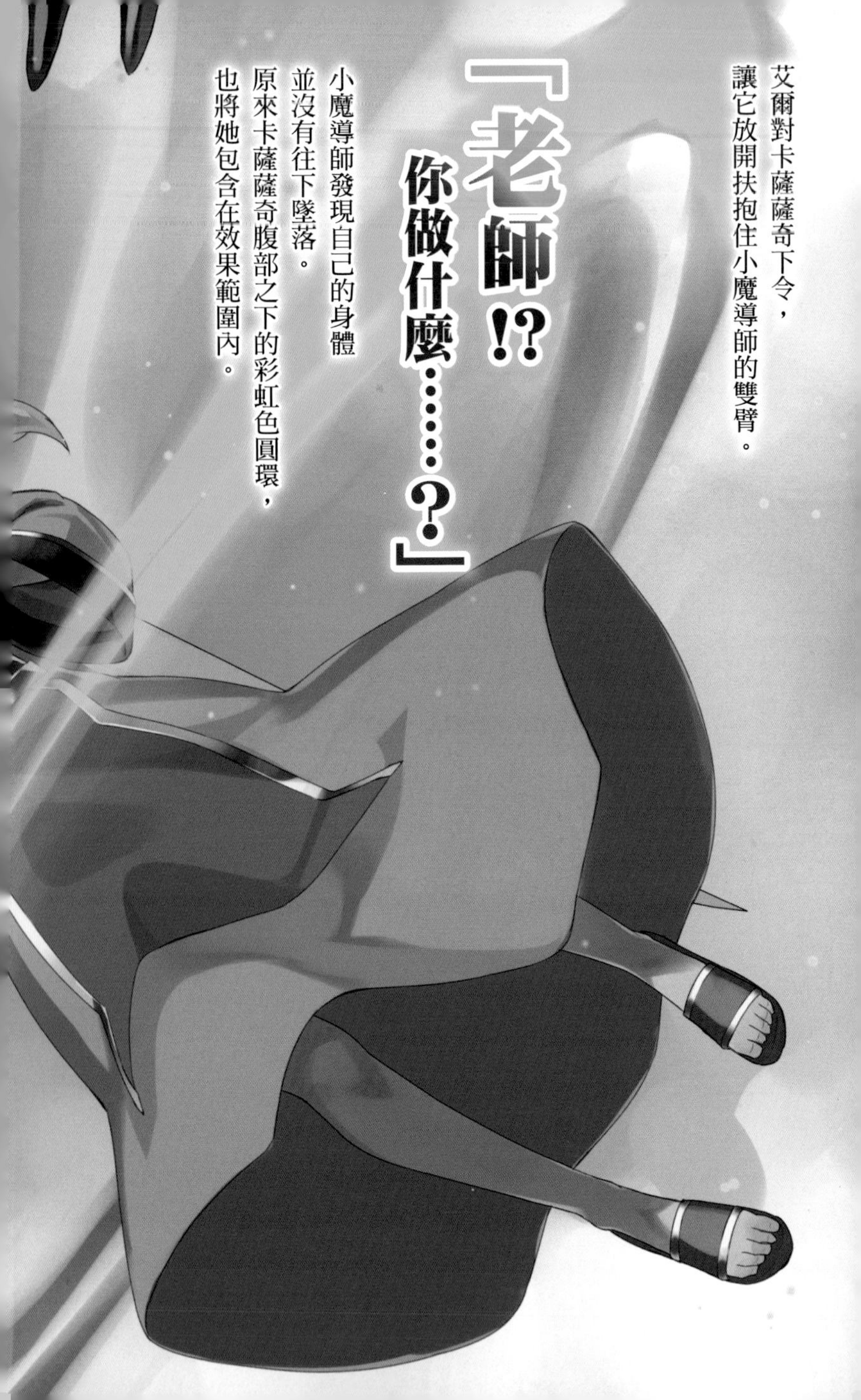
艾爾對卡薩薩奇下令，
讓它放開扶抱住小魔導師的雙臂。
『老師!?你做什麼……?』
小魔導師發現自己的身體
並沒有往下墜落。
原來卡薩薩奇腹部之下的彩虹色圓環，
也將她包含在效果範圍內。

「……擴散投射。」
『徹甲炎槍』四處飛散的火線
不斷扎進石斧。

# 古拉林德 Guyalarinde

—— 主要搭乘者／迪特里希・庫尼茲

**spec**

總高度／ 10.4m
啟動重量／ 20.6t
裝備／長劍 ×4、雷電連枷
風之刃、魔導噴射推進器

**explanation**

配合銀鳳騎士團成立而建造的其中一架中隊長機，是第二中隊的旗機。以前身古耶爾為基底，再經過各式各樣的改造，實質上已成為截然不同的機體。值得一提的是，除了伊迦爾卡外，本機是近戰特化型機之中，唯一將魔導噴射推進器當成標準配備的特例。儘管輸出動力受到限制，該裝備作為古拉林德的殺手鐧，仍在多場戰役中建立了輝煌的戰果。就單體的幻晶騎士而言擁有豐富的武裝，但其性能雖然強大，相對地也是很難駕馭的機體。和同樣是中隊長機，卻有極佳操縱性能的阿迪拉德坎伯形成強烈對比。

## explanation

這架異形機體是沿用嚴重損壞的伊迦爾卡的心臟部位所建造而成。由於在物資極度缺乏的狀態下建造，因此採用去掉整個下半身的瘋狂設計方針。多虧有艾爾涅斯帝研究出的開放型源素浮揚器，才使這架明顯有重大缺陷的機體能夠實際發揮用途。它具備了一定的飛行專用機體性能，可是克難的設計與未臻成熟的技術卻帶來輸出動力不足等許多弊害，導致戰鬥能力低下。別說幻晶騎士了，連對付決鬥級魔獸也會陷入苦戰。然而，本機所隱藏的真正價值並非於戰鬥方面，而是——

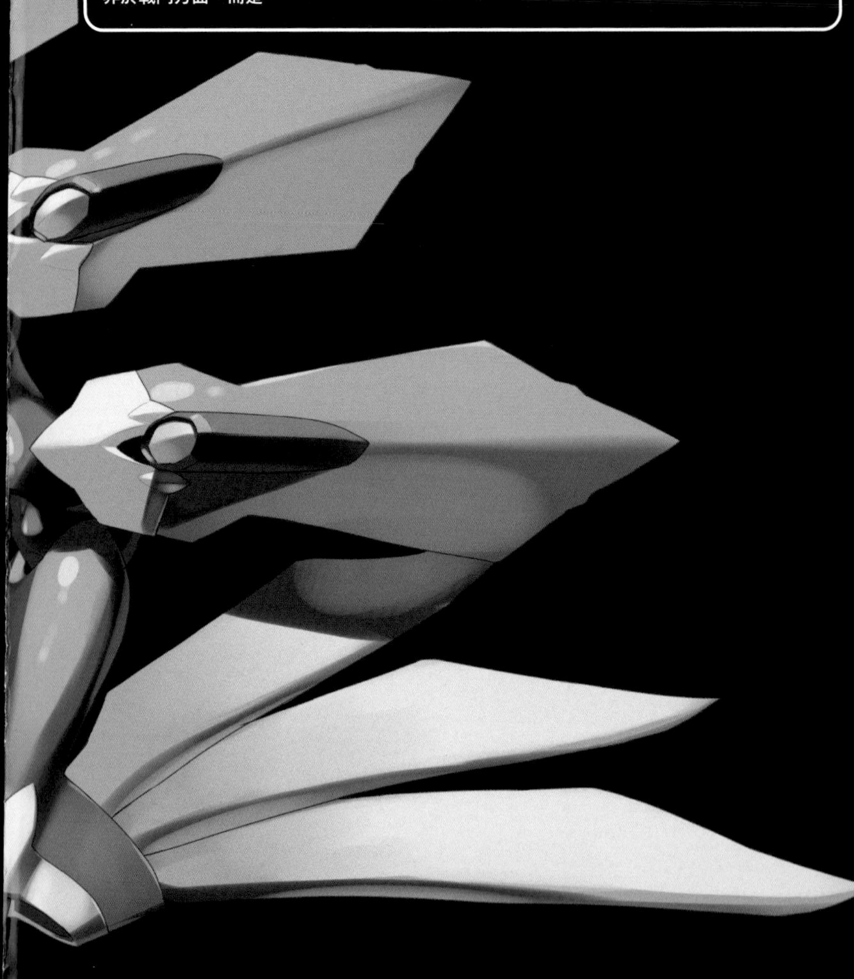

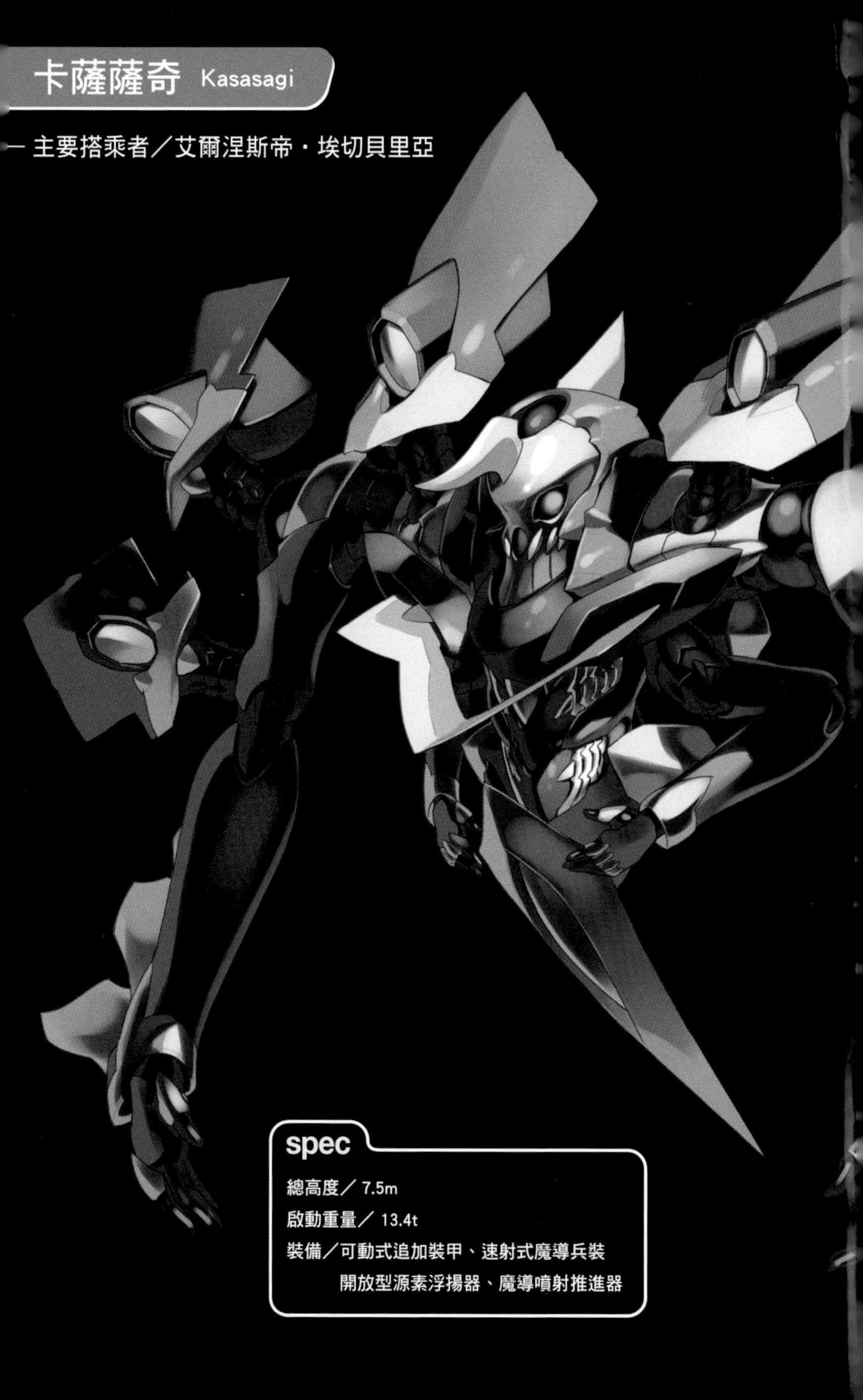
卡薩薩奇 Kasasagi
主要搭乘者／艾爾涅斯帝・埃切貝里亞
spec
總高度／7.5m
啟動重量／13.4t
裝備／可動式追加裝甲、速射式魔導兵裝
開放型源素浮揚器、魔導噴射推進器

INTRODUCTION

# 動畫化決定！
# 漫畫也正火熱連載中！

讓各位久等了。

**闊別一年的第七集**

將以**艾爾**和**亞蒂**兩人為中心進行。

兩人被稱作「**老師**」的可靠之處也是本作亮點。

**巨人族、小鬼族、魔導師……新角色也陸續登場！**

不僅收了徒弟，艾爾更上一層樓的活躍表現也受到眾人矚目。

請欣賞令人愈來愈移不開目光、心跳加速的故事發展。

另外，今年夏天**動畫**終於要開始**放映**了！

再加上才剛發售的**漫畫第二集**，

不斷造成話題的騎士＆魔法，

**第七幕開始!!**

※此為日本放映＆出版狀況。

輕小說
L
騎士＆魔法
7
天酒之瓢
插畫/黑銀
譯者/郭蕙寧

illustration 黒銀

# 騎士&魔法 7
Knight's & Magic

## CONTENTS

# 序幕

野獸的咆哮隆隆作響，撼動了林木。

身形有如巨熊的野獸，在廣大無邊的森林中昂首闊步。牠擁有長達十公尺以上的龐大身軀，在前進的同時輕而易舉地掠倒路上的巨樹。威容堪比這座森林的王者。

野獸大搖大擺地前進，一副天不怕地不怕的樣子。這時，牠忽然注意到頭頂上落下的陰影，因而抬頭一望。

有個占據一大片天空的物體飛過上空。

從林木間的空隙隱約可見那個遮蔽天空的物體，是巨鳥揮動的翅膀。那究竟還能不能稱作『鳥』呢？投射下來的影子幾乎跟天上的雲一樣大了。

一聽見樹木也為之震動的振翅聲，巨熊連忙斂起原本威風凜凜的舉動，縮起身子躲到樹蔭底下。儘管兩者都是令人驚奇的野獸，其間依然存在著明顯的力量對比。這就是這塊土地上的法則——

這裡是與弗雷梅維拉王國相鄰，覆蓋整個澤特蘭德大陸東側的森林地帶。

這片廣大森林的支配者並非人類。

此處被人們稱之為『博庫斯大樹海』，眾多凶暴的魔獸在這個魔獸樂園裡四處徘徊。長久以來人跡罕至，而森林也抗拒著人類的入侵。

人類有一項最強的武器，就是由鋼鐵建造而成的巨人騎士『幻晶騎士』。

過去，人們憑著幻晶騎士的力量意圖開拓魔獸森林，無奈在潛伏於森林裡的強大魔獸面前，他們的野心也只能屈服。

此後，博庫斯大樹海就成了無人能犯的禁忌之地，成為人們長久以來恐懼的象徵。

然而，凡事都有變化。

樹梢逐一搖動。

原因不是魔獸，而是更加嬌小輕盈的某種生物踏著樹枝行進所造成的。

在這種決鬥級魔獸四處橫行的魔物森林裡，他們的存在顯得如此渺小——其真面目就是『人類』。

「這樣下去會追丟。我們稍微加快速度吧。」

「靠得太近又會被發現……真麻煩！」

矮小的少年踩踏樹枝掠過空中，一頭銀紫色頭髮隨風飄揚。

少年的名字是艾涅斯帝（艾爾）・埃切貝里亞。身為銀鳳騎士團團長的他，如今在森林裡迷失了方向。

另一個穿著高大的全身鎧甲——幻晶甲冑的人物正追在那名少年後面跑。她是走失兒童二號，名為亞黛爾楚（亞蒂）・歐塔。

「前方究竟會有什麼等著我們呢……」

他們跟著銀鳳騎士團組成的第二次森伐遠征軍先遣調查隊進入魔物森林。由最新型的巨大飛行機械『飛空船』所組成的遠征船隊，在一開始進行得還算順利，但隨著愈來愈深入樹海，他們終於遇上潛伏在森林裡的真正威脅。

一種異形魔獸——能夠腐蝕金屬，並且用劇毒毒死生物的蟲型魔獸。

雙方的遭遇戰極其激烈。對上散播死亡之毒的魔獸，就連飛翔騎士（多耶迪亞涅）也慘遭毒氣吞沒。由於事態危急，銀鳳騎士團於是決定撤退。包括母艦『出雲』在內的飛空船隊甩掉魔獸的追擊，總算平安逃出生天。

然而，在戰鬥中為了掩護船隊而出擊的艾爾及伊迦爾卡，卻在奮戰後依然不敵魔獸而被擊墜。

緊接著，為了拯救淹沒在蟲型魔獸散播的死亡毒雲中，命懸一線的艾爾，亞蒂也追著他的身影而去。

歷經千辛才脫離險境的兩人，最後自然而然地成為森林裡的走失兒童。

就在不遠的前方，一場超乎想像的邂逅在魔獸樂園等待兩人到來——

# 第十三章

## 巨人國篇

Knight's
&Magic

# 第五十六話　巨人們的世界

在蓊鬱的森林裡，有兩個巨大的存在行走著。

他們的身高約十公尺左右。棲息在森林裡，並擁有如此龐大身軀的巨大生物無一例外是魔獸。其中，這種尺寸的魔獸多半被歸類為『決鬥級魔獸』。這些巨獸們能夠運用在這個世界名為『魔法現象』，特有的超物理性力量，使自身變得巨大，並且連同破壞力一併增強。

但是，這兩個存在又與魔獸相差甚遠。

畢竟他們穿著由魔獸的皮革、甲殼以及骸骨加工製成的『鎧甲』。鎧甲下包覆著肌肉發達的軀體，而且還用兩隻腳步行。

沒錯，這兩者其實是人形的巨大生物——也就是所謂的『巨人』。

這座森林裡有許多決鬥級以上的魔獸活動，因此經常形成巨大的獸徑。那兩個巨人正是行走在由巨獸踏平的獸徑上。其中一人戴著由魔獸頭骨加工製成的頭盔，底下巨大的單眼轉動著。

他手上握著由巨大木椿與石材組成的原始斧頭——即使作工粗糙，光靠重量就足夠發揮強大的威力——小心謹慎地邁步前行。

相對的，另一個巨人則有著與『單眼』不同的特徵：他的身軀比前者大一圈，有一身健壯結實的肌肉，穿的鎧甲也比單眼身著的更加講究，各處可見形形色色的毛皮搭配而成的裝飾。最大的差異則藏在頭盔底下。那裡是比單眼還小，卻有『三顆』的眼睛。

簡而言之，他是『三隻眼的巨人』。

不像頻頻掃視四周的單眼，三隻眼態度坦然地移動腳步。不久，有點落後的單眼連忙快步跟上。與此同時，三隻眼的背部映入眼簾。

他揹著的東西非常引人注目：一個用魔獸皮革包起來的細長貨物。單眼回想起內容物與獲得它的狀況，『開口說』：

「……三眼位，這回可真走運。居然能毫髮無傷地得到『汙穢之獸』的甲殼。」

被搭話的三隻眼頭也不回地說：

「連塊皮都沒擦破，也太沒意思了。吾可是為了戰鬥而前去。撿拾殘骸應是眼下的職責吧？」

「話雖如此，汙穢之獸不曉得吞噬了幾眼的勇者。思及此，總覺得百眼之眸依然看顧著吾輩。」

這時，三隻眼終於放慢腳步，額頭上的其中一隻眼睛轉向單眼。

「還有一件趣事。雖不知是何人，但卻是並非吾的某人擊敗了汙穢之獸。無論是人或是獸，皆為與勇者同格之敵。吾必定要會會彼……」

三隻眼的嘴角揚起一抹猙獰的笑意，單眼的表情則變得更加嚴肅。他只是一介侍從，沒辦法像勇者一樣鬥志高昂。因為他的勇氣只有一個。

「無論如何，此事得盡快向魔導師報告。加緊腳步。」

說完，三隻眼便轉身繼續邁開腳步。單眼也趕緊跟上去。

沿著曲折的獸徑走了好一會兒後，他們來到森林裡一個空曠的場所。一個聚落出現在眼前，而且是跟他們一樣的巨人所居住的聚落。

聚落裡有一些以樹木為骨架，再蓋上魔獸皮革當作帳篷的建築物。其數量不超過十。看來這個聚落的規模並不大。

但是，這裡畢竟是巨人的居所，每個帳篷都非常巨大。

那些覆蓋的皮革都是用決鬥級，或者是更上級的魔物為材料。應該說，要是不利用那種材料，就沒辦法做出能夠容納他們龐大身軀的居所了。

從森林中穿出的兩個巨人朝著聚落的中心前進。沿途看到他們的其他巨人，又招來更多同伴，人群逐漸聚集起來了。

當兩個巨人來到帳篷圍起所形成的中央廣場時，聚落裡所有的巨人也已經圍在一旁。他們全部加起來不到三十人。這裡算是巨人族群中較為常見的、小規模的氏族聚落。

三隻眼環顧四周，然後使勁高喊道：

「三眼位的勇者！此刻結束戰鬥，歸還鄉里！」

像是在回應他的吶喊，村人們圍成的人牆打開了一道缺口。有個巨人從缺口後方——這個聚落中最大的帳篷裡緩緩走了出來。

在場的巨人們，其實每個都長得很不一樣。

他們多數都擁有名符其實的龐大體型，但其中也有幾個像是小孩子的小型巨人，性別也是有男有女。另外還可以看出一個顯著的差異。那就是在場的巨人，眼睛數量都不太一樣。

其中混雜著單眼或兩隻眼的巨人。擁有三隻眼睛的，包含剛回來的『勇者』在內只有兩人。

最後，一個巨人從大帳篷中現身。

她穿著從魔獸身上搜集而來、顏色特別鮮豔的材料縫製成的華麗衣裳。正因為其他巨人只穿著由毛皮製成的樸素衣物，更突顯出這個巨人的特殊之處。

歲月在她露出來的臉上刻下無數痕跡。她的手腳比起其他巨人更加纖細，行走速度也很慢。完全就是一個年老的巨人族老婦人。

然而，她那幾乎要被皺紋埋沒的『四隻眼』卻蘊含著深邃的智慧光芒，平靜地注視著前方。

三隻眼屈膝跪下，盤起雙臂。閉上兩眼，只用額頭上的一隻眼睛仰望老婦人。他身邊那個單眼的巨人也擺出相同的姿勢，沒有閉上眼睛。

「『四眼位的魔導師』，戰鬥已結束，此刻歸還。」

老婦人用四隻眼睛輪流看向他們，然後點頭說道：

「歡迎歸來，勇者。汝等是否在戰鬥中獲勝？」

「不，未能獲勝。」

三隻眼立刻回答。出乎意料的內容引起一陣譁然。

「既然如此，汝得到什麼？」

「得到這個！」

三眼巨人解開背後的行李。從裡面拿出一個長著細長的角，看上去像是魔獸甲殼的物體。

一看到那個，老婦人壓抑不住地發出嘆息。周圍的巨人們頓了一下之後，也鼓譟起來。

「噢噢，那不正是汙穢之獸……」

「竟然能葬送汙穢之獸，如此驍勇！不愧為吾等之勇者！」

「不過，這不是很奇怪嗎？得其頭角，為何說勇者未能得勝？」

四隻眼的老婦人不顧眾人的喧鬧，用銳利的眼神檢視頭角。三隻眼的勇者開始對她說明：

「魔導師，遺憾的是，葬送此獸者並非吾。此為牠經某人擊敗後，吾從掉落於地上的遺骸取得之物。」

「原來如此。是以非汝之勝利。不過，這依然不改汝決心正面迎戰的事實。」

他維持相同的姿勢，接著說：

「不僅如此。雖吾只拾回這一隻，但原處仍留有多數屍骸。」

巨人老婦瞪大眼睛。

「……此話當真？究竟是何物能與那散播汙穢之災厄對抗？甚至擊斃如此多數……」

「吾亦未明。原處只留下汙穢之獸的屍體。」

老婦人不禁陷入沉思。其他巨人無視他們的對話，情緒激動起來。

「汙穢之獸當真被打倒了。這不正是好機會嗎？」

「不錯！失去汙穢之獸，盧貝氏族就不足為懼！」

「使者。派出使者，召開新的賢人問答！」

鼓譟亢奮的情緒，很快被四隻眼的老婦人發出的呼喝壓制下去了。

「安靜！吾等絕不能輕舉妄動！」

老婦人用手上的木杖使力敲向地面，如此勸誡眾人。巨人們瞬間安靜下來，又隨即開始猛烈的反駁。

「如今盧貝氏族失去汙穢之獸，彼輩便不足為懼！」

「那些並不一定是全部的汙穢之獸。何況吾等氏族人數不及對方，絕不可輕敵。」

老婦人慢慢壓下這些不滿。在阻止愈發昂揚的戰意後，她便不再多說什麼。沒多久，巨人們也漸漸冷靜下來。一個巨人突然開口道：

「魔導師您也明白，彼等配不上王位。過去那場賢人問答，其氏族並未滿足百眼的選定。如此暴行實在令人無法認同。吾等早晚必將重啟問答。」

老婦人微微瞇起幾乎埋沒在皺紋裡的四隻眼睛，再次仔細思考。

「諸位聽好了，超越四眼的魔導師只餘老身一人。若獻上眼瞳便能解決此事，老身亦不會有所躊躇。然而，老身年事已高，而後繼之眼瞳尚未全開，無法輕易獻出眼瞳。」

她環視眾人，視線停在某一點上。四隻稚嫩的眼瞳接觸到她的視線，隱約顯露不安的神色。

受到勸誡的巨人們同時陷入沉默。這時，一直默默傾聽的三眼勇者站了起來，定睛直視著老婦人。

「魔導師，此事應該通知其他氏族。或許其他開眼者也會出現。」

「稍安勿躁，勇者。豈能重蹈覆轍？過去即使集合諸氏族之力，吾等亦未能阻止盧貝氏族之暴行，甚至彼此仇視。」

三隻眼的勇者完全無法反駁。他不能隨口說出『敵人的敵人就是同伴』這種話。況且，過去也曾發生過即使有了共同的敵人，他們依然未能攜手合作的事實。

「確實有某人做出這番驚人之舉。不論彼為何人，想必不會就此保持沉默。目前時機之眼未開……請諸位耐心等待。」

見眾人完全冷靜下來後，四隻眼的老婦人舉起頭角，嚴肅地宣告：

「三眼位的勇者，此刻應讚揚汝之英勇。僅以此汙穢之獸頭角，為汝之榮耀增光。」

「是。百眼明鑑！」

三隻眼的勇者恭敬地接下老婦人遞來的魔獸頭角。雖然只是從屍體上撿來的東西，經過對答後，還是正式認可為他的戰功了。能將自己打倒的魔獸的一部分裝飾在身上，對巨人們來說具有很重要的意義。

他接過頭角後，將它高高舉起。

「此為從屍體上拾來之物。不過！下次吾必將之親手擊斃，裝飾於吾身!!」

巨人們也隨即附和他的吶喊。

「勇者！勇者！勇者!!」

互擊雙拳，腳踩大地。

巨人們發出的吶喊撼動了大氣，響徹四面八方的森林。

◆

兩道視線靜靜地注視著巨人們幾乎可說是被瘋狂氣氛所籠罩的光景。視線來自於聚落周圍的樹上，緊貼在樹幹附近的人影。

那兩個人影比瘋狂的巨人們小了許多，是普通的人類——艾爾和亞蒂。在森林裡遇到巨人後，他們利用身為騎士所學的對魔獸技能，悄悄地跟蹤他們來到這裡。

「這、這到底……是怎麼回事？」

亞蒂抱著艾爾的手臂多加了幾分力道。眼前的光景令她不禁感到毛骨悚然。

「這真是太驚人了！先不管巨人們會說話這件事……」

不只亞蒂，連艾爾也露出吃驚的神情。原因無他——

「……我們居然也『聽得懂』。」

巨人是與艾爾他們人類相差甚多的存在。

話雖然這麼說，既然是人形，並且擁有知性與文化，那麼通曉語言也沒什麼好奇怪的。最令人驚訝的是，他們對話的語言和艾爾他們所使用的非常相似。相似到雖然多少有些差異，但馬上就能理解的程度。

「到底是怎麼回事!?他們是……什麼？我還以為他們是有點像人的魔獸，可是不對……」

亞蒂也是身經百戰的騎操士。如果是與魔獸交手，不管是決鬥級還是師團級，她都不會退縮害怕。因為儘管牠們的破壞力相當具有威脅性，但還在能夠理解的範圍。

不過，眼前的景象就完全超出她的理解範圍了。她心底生出一種難以形容的複雜感情。

「這就表示我們有可能進行對話……說不定他們也會接受要求？」

「咦咦!?你該不會想跟那些生物對話吧!?」

聽見懷裡的艾爾沒頭沒腦地做出這番發言，亞蒂的表情轉為驚訝。

「我當然不會在無法確認安全與否的情況下行動。不過，這在緊要關頭也不失為一個選擇吧。」

「話是這樣說啦……」

亞蒂放棄思考答案，再次緊抱住艾爾。艾爾不是很在意亞蒂猶豫的樣子，豎起耳朵傾聽吵成一團的巨人們在說些什麼。

「妳看，他們舉起的那個頭角，就是蟲型魔獸的殼。呵呵呵呵，原來叫作『汙穢之獸』啊。哈哈哈，我的敵人，我記住你了。」

「這部分就聽得這麼清楚……」

亞蒂傻眼到極點，忍不住長嘆一口氣。

「你真是的！他們可是長得像人，又跟決鬥級魔獸一樣大的巨人哦？而且還會說話！簡直亂七八糟。你就一點都不覺得……恐怖或噁心嗎？」

「完全不會，我反而想進一步瞭解他們。必須盡快掌握利用方法才行。」

見艾爾到這時候還是那副老神在在的樣子，亞蒂開始覺得為了這種小事驚慌失措的自己很傻。也因此，她迅速地揮去心中的不安，冷靜下來後，開始有餘力觀察巨人。

「我總覺得很奇怪。他們的說話方式好像……很古老？有點聽不太懂。」

「雖然跟我們的語言很類似，但還是有所不同吧。」

就在他們觀察的這段期間，巨人們也結束聚會，三三兩兩離開廣場。有的巨人回到帳篷裡，有些則回去繼續工作。

艾爾看著他們四散離去，盤起雙臂，開始煩惱起來。

「好了，該怎麼和他們接觸呢？就算對方會說話，可是行動看起來相當粗魯。完全想不出理由將他們的行動解釋成友好的表現……」

「嗚嗚……你果然是認真的。」

「那是當然。他們說不定擁有某種技術，而且還能交談。這樣修好幻晶騎士的可能性就一口氣提高了。」

請巨人幫忙修理，確實比讓矮小的人類來做更有效率。話是這麼說，一碰面就拜託擁有未知文化的巨大人形魔獸（推測）進行鍛造工程，這點子未免太瘋狂了。

說穿了，艾爾的判斷標準還是在於是否能對深愛的幻晶騎士派上用場這一點。雖說不擇手段也要有個限度，但要是沒有這份膽大妄為，也不可能貫徹他的生存之道。

先不論對巨人的看法，亞蒂不安地偏著頭問：

「會那麼順利嗎……？」

「我也是碰運氣。但就算失敗了，也可以確定他們就是敵人，並不會白費。」

亞蒂覺得問題好像不在那裡，但她已經放棄吐槽了。而且，他們不能坐以待斃也是事實。必須有所行動。

「總之，我們應該多搜集一點情報。最好能先瞭解他們的生活文化，再來決定要進行交涉或是敵對。」

「那要潛入嗎？」

艾爾點點頭。

「沒有必要突然從正面闖進去。先等到晚上再偷偷潛入吧。」

考慮到與巨人的體格差距，他們大可現在就偷溜進去。不過，他們還是保有所剩不多的謹慎，決定等到夜晚較為有利的時機再展開行動。即使如此，亞蒂仍莫名地感到不安。

「希望他們懂得鍛造技術，而且還願意幫助我們，再順便拜託他們回收伊迦爾卡……」

相反的，艾爾已經忙著打起如意算盤了。

◆

太陽西下，夜幕垂落森林。細細灑落的月光下，不知名野獸的長嚎在林木之間迴盪。

巨人聚落的樣貌與白天恰好相反，一片寂靜無聲。如同艾爾所料，巨人們也有晚上睡覺的習性。

兩個人影步履輕快地穿梭於聚落各處的巨大帳篷所投射下的黑影之間——正是艾爾和穿著空降甲冑的亞蒂。

他們與帳篷比起來實在太小了，也因此能夠神不知鬼不覺地到處走動，更運用強化魔法以飛也似的速度行動。幾乎不可能在這樣的黑暗中察覺他們的存在。

最後，他們靠近了某個帳篷，從底部抬頭仰望。

「感覺我們這樣，好像變成鑽來鑽去的老鼠。」

「我們的目的也不是偷吃食物。不過，就讓我們偷點情報回去吧。」

艾爾一比出手勢作為信號，亞蒂就利用空降甲冑將帳篷的一角舉起。兩人悄悄地鑽入巨人的住處。

帳篷裡沒有燈光，觸目所及是一片漆黑。頂部雖然有空隙，但由於是雙層構造，所以光線幾乎無法進入。再加上出口的帷幕也放了下來，更徹底遮住月光。

兩人豎起耳朵，聽見從黑暗深處傳來巨人們低沉的鼻息。呼吸聲很規律，而且毫無動靜，足以判斷他們睡得很沉。

「什麼都看不見。」

「唔……看來比想像中還要棘手呢。」

兩人壓低聲音討論著。在這樣絕對的黑暗中，也別談什麼調查不調查了。不管巨人們睡得再熟，要在這種情況下點燈也令人躊躇。眼下他們真的束手無策。

「是也可以摸索著調查啦……」

「太危險了……而且也不知道巨人躺在哪裡……」

在這片黑暗中不小心讓巨人驚醒的話就太危險了。雖然兩人又試了一些方法，結果還是不得不放棄調查，又從帳篷的縫隙間鑽了出去。之後，只剩下同樣的黑暗與規律的呼吸聲。

——原本應該是如此，但呼吸聲卻突然停止了。

黑暗中傳來一個強大的存在坐起身的動靜。他完全藏起龐大身軀的氣息，有如野獸一般悄悄展開行動。

這時，離開帳篷的艾爾和亞蒂正在月光下苦惱著。

「我想得沒錯，巨人們在晚上睡得很沉，可是要在完全的黑暗中進行調查實在很困難。」

「那下次要在白天的時候潛入嗎？」

「也只能這樣了。雖然會伴隨一定的危險。該怎麼辦呢……啊……」

就在艾爾煩惱著下一步該怎麼走時——一道巨大的黑影擋住了微弱的月光，將他們包圍住。

兩人飛快地抬起頭來。出現在眼前的，是從帳篷裡探出身體的巨大物體——的頭部。

那個物體光是頭部大小就超過艾爾的身高。除了巨人以外，不可能是其他東西了。他背光的臉上有三個眼瞳，反射出地面照來的光線而閃閃發亮。

◆

巨人族的一員『威魯托斯・勇者・三眼・凱爾勒斯』瞇起額頭上的眼睛，細細凝視著腳邊的小生物。

他們看起來像直接將自己縮小後的模樣。他認識這些生物，而且也知道『飼主』是誰——

「『小鬼族（哥布林）』為何出現於此？……莫非爾等是盧貝氏族飼養的小鬼!!」

「咦？」

就算語言本身聽得懂，但是艾爾他們卻無法理解內容。巨人也不管兩人陷入混亂，忽然激動起來，一把抓住放在附近的武器，從帳篷裡衝了出來。

「看來失去汙穢之獸對盧貝氏族也是重大打擊！不過，居然派出區區小鬼到處刺探，簡直有眼無珠!!」

「不不，我想你認錯人了。」

「艾爾!?現在不是悠哉回答他的時候吧!?」

忍不住想要解釋的艾爾還來不及說完，一根巨大的棍棒就朝著他們揮下。體積和重量皆相當驚人的巨人族武器刨起大地，有如爆炸似的沉悶響聲打破了夜晚的寂靜。

即使在昏暗的黑夜中，仍然能夠清楚感知石斧散發著驚人魄力。巨人的三個眼睛瞪著在陰

影中小小的小鬼族們。下一秒，他手臂的肌肉鼓起，氣勢洶洶地揮下石斧。

那是被授予『勇者』稱號的巨人憑藉過人臂力使出的一擊。小鬼不可能逃過挾帶壓倒性破壞力揮來的棍棒。

——不過，那是指一般小鬼族的情況。

他的對手是弗雷梅維拉王國最強的瘋狂騎士團——銀鳳騎士團團長艾爾涅斯帝・埃切貝里亞，和其弟子之一亞黛爾楚・歐塔。

他們甚至不需要使眼色就已將銃杖握在手中，魔術演算領域中的魔法術式也展開完成，接著出現不曉得使用了多少次、他們極為熟悉的魔法現象。這段過程實行起來已經和思考同樣快速了。

空氣被集中、壓縮。獲得高壓的空氣團塊順從術式的引導有指向性地發射。『大氣壓縮推進』的魔法推著艾爾和亞蒂的身體飛了出去。

緊接著，巨斧砸中他們剛才還站著的地方。與巨人體型相襯的武器超出人類身高，以爆發性的威力刨開大地。轟隆巨響喚醒了沉睡中的巨人們。

「唔!?」

勇者的三隻眼並非虛有其表。其眼角餘光準確捕捉到了比落下的攻擊更早一步逃離的小鬼族。他不禁瞪大眼睛。驚愕的表情被地面揚起的塵土遮住了。

「區區小鬼族竟能躲過吾之一擊!?」

他是勇者——在氏族中冠以最強稱號者。區區的矮小小鬼族居然能躲過他的攻擊。眼前的事實令他十分惱火。

他咬緊牙關，就那樣彎下腰一口氣往前衝。穿過煙塵，一個箭步拉近與逃往黑暗中的小鬼族之間的距離。

◆

不等滿臉怒容的巨人衝過來，艾爾和亞蒂就轉身跑了。

「唔，真想不通。我們明明就不是什麼小鬼族。」

「啊啊，真是的！那種事情以後再說！現在要怎麼辦!?」

巨人的步伐很大，光是跑動就能達到相當恐怖的速度。眼看就要追上運用大氣壓縮推進魔法，如同子彈般飛奔而出的兩人了。

「暫時撤退。往森林走！」

兩人絲毫不放慢速度，一個勁地朝著樹木間的黑暗深處跑去。

巨人也毫不減速地追在後頭。但是，在衝進森林裡不久後，他就不得不停下來了。

「嗚!?可惡！」

即使有他的眼睛，想追捕逃入夜晚森林中的『小動物』依然十分困難。何況那些小動物的速度如此敏捷，更不可能抓到。

他凶神惡煞般狠瞪著黑暗的森林。小動物在黑暗中奔走發出的細微聲響與林木的風吹草動融成一體。

「……居然能從吾手中逃離。小歸小，也不可輕敵嗎？」

他臉色凝重地繼續瞪著森林，最後還是搖一搖頭回到聚落。

在聚落裡，聽到聲音而醒過來的巨人們正等著勇者回來。四隻眼的『魔導師』老婦人站在人群中央。

「勇者，在如此深夜製造騷動，究竟怎麼回事？」

「魔導師，不知為何有幾隻小鬼族在此四處刺探。恐怕是盧貝氏族的眼線吧。」

「什麼……！」

巨人們頓時為之譁然。四眼的老婦人閉眼沉思了一會兒，然後開口道：

「……小鬼族。不可能有其他飼養那物的氏族。想不到彼等竟然會依賴那種眼睛，真是丟人。那些小鬼們到底在哪？」

「彼輩的腳程異常迅速，被逃掉了。吾被授予勇者之稱號，真是何等失態。」

勇者屈膝跪地，僅留一隻眼睛睜開。手中握緊的石斧發出咯吱聲響。老婦人搖搖頭。

「事情已過，汝勿如此介懷。汙穢之獸一死，消息早晚會傳出去。只不過，沒想到盧貝氏族那些傢伙竟然派出小鬼族行動。說明事情已到了如此嚴重的地步嗎……」

「魔導師，盧貝氏族那些傢伙不可能坐視不管。或許不只有小鬼族來到此地。」

老婦人點頭同意他的說法。既然小鬼族出現在這裡，就表示控制他們的人也在附近。他們深信盧貝氏族的巨人就躲在森林裡的某處。

「愚蠢。盧貝氏族急了吧……諸位！派出使者。必須通知鄰近的氏族這個消息。」

「魔導師，您的意思是……!?」

圍著勇者和老婦人聽取對話的巨人們發出沉吟。

「如今眼瞳已開。必須在盧貝氏族有所行動之前，聚集諸氏族開啟賢人問答。不容遲疑。請諸位進行準備。」

老婦人話一說完，巨人們便大吼著響應。吼叫聲撼動森林，驚得林中鳥兒們一齊飛起。小小的人影像是被那股狂躁所驅趕一般，飛快地穿越森林。

◆

自那一夜之後，巨人聚落以往的氣氛為之一變。

「準備狩獵！」

「整備鎧甲！要在問答中展現吾輩英勇!!」

為了獲得食糧而出門狩獵，這件事和平時沒有區別。只是行動變得醒目且頻繁。捕捉來的獵物量比平時增加了好幾倍。

此外，他們更積極地狩獵平時不常當作目標的魔獸。例如具備堅硬的甲殼，軀體較巨人們更加龐大之物；或者是以驚人的耐久性著稱，為了狩獵它們得費好一番勞力和耐心的種類。淨是挑這種和所費工夫相比得不償失的強敵。

巨人們組成隊伍，不屈不撓地攻擊那些棘手的獵物。極力避免傷及甲殼。瞄準牠的甲殼空隙和少數弱點，花費大量時間不斷攻擊。仗勢龐然巨體的魔獸也漸漸虛弱，最後在倒下時激起地面一陣晃動。

「好，給我拉!!」

巨人們吆喝著一齊拉起獵物，將魔獸的巨體移到並排擺放的圓木上，再用魔獸毛編織成的強韌繩索拖行。

就算巨人再怎麼強而有力，要想搬運超越大隊級的魔獸也有困難。慶祝的凱歌與搬運沉重屍體的吆喝聲，在森林裡迴盪。

凱爾勒斯氏族的聚落本來就沒有那麼多住民。眼下多半都出發狩獵了，另外也有少數人分頭向其他方向前進。

他們帶著的行李並非狩獵用，而且數天到數週內不會回來。他們的身分是使者，被派去拜訪其他住在森林裡的氏族。

至少需要聚集六個以上的氏族才能舉行賢人問答。這一群使者以較小的氏族為中心，展開遊說行動。

「大豐收！各位，再加把勁！」

打來的獵物被搬回聚落。巨人們不分男女，動員了所有人出門狩獵。接著，解體獵物同樣是全員出動。

停止心跳的魔獸，失去了強化魔法的支撐而變得脆弱，因此解體也意外變得容易許多。巨人們駕輕就熟地分離甲殼並剝去外皮，然後把肉切開來。

外皮鞣製成皮革，削光肉的骨頭並列擺在一起。除了當天拿來做糧食的肉以外，剩下的都做成肉乾。一般情況下，巨人會將當天獵到的獵物直接吃掉。製作保存食物的理由並不多，其中之一就是為了準備所謂的賢人問答。

他們默默地將獵物加工，整理得差不多以後，就拿起甲殼和皮革回到各自的帳篷。準備將狩獵時就穿在身上的鎧甲和毛皮，利用那些剛狩獵到的材料進行強化。

換掉用舊了的部分；交疊起甲殼和皮革，製作兼具持久度和柔軟性的裝甲；將獸毛捻合成絲線，時而用魔獸的腱取代絲線，把材料縫合起來。

加上大隊級魔獸的材料後，他們的鎧甲變得更加堅固了。他們相信親手捕獲魔獸，再使用其身上之材料做成鎧甲，才能被百眼所認可，並為他們帶來強大的力量。

巨人族以自己的方式，踏實地進行準備。

◆

黎明時分，博庫斯大樹海漸漸被紅色的日光照亮。森林中各式各樣的動物們紛紛從巢穴裡探出頭，開始一天的活動。整座森林充滿小型魔獸們發出像是輕語般的聲響。

那安詳的旋律傳入耳中，讓艾爾自然而然地睜開雙眼。繁茂掩映的枝葉立刻映入眼簾。他正躺在一棵森林裡隨處可見的大樹上。

艾爾大大地伸一個懶腰後便開始活動，快速地從邊緣探出頭觀察樹下的情況。這段期間，注意到他醒來的亞蒂也扭動著身子爬起來。她倏地伸出手臂，抱住探查樹下情況的艾爾。

「……艾爾……怎麼了嗎？」

「附近沒有異狀。鳴報鳥也還在睡。」

他們睡眼惺忪地交談，兩人所在之處是一個由樹枝和樹葉所編織成、像是鳥巢的地方——應該說，那就是真正的鳥巢。

只不過，端坐在鳥巢正中央的，是一隻雙翼展開不會少於十公尺的巨鳥。牠當然是一種決鬥級魔獸。偏偏他們就闖入決鬥級魔獸的巢穴裡，把魔獸本身當成枕頭一覺睡到剛才。

這樣的行動用魯莽都不足以形容，但他們可不是沒來由地做出這種行為。這種巨鳥在魔獸中算是性情比較溫馴的種類，而且不會把人類當成餌食。

還有更有趣的一點，牠對不構成威脅的存在毫不在意，可是只要稍微感覺到一絲威脅，就會敏銳地立即做出反應。在那個時候會發出強烈的鳴叫聲警告同族，因此被命名為鳴報鳥。艾爾他們反過來利用這樣的特性，把牠當作警報裝置兼羽毛枕。

他們甚至將空降甲冑也帶進鳴報鳥的巢裡，姑且算客氣地放在鳥巢邊緣的位置。甲冑沒有覆上外罩，做好隨時都能乘上去的準備。

就算魔獸可以利用，他們本身也沒有因此鬆懈。

他們仍處於剛睡醒的昏沉狀態中。就在這時，鳥型魔獸微微顯露出緊張的氣息。牠睜開前一刻還很迷茫的圓眼，開始匆忙地轉動腦袋。兩人於是再次從鳥巢邊緣探出頭。樹木間隱約可見巨大人型的身影。一發現那身姿，他們又慢慢把頭縮回來。

「嗯——巨人們這幾天一直在森林中到處走動呢。果然是在找我們嗎？」

「那樣也太死纏爛打了吧……看起來更像是在一個勁地狩獵魔獸。我們可能正好碰到狩獵頻繁的季節。」

兩人雙手抱胸，努力思考著，卻依然得不到明確的答案。之前的調查並沒有什麼有用的收穫，因此他們也無從得知與巨人有關的知識。

但不管原因為何，巨人們頻繁活動的狀況還是很麻煩。即使樹海再怎麼廣闊，也無法保證哪天不會正面碰上，而一旦碰上了，肯定又會不由分說地遭受攻擊吧。

「我們不瞭解狀況，這樣很不妙。手裡的牌太少了。」

隨著巨人漸漸走遠，嗚報鳥的緊張狀態也緩和下來。艾爾撫摸著牠的翅膀代替慰勞，而巨鳥只是瞥他一眼，然後就不感興趣地闔上眼睛，實在是有夠我行我素的生物。

「那麼，差不多得考慮一下該怎麼把對方的牌搶走了呢。」

「而且不處理一下那些巨人，各方面都會很麻煩的說——」

兩人背靠著巨鳥，開始討論今後該如何行動的各種方案。

◆

和艾爾他們所在之處稍微有段距離的森林中，三眼巨人的勇者一如往常大搖大擺地走著。正因為被授予了勇者的稱號，他在狩獵時總是打頭陣。

他的三隻眼瞳在林木間掃視著，然後發現了野獸的蹤跡。想要找出之前那些小傢伙們的蹤跡是很困難，但作為獵物的魔獸的痕跡找起來就容易多了。

在巨樹根部附近散落著糞便。那麼，排出糞便的生物當然就在樹上。巨人沿著樹幹抬頭往上看，很快就發現樹枝編成的巢。

「鳴報鳥嗎……好。」

他知道住在那個巢裡的魔獸是什麼。那種獵物對巨人而言雖然填不飽肚子，但牠的羽毛能拿來裝飾。既然要參與賢人問答，鎧甲的裝飾必不可少。畢竟鎧甲的價值不只在於堅硬度。

這麼一想，勇者抓起附近地面上一塊合手的石頭。

幾乎是同時間，鳴報鳥猛地睜開雙眼。

牠嘴裡立即發出大音量的『警報』。在近處受到宏亮鳴叫聲直擊，把艾爾和亞蒂嚇得往後栽一個跟頭。鳴報鳥同時展開雙翼，毫不猶豫地飛離巢。

下一秒，一顆急速飛來的石塊就貫穿鳥巢。石塊將路徑上的枝葉全部貫穿，打出一個筆直的空洞。威力簡直令人傻眼。

「亞蒂！」

儘管還沒從耳鳴的狀態恢復過來，艾爾和亞蒂還是強行展開行動。亞蒂跳上留在巢中的空降甲冑後就立刻啟動，再跳到附近的樹枝上。

「投擲啊。這個森林中會使用道具的生物可不多。」

他瞪大眼探查地面的情況，很快就看到罪魁禍首——某個恨恨地盯著鳴報鳥飛離的巨人。

「偏偏在我和艾爾休息的時候！不放過這傢伙也沒關係吧？」

「嗯，這也是個好機會。我們去跟他談談。」

亞蒂氣呼呼地說著，艾爾則是回以凶暴的笑容。隨後，他們輕巧地從樹枝上跳下去。

「鳥的反應還是那麼敏銳。距離太遠果然不好打。」

目送著發出尖銳鳴叫逐漸遠去的巨鳥，三隻眼的勇者咂了咂舌。鳴報鳥那強烈又有特色的鳴叫會警告同族危機到來。這段時間內牠們的戒心會更強，也更難以狩獵。

既然失手了，那也沒辦法。巨人正想邁步離去時，一聲輕響忽然傳入他耳中。他隨即環顧四周，然後發現了站在樹枝上的小人影。

「……小鬼族（哥布林）！沒想到竟然躲在這種地方。」

三隻眼瞳燦然生光，勇者的嘴角揚起一抹笑意。同時，艾爾也注意到某個事實而瞇起眼睛。

「我聽過那聲音，看來跟那時候是同一個巨人呢。這也算是有緣。」

「真可謂僥倖。竟然還能得到洗刷汙名的機會。不在此時雪恥，更待何時！」

巨人全身湧現出驚人的氣魄。不為了狩獵，完全是為了戰鬥而蓄勢待發。

「小鬼族，離開了飼主身邊，汝便氣數已盡。」

「真是難溝通。上次不是告訴過你，我們不是被人飼養的嗎？」

見艾爾毫不膽怯地反駁，勇者的笑容消失了。他目測著距離慢慢前進，瞪著樹枝上的小鬼。

「倒是挺伶牙俐齒的。難道汝想說汝是『走散』的嗎？那又何必四處刺探？」

「只是想稍微瞭解關於你們的事情而已。」

「吾不明白。那種事情去問汝輩的飼主即可。不過……汝也無法再開口多言。」

巨人慎重地縮短距離，踏出最後一步。同時，揮出的石斧將樹枝砍得粉碎。

艾爾搶先一步縱身躍入空中。巨人的石斧則猛地向上反挑，像是要交換位置一樣追上艾爾的動作。在空中的艾爾則靠著『大氣壓縮推進』魔法，硬是改變飛行軌道。於是石斧再次揮空，徒然砸進地面。

「悉數避開了吾的攻擊！區區小鬼族還挺有兩下子，不過！」

「真是的，巨人這種生物就會靠蠻力。你們的語言是裝飾用的嗎!?」

石斧擁有能夠輕易擊倒巨大魔獸的威力，卻明顯不適合用來對付小巧又靈活的對手。但儘管數次攻擊都被避開，巨人仍不斷揮動石斧。

隨著向前踏出的腳揮出的攻擊，被艾爾理所當然地避開，但他在那時察覺到異狀。有什麼不對勁——他馬上發現了原因。巨人的三隻眼仍鎖定著他的身影。

巨人並不只是眼睛多而已，那也讓他們的視野更加寬廣，並賦予優秀的動態視力。他仍盯著獵物，也就是說——

「!!」

原本應該揮空的石斧，突然像生物一般扭曲軌道，第三次襲向艾爾。艾爾立刻用『大氣壓縮推進』進行移動，但可怕的是，追在他身後的石斧也改變了軌道。

勇者的臉因笑容而扭曲。他揮動石斧的時候刻意放輕力道。藉由控制勢頭，靈活自如地操縱石斧。瞄準的是目標移動後產生的破綻。

再怎麼放輕力道，那也僅是就巨人的標準而言。萬一艾爾被石斧砍到，他不可能全身而退。能夠隨心所欲地揮舞這麼重的巨大石斧，正是擁有強大臂力的巨人才辦得到的絕技。

石斧呼嘯著逼近艾爾。面對殺到眼前的龐大質量，不知艾爾究竟在想什麼，居然將銃杖轉向正面。難道打算用纖細的銃杖抵擋巨大的石斧嗎？那只能說是自暴自棄了。

即使如此，他也朝石斧揮出銃杖——剎那間，空氣從那裡爆炸。急遽而猛烈的強風將艾爾的身體如樹葉般吹出去。聚集而來的空氣達成作為緩衝材料的任務，讓他逃到交鋒的範圍外。

「『真空衝擊』……這個魔法也好久沒用了呢。」

艾爾在空中翻一個身，再利用『大氣衝擊吸收』的魔法輕輕降落到地面。

「什麼……!?」

見到這一幕，就連勇者也不禁懷疑起自己的眼睛。只靠敏捷度躲開攻擊的話，他還能理解，但是怎麼可能從正面接下巨人致命的攻擊後，還能活下來？

眼前的事實強烈到足以打破勇者對小鬼族的成見。巨人甚至忘記舉起石斧，突然眉開眼笑地說：

「居然……哈哈！居然能迴避吾那一擊！呵呵，哈哈哈！小鬼，吾必須向汝道歉！縱然汝身為小鬼族，卻是稱得上勇者的戰士。那麼，吾也將不負勇者之名，全力戰鬥！百眼明鑑!!」

他承認了。他不得不承認艾爾不是普通的小鬼族，是不可掉以輕心、值得使出渾身解數對付的敵人。

正因如此，三眼位的勇者擺出了與先前截然不同的架勢。

「……真是自作主張。完全沒辦法溝通。好吧，那麼就算硬來，也要讓你聽我說話。」

相對的，艾爾終於到達某種死心的境界。如果彼此能溝通，他原本是打算耐心交涉的。憑著他優秀的談判技巧，應該不難避免動用武力的結果。然而，眼前的巨人卻莫名其妙地擅自認定某些事情，鬥志反而更加高昂。根本不像能溝通的樣子。

讓這種戰鬥狂聽人說話的手段只有一個。

「巨人，在戰鬥之前，我只有一個要求。」

「在戰鬥中談話不合規矩……不過，畢竟對手是小鬼。好吧，那即是汝最後的話語。汝要仔細考慮。」

三隻眼的勇者將石斧扛到肩上，傲然俯視艾爾。

若是巨人之間的戰鬥，雙方會在開打前結束交談，一旦戰鬥開始，言語便是無用之物。但是，對手是巨人所謂的小鬼族。也許是關係到強者的從容或自尊，讓三眼巨人產生聽他說一句也行的想法。

巨人點頭同意後，艾爾以極為輕鬆的口吻說：

「我們換個地方吧。」

「……什麼？」

允許他說話的是巨人。而他以這樣顯然感到吃驚的樣子反問，有失體面。即使如此，接下

來的話語更是令他大吃一驚。

「前往你們的聚落，在大家面前戰鬥吧。」

巨人不明白他的話中真意，一時啞口無言。就算勇者再怎麼鬥志高昂，也敵不過心裡產生的疑惑。

「像這樣徒勞的戰鬥，就應該一次解決。來，請你帶路吧。」

聽到令人懷疑自己耳朵的要求，勇者第一次正眼打量這小生物。

小鬼族的樣貌和巨人族相似，只是小到一不注意就會踩死的程度，但不管他再矮小，也配得上『勇者』的稱號。這點是連勇者自己也不得不承認的事實。

「……好吧。同為勇者之間的問答，必須讓眾人親眼見證才行。」

勇者短暫思考片刻，然後鄭重地點頭答應。

◆

過了不久，聚落裡的巨人們看到沒多久就回來的三眼勇者，不禁詫異地問：

「三眼位。怎麼了？竟然會空手而回。在狩獵途中閉上眼了嗎？」

他們心裡覺得奇怪，而後因為勇者的回答引起了更多的驚訝。

「吾將進行賢人問答。請諸位見證。」

「什麼!?都尚未派出使者。究竟是怎麼回事……!?」

巨人們慌張地尋找勇者的對手，然後發現了更可怕的事情。勇者的背後有個小小的人影，毫無懼意地跟在他身後。

「難道……賢人問答是指和那邊的小鬼族嗎!?」

巨人們完全無法理解。他們露出目瞪口呆的表情，忐忑地向勇者問道：

「正是。」

「愚蠢!!三眼位，汝瞎了眼嗎!?」

「不對。彼足以被稱作勇者。其實力將會在之後的問答中展現。」

看見勇者突然精神錯亂似的，巨人們不知所措地彼此對視。究竟該如何說服如此頑固的勇者?在這極其微妙的氣氛中，救世主出現了。

那就是身披華麗裝飾的四眼老婦人，四眼位的魔導師。老婦人來到巨人們的前面，定睛注視勇者。

「勇者。事情吾已聽說了。這個小鬼當真值得問答嗎?」

「賭上吾之眼。」

勇者屈膝跪地，閉上雙眼，僅留一隻眼睜開。看到他的舉動，聽聞他的話語，老婦人不禁發出沉吟。他剛才發下了巨人族最上位的誓言。不管她願不願意，都能看出他內心抱持多麼堅定的確信。

「既然說到如此分上，老身也不會再阻止。接下來只要再向百眼詢問……」

「不，請等一下。請你們不要擅自討論決定。」

就在巨人們幾乎要勉強接受的時候，一個不同的意見從意想不到的地方插進來。老婦人睜大了皺紋下的眼瞳，看向聲音的來源。

那個小生物儘管被巨人們包圍著，卻仍顯得從容自若，毫無懼意地站在那裡。沒有任何巨人料想到這可憐的東西會開口講話。雖然不曉得勇者是怎樣的心血來潮要求舉行賢人問答，但他們都堅信小鬼族僅僅是即將被踩死的存在。

不過，這樣的認知也到此為止了。

「這是決鬥。那麼，我要提出在這場戰鬥獲勝時的『代價』。」

巨人們的表情頓時變得難以言喻。這個小東西要和他們的勇者交手——竟然還揚言自己打算取勝。

「好，汝說吧。」

「勇者!?」

「彼在小鬼族中必定是勇者。那麼，這場問答確實足以奉上百眼見證。若彼得勝，亦當給予回報。」

巨人們的視線，在勇者和艾爾之間快速來回。任誰也沒料到事態會演變成這樣。在此時期——廣召眾多氏族舉辦賢人問答的時期，究竟為何會發生這種事情？

只有勇者一人神色自若地站在那裡。

「我在戰鬥中獲勝時，希望你能好好聽我說話。」

「什麼？」

雖說如此，聽到這太過出人意料的要求，就連他也掩飾不了訝異的表情。

「我完全不瞭解你們的事情，但不管怎麼說明，總是被你否定，不肯聽我們說話。既然你們也擁有語言，至少讓我們好好坐下來談。」

「……那樣就行了嗎？這可是勇者之間的問答喔。」

相較於困惑的勇者，艾爾挺起胸膛點頭。

在一旁從頭到尾看著的老婦人，瞇起埋在皺紋下的四隻眼瞳。這個小小的勇者，和盧貝氏族飼養的小鬼族完全不同。不靠『幻獸』幫助就想與巨人戰鬥，這種事簡直前所未聞。那麼，這和族人們所設想的狀況或許有些不同。

老婦人掩飾心裡的疑惑，嚴肅地宣告：

「……準備已完成。即將於此刻奉上百眼見證，舉行賢人問答。勇者啊，報上名來！」

她正式宣告了決鬥開始。巨人們之間的氣氛在一瞬間變得緊繃。問答開始之後，就沒有介入質問的餘地了。

勇者深深吸一口氣，將石斧刺入地面，挺起胸膛道：

「吾乃威魯托斯・勇者・三眼・凱爾勒斯！懇請百眼明鑑!!」

然後，他捧起愛用的石斧。即使對手是矮小的小鬼族，他也絲毫不打算放水。那麼做沒有意義。因為這個小鬼就算以巨人為對手，依然毫不畏懼。

「我的名字是艾爾涅斯帝・埃切貝里亞。只是個騎士團長。」

他兩手拿起小小的刀刃為證，目不轉睛地看向勇者。

於是，以互相報上名號為開端，兩名勇者同時衝了出去。

# 第五十七話　參與賢人問答（戰鬥）

巨人族中的其中一氏族——凱爾勒斯氏族的聚落如今正被一股不尋常的熱氣籠罩。起因是在眾人忙著準備賢人問答的當下，突然舉行的一場勇者之間的問答。

巨人們不分男女老幼，全都集結到聚落中央的廣場上。在人群中心的是被授予勇者稱號的三隻眼巨人，以及身高不到他膝蓋的人類少年。

一場差異甚鉅的對決即將開始——

正當所有人的視線都集中在那裡的時候，穿著空降甲冑的亞黛爾楚悄悄地潛入了聚落。

三隻眼的勇者與艾爾涅斯帝的每一次交鋒，都會引來巨人們激昂的吶喊。亞蒂則是偷偷地從巨人群體的背後關注戰況。

巨人揮動的石斧攻擊令大地晃動，艾爾涅斯帝則是不停來回奔走以避開他的攻擊。以甲冑的手掌舉到額前眺望的亞蒂忍不住嘀咕：

「艾爾該不會很生氣？」

是因為巨人不聽他說話，還是因為不得不在沒有幻晶騎士的狀態下戰鬥的緣故？

「可能兩邊都有。算了。總之趁現在……」

多虧艾爾正面向勇者發起挑戰，帳篷那邊的防禦因而鬆懈下來。亞蒂極力保持行動的隱密性，終於順利入侵空無一人的帳篷。

「感覺沒什麼東西。」

符合巨人體型的寬大帳篷裡，比想像中來得冷清。

裡頭幾乎都是些和狩獵與戰鬥相關的工具。快要修好的防具、石斧和棍棒之類的簡樸武器散落在一旁，其中還混雜著像是長槍的武器。較細的槍柄上裝上尖刃，並排擺放著，大概是用來投擲的吧。

由於另外還放著大量堆積起來的保存食物類，使得帳篷裡充斥著一股奇怪的氣味。

「嗚嗚，早知道我也去戰鬥就好了。」

她也發現了一些較為精巧的道具類，但那些還算不上是工具。基本上，擁有強韌肉體的巨人們不需要花太多工夫維持生活。頂多需要能夠狩獵的裝備，武具、防具類也多為石造或是用野獸為材料製作的東西。

「這種程度，感覺根本做不了幻晶騎士。」

巨人們的文化與他們所期待的相差太多了。

艾爾會很失望吧。不，應該不會。依照他的思考模式，做得到的話就會向更高難度挑戰，如果做不到，也會馬上認清現實。

「技術水準完全不夠。這樣一來，巨人們能做的就只有力氣活了。」

曾經感到恐懼的對象，現在只被視為一介勞動力。可以說她也被艾爾毒害得夠深了。

亞蒂就這樣在村裡看過一遍。就算和巨人的戰鬥沒有任何收穫，這樣至少也得到了最低限度的成果。想到這裡，她忽然聽見廣場那邊傳來一陣特別響亮的鼓譟聲。

「……沒看到什麼值得期待的東西！差不多該回去幫忙艾爾了吧？」

不知對誰表明了決心後，她開始行動起來。

◆

巨大的石斧挾帶狂風，一掃而過。

無論是幻晶騎士還是巨人，人類根本承受不住這種存在的攻擊。大小、重量，再加上勁勢而生成的破壞力十分恐怖。

不過，前提是要能打中。

與勇者交手的矮小敵人——艾爾涅斯帝，他的動作簡直敏捷得令人吃驚。

甚至連石斧攻擊時掀起的風都沒擦過他的身體。儘管勇者在舉行賢人問答之前就見識過幾次他的速度，卻再次體會到對方有多棘手。

「小鬼族竟是如此難纏！但還不至於讓吾看得眼花！」

對巨人而言，狩獵和戰鬥本來就是防禦對手的攻擊，同時讓自己的攻擊命中對方。和擁有壓倒性破壞力的巨大生物戰鬥，根本不需要耍小花招。

因此，就算是授予勇者稱號的他，也沒什麼和小巧又敏捷的對手戰鬥的經驗。他最倒楣的就是，碰上在騎操士中也極度追求高速戰鬥形式的艾爾涅斯帝。

三隻眼的勇者試圖改變石斧攻擊的節奏來鑽艾爾行動中的破綻。但是因為這一招也已經施展過了，對手不會那麼簡單上當。

覺得沒完沒了的勇者更大膽地進一步接近對手。他的行動怎麼看都不像是有考慮防禦的樣子。

這也難怪。畢竟小鬼族小小的刀刃在巨人眼中根本不算威脅。別說是使用魔獸甲殼的鎧甲了，就連能否貫穿巨人的皮膚都是問題。那個小鬼族為何會自信滿滿地發出挑戰呢？下一秒，答案突然呈現在眾人眼前。

三隻眼的勇者向前接近的瞬間，一個『火球』冷不防地從什麼都沒有的空間裡冒了出來。

「唔!?」

眼尾瞄到那個突然從側邊飛來的火球，勇者略微感到吃驚。火球雖小，卻沒辦法無視。他強行停下踏向前的勢頭，往後仰身躲開。

艾爾趁著那個空檔與勇者拉開距離。三眼巨人持續觀察對手的一舉一動，同時警惕著周圍。

「剛才的火炎從何而來？」

可以肯定那不是從小鬼族的方向來的東西。

「還以為這個小鬼族是勇者，沒想到竟是魔導師嗎？但是，吾不理解。」

巨人也明白產生火炎的是魔法現象。但是，那個不知來自何處的火球卻令他難以理解。

「我想也差不多了。」

在充滿疑惑的氣氛中，只有艾爾表現得十分冷靜。

「你已經攻擊夠了吧。接下來輪到我了。」

勇者沒有回應，而是猛地踏步向前。無論小鬼有什麼意圖，勇者都不會讓他使出小手段。唯一的選項就是正面擊潰。

很快地，勇者不得不修正這個想法。空中再次產生火球，而且這次不只一發。火球從右到左不斷地朝巨人飛過來。這再怎麼說也無法全部躲開，被火炎燒灼的鎧甲上因此留下焦黑的痕跡。

奇怪的是，圍觀的巨人們也無法理解艾爾的攻擊從何而來。火球看起來就像從空無一物的空間裡突然蹦出來一樣。但是，那裡不可能『空無一物』，當然動了一點手腳。

空間裡確實有東西在飛翔，只是因為體積太小，讓巨人們很難看見罷了。

「伊迦爾卡在這裡的話，我就會這樣稱呼了……『執月之手』。」

艾爾的愛機──伊迦爾卡的武裝中有一項名為執月之手的裝備。那是透過發射出連結銀線神經的拳頭，在遠處產生魔法現象的武器。

其原理與透過銀線神經傳送魔力，並以結晶肌肉驅動的金屬製鉗形裝置──『鋼索錨』完全相同。

「遺憾的是，這是沒有伊迦爾卡的戰鬥……現在只好由我代替執行了。可不能讓直覺變鈍呢。」

艾爾嘴上低聲說著，同時轉為主動進攻。腰間掛著的絞盤裝置射出鋼索錨。鋼索拖曳著尖銳的噴射音，飛到空中。

鋼索錨原本是製造來當成移動用的輔助機器，艾爾卻把它用來當成在空中飛翔的『魔法發射終端裝置』。

順著從銀線神經傳送過來的魔法術式，再藉由鋼索錨在空中引發魔法現象。接二連三地放出『爆炎球』的魔法。

如果三眼巨人仔細觀察的話，說不定就能發現鋼索錨的存在。但是，眼前還有個艾爾要對付。為了不讓行動敏捷的他逃出視野範圍，巨人的注意力無法分散到別的地方。

艾爾像這樣操縱著鋼索錨，將銃杖指向巨人。銃杖也陸續釋放出『爆炎球』，於是在不知不覺間，三隻眼的勇者就被困進四面八方都是火球的監牢裡了。

——被玩弄於股掌之上。

這個事實與接連不斷引起的爆炸，使三隻眼的巨人心裡的煩躁節節高升。那些火球每一顆都很小，但像這樣從四處沒完沒了地發起攻擊，沒有比這更令人厭煩的事了。

勇者轉念一想，雖然小鬼族接連放出這般攻擊令人吃驚，但終究是微小的魔法，每一發都欠缺威力，仗著巨人的皮膚和高強度的鎧甲保護，就算被直接命中，其所造成的損害也很有限。

「汝很有本事，小鬼族的勇者。然而，這種程度根本不痛不癢！」

巨人硬是頂著火球魔法的轟炸發動攻擊。只要先把對手打倒，一切就結束了。他加上奔跑的速度，猛力揮下犀利的一擊。小鬼不可能像上次那樣接住由上而下、來勢洶洶掄下的石斧。

「沒錯，我就在等這個。等你使出單調的攻擊。」

盯著朝自己逼進的石斧，艾爾的臉上卻露出笑容。然後，他改變了使用的魔法。

銃杖的前端開始微微發光，那是魔法現象的前兆，接著產生出閃耀著紅色光輝的炎槍——

『徹甲炎槍』的魔法。

「……擴散投射。」

鋼索錨的位置也在瞬間改變，形成了包夾石斧的配置。艾爾自己發射的炎彈，加上從鋼索錨發射的炎彈全都化為『徹甲炎槍』，四處飛散的火線不斷扎進石斧。

斧柄以及巨石之刃被無數經過壓縮的炎彈照亮。下一秒，那些攻擊順從術式給予的指向性引起猛烈的爆炎。

就算巨人的武器再怎麼巨大堅固，也終究是由木材和石頭組成。被無數炎彈從內外啃噬的石斧一下子就被粉碎了。

「怎麼可能……!?」

越過噴發的爆炎與飛散的碎片，能看見勇者驚愕得瞪大雙眼的樣子。

他犯了一個重大失誤。要擊敗這麼小的艾爾涅斯帝，根本不需要動用如此巨大的石斧。正因為是平常使用的武器，所以就直接拿來用，也因此，在它被破壞後暴露了致命的破綻。

一道銀色光芒突破翻騰的火焰和飛散的碎片。艾爾見縫插針，抓緊勇者那一絲動搖，如疾風般衝出來。一跳上維持著高舉石斧姿勢的巨人手臂，就以該處為立足點，乘著噴發的大氣再接著向上猛衝。他逼近的前方正是勇者的三隻眼。

勇者當下就明白了他的目標。

那就是『眼睛』。即使巨人身披鎧甲，並擁有加上強化魔法而變得十分強韌的身軀，也有個無可規避的弱點。

「休想得逞！」

勇者立刻放開石斧的殘骸，收回手臂防禦。他的反應已經快到值得稱讚了。可惜，那是在對手不是艾爾的情況下。

此時，艾爾已經來到巨人的『眼前』。他發動『真空斬擊』的魔法，附在銃杖上的刀刃變得搖曳扭曲。

在千鈞一髮之際，勇者只能閉上眼睛面向揮來的利刃。

「咕嗚!!嘎啊！」

斬擊切開眼皮，留下一道傷痕。勇者噴出紅色鮮血，身體大幅度向後仰去。

他勉強撐住差點失去平衡的身軀，同時睜開沒受傷的眼睛，試圖追上艾爾的身影，但目標卻在一瞬間踢向頭盔，移動到其他地方去了。高速移動，然後從死角瞄準眼睛這個弱點攻擊，這般戰術對巨人而言簡直恐怖至極。

相對的，巨人則彎起身軀，猛然向後一躍。不能繼續放任艾爾在視野外活動。如果他正繞到身後，巨人正好能藉由移動進行衝撞攻擊。反之，艾爾就會回到正面的視野中。這樣的行動正可謂攻防合一。

果然，準備繞到巨人背後的艾爾不得不迴避這次衝撞。他在空中翻一個身，然後輕輕地降落到地面。鋼索錨發出咻咻的聲響收了回去。

三眼勇者正面捕捉到艾爾的身影，隨即放低姿勢擺好拳頭。沒露出絲毫破綻和動搖。他此時不將敵人視為軟弱無力的存在。雙方都是擁有具備擊敗對手力量的勇者。

他早就沒有任何輕視艾爾的想法了。準備用最小、最快的一擊擊敗他。下次再露出破綻的話，失去的可能就不只是眼睛了。勇者用剩下的眼睛凝神細看，不放過艾爾的一舉一動。

被切開的眼皮流出的血使得那隻眼睛睜不太開。即使因視野被剝奪而勃然大怒，他仍然努力保持冷靜，握緊拳頭。不需要大幅度動作，而是要迅速、輕巧地攻擊。自從睜開眼以來，他這輩子第一次開始學習與極小的敵人戰鬥的方法。

巨人們緊張地屏住氣息，注視著這場戰鬥。

區區一隻小鬼族居然能將他們的勇者逼到如此境地，這簡直令人難以置信。可是，看到現在，竟沒有一個人能夠責備勇者。假如上場的不是勇者，恐怕眼睛早就全部被破壞，落得趴在地上爬不起來的下場了。敵人儘管身形矮小，看在他們眼裡卻是如此過分地恐怖。

片刻間，一大一小的身影互相警惕著對方如何出手。

勇者的嘴角不經意地揚起笑容。對他來說，失去石斧或許比較有利。沒有必要用那種大小的武器，因為巨人的軀體本身即是質量龐大的武器。他不再將巨體視為絕對優勢了，但也不認為是缺點，只是冷靜地思考著其利弊。

「百眼，感謝您……勇者間的問答本該如此！」

勇者下定決心，大步踏向前。他全神貫注的動作蘊含著超乎其巨體的猛銳。

在衝上前的同時使出大動作的踐踏攻擊，艾爾自然會逃到空中。勇者看準了他逃離的方向後，再揮出急促的刺拳補上追擊。

面對那挾帶拳風破空而來的猛烈拳勢，艾爾以輕盈如樹葉般飄動的動作避開了。他以伸出的拳頭為立足點，進一步往上飛躍。

勇者大大地伸展雙臂，直接大範圍的橫掃。那是以其巨大及寬廣體態為武器的壓制攻擊。

手臂停止旋轉後，他直覺感到不對勁。視線在四周掃了一圈，然後發現——他就在那裡。小鬼族正用鋼索錨牢牢固定，站在他的手臂上。

發現那個身影的巨人還來不及揮動手臂，艾爾就衝上前去。鋼索錨射向空中，追過艾爾的身影殺到勇者面前。空中冒出了火焰。可是，勇者無視火焰，直接使出一記頭槌。畢竟火球的攻擊算不上是威脅。

出乎意料的是，飛行中的鋼索錨釋放出魔法現象。一道格外耀眼的紅色光芒橫空掠過。那

並不是爆炎球的魔法，而是『爆炎炮擊』——比爆炎球威力更強，屬於爆炎系的中級魔法。

以往使用的爆炎球之所以威力較小，都是為了讓勇者掉以輕心，猛烈的轟炸因而成功襲向勇者的側臉。

論貫穿能力雖是徹甲炎槍較高，但『爆炎炮擊』的衝擊力道更遠遠凌駕於前者。即使隔著頭盔也能造成足夠的衝擊，使得勇者的姿勢不自然地垮了下去。

艾爾接著跑過逐漸開始傾斜的巨人肩膀，舉起了銃杖。兩柄劍同時發動了『真空衝擊』的魔法。以氣壓差所造成的衝擊波重疊，轟向巨人的臉。

彷彿挨了同為巨人的一記重拳似地，勇者大幅地向後仰。

正面受到重擊的巨人頭部大大地後傾，使得沒有保護的下顎完全暴露出來。艾爾接著從正在逐漸倒下的巨人身上躍起，伸出銃杖準備給出最後一擊。

他連續發射爆炎炮擊。炮擊如同被無防備的下顎吸引一般，全都朝著該處飛了過去，並且在命中後綻放一朵巨大的火焰之花。

下顎挨了一記強烈爆擊的上鉤拳，讓勇者被衝擊打飛到空中。劃出一道和緩的拋物線軌跡，在一頭栽倒到地面的同時，揚起漫天塵土。

艾爾使用大氣衝擊吸收魔法，降落在三隻眼的勇者身體上，而勇者仍呈大字形癱倒在地。

凱爾勒斯氏族的巨人們茫然望著眼前的景象。

他們的勇者在一片塵土瀰漫中倒在地上癱成大字形，另一個矮小的勇者則從容地佇立於其胸口上。令人喘不過氣的沉默在巨人們之間漫開。

這時，小小的勇者做一個深呼吸後，微偏著頭提出一個不得了的疑問。

「那麼，這場戰鬥的勝負要怎麼算？就算是我，要把巨人殺死也很費工夫。」

失去意識的巨人勇者，以及俯視著他的小鬼族。在混亂的旁觀者開口說話以前，四隻眼的老婦人走到前面來。

「百眼啊，已經得到結論了。問答到此為止，小鬼族的勇者……是汝贏了。」

巨人們欲言又止地互相對視，可是卻什麼都說不出來，只是滿臉的困惑。同時，倒地不起的勇者發出了呻吟聲。

「醒了嗎？三眼位。」

「……吾是、閉上眼了嗎？」

他不停搖頭想讓意識清醒，然後慢慢地起身。意外地十分冷靜，也不見驚慌失措的模樣。

「是吾輸了。」

在老婦人告知結果前，勇者便自己說了出來。他一看見跳到地面上的艾爾，就先提出疑問。

「汝不給吾最後一擊嗎？」

「你的體型實在太大了。要給你致命性的一擊可不簡單。」

「呵，有道理。」

也許他心裡已經做出了某種決定。勇者輕笑一聲，然後忽然板起臉來。只見他當場屈膝跪下，也不擦掉從額上的眼皮流出的血，並且閉上完好的其中一隻眼睛。

「小勇者啊，問答已由百眼見證。吾將『遵從』汝之命令，作為汝勝利的報酬。」

「……感覺跟我想要的結果不太一樣。算了，就結果而言也沒有問題。」

艾爾一本正經地點頭接受時，一道巨大的影子將他遮住了。

「汝輩所言，可否也讓老身詳細聽聽。」

「魔導師。」

巨人老婦人走到屈膝跪下的勇者旁，然後坐到地上。因為站著和艾爾的身高差太多了，不方便說話。

「在問答之前汝也說過吧，小鬼族的勇者。汝並非盧貝氏族所飼養，此話當真？」

「是真的。說起來，你們還是我『第一次遇到的巨人』呢。」

艾爾的態度相當認真，但巨人們卻無法理解他的回答。

「第一次？汝究竟在哪裡生活？」

「是在離這裡很遙遠的西方國家，弗雷梅維拉王國。」

他所說的是事實沒錯，不過那個名字對巨人而言卻相當陌生，因此更是加深了心中謎團。連老婦人都瞇起眼陷入沉思，勇者倒是毫不猶豫地點頭接受了。

「……這已是百眼認同之事。吾就相信汝的說法吧。汝的確不是盧貝氏族的眼線。」

「我一開始就這麼告訴你了啊。」

三隻眼的勇者摸著自己眼皮上的傷。儘管血已經差不多止住了，半乾的部分仍沾上指尖。

「誠然。即使是盧貝氏族，也不可能輕易使汝這樣的勇者服從。」

小鬼族是巨人飼養的生物，這是他們巨人共通的認知。話是這麼說，他們實在不認為如此凶惡的存在會乖乖地被人飼養。再大的氏族一定都應付不來吧。

確認過自己的傷勢後，勇者便理解了。這個小鬼族的勇者相當擅長與『巨大的東西』戰鬥。不知他過去是否都獵捕著巨人，抑或是巨獸？不管怎麼說，他都歷經許多場不負勇者之名的問答。他認為這就足夠了。

「小小的勇者啊，今後吾輩氏族會視汝為客人接待。諸位也沒有意見吧。」

他站起來如此宣稱，並且環顧四周。

看到勇者和魔導師的舉動，巨人們先是面面相覷，煩惱了好一會兒，最後還是都點頭答應了。剛才那一場勇者間的問答已經展現出能讓他們心服口服的事實。

接著，老婦人也站了起來。她說：

「未知的名字……是氏族嗎？老身必須問問汝的真意。這將會成為引導吾輩氏族前進的重要指標。」

老婦人的四隻眼瞳凝視著艾爾。眼神犀利得彷彿要看穿他小小的身體中隱藏的秘密。

「啊，你們打完了？艾爾果然贏了啊！」

這時，一個怪模怪樣的金屬物體從巨人們的空隙間冒了出來，是穿著空降甲冑的亞蒂。看見陌生的物體，而且還朝著艾爾的方向跑來，勇者警惕地瞇起了眼睛。

「那也是小鬼族？和汝一樣是勇者嗎？」

視線中蘊含的力道漸漸變強了。察覺到危險的氣氛，艾爾不禁呻吟。好不容易靠一次戰鬥說服了這一大群巨人，他可不想再被要求展開什麼問答。所以，他指著亞蒂說：

「嗯。這位是我的……妻子。」

「唔，妻子是……？」

「!?妻妻妻妻子！！！！？？？？」

不知為何，大聲驚叫打斷勇者發問的人竟然是亞蒂。艾爾完全無視她的反應，淡然地點頭。

「妻子、夫婦、配偶，你們沒有這一類的風俗或用語嗎？」

「不，有。雖然有。汝等為夫婦啊。原來如此，如此的勇者，也不無道理。」

小鬼族在巨人眼中是很小的存在，艾爾更是特別嬌小。雖然多少覺得有些不自然，三眼勇者還是勉強接受了。勇者的稱號在他心目中似乎占有相當大的份量。

「艾爾艾爾艾爾嗚嘻呼呼呼呼呼呼呼呼呼耶唷——!!」

至於亞蒂，她完全不顧周圍的狀況，迫不及待地跳下空降甲冑，直接衝向艾爾緊抱住他。

「……冷靜一點。這樣講就不用重複無意義的戰鬥了。看來我們總算可以和巨人好好談談，應該也可以確保安全的據點。」

儘管艾爾向她說明自己這樣說的理由，但她果然完全沒有聽進去。

「我完全不介意維持這樣就好不如說務必維持這樣就應該這樣做。」

「……這方面我們以後再慢慢討論。是說，周圍的視線很刺人。」

他們就站在巨人集團的正中間，何況他才剛打敗勇者，使得所有人的視線仍集中在艾爾身上。但是，亞蒂果然完全不在乎這些事情。

「艾爾！回去後馬上辦婚禮吧。大家一起裝飾奧維西要塞！用我的小澤拉著伊迦爾卡，昭告世界吧!!」

「妳已經想那麼遠了啊。我們才剛和巨人認識而已，還找不到方法回國呢。」

「沒問題，完全沒問題！我會把敢來妨礙的傢伙們全宰了。我會加油!!」

看樣子她暫時是停不下來了。艾爾抱著半放棄的心態望向遠處。

「有幹勁是好事。」

之後有好一段時間，亞蒂變成一種只會發出嗚嘿嗚嘿這種詭異笑聲的生物。

看著眼前的兩人，勇者心裡的困惑愈來愈深。

「……汝輩究竟是什麼來頭？」

「迷路的騎士團長和他的輔佐。」

還是完全不明白。巨人們還需要花上好長一段時間，才能理解關於這個小勇者的事情。

就這樣，在巨人族的凱爾勒斯氏族的聚落中，住下了一對奇妙的客人。

◆

弗雷梅維拉王國首都，坎庫寧。

一架幻晶騎士正在貫穿王都中心的大道上前進。那是有著半人半馬外形的人馬騎士『澤多林布爾』。巨大的鋼鐵騎兵發出堅硬的聲響，與大道上的喧鬧聲混在一起。

擠滿大道兩側的居民們紛紛向由騎兵引導前進的人馬騎士歡呼揮手。兩旁的建築物上掛起旗幟，那上面所描繪的紋樣，是弗雷梅維拉王國的國徽和——一隻大展雙翼的銀鳳。

沒多久，澤多林布爾抵達了雪勒貝爾王城，並停下腳步。馬背上的裝甲開啟，露出裡面的駕駛座。銀鳳騎士團長艾爾涅斯帝・埃切貝里亞從中探出頭來。

他沒有穿著平時的騎操士服裝，而是身著儀式典禮用的奢華裝束。施以精美刺繡的外套隨風揚起，他接著將手伸向駕駛座。

團長輔佐亞黛爾楚・歐塔隨即搭上那纖細小手現身。她也不是穿重視方便活動的騎操士制服，而是一套將好幾層布料重疊在一起製成的華麗禮服。兩人都盡可能打扮得漂亮體面。

艾爾慢慢牽起亞蒂的手，並將另一隻手伸到衣著不便行動的她背後，再用雙手將她抱起。嬌小的艾爾看起來不像能支撐比他身高還高的亞蒂，幸好有充沛的魔法能力加持，強行解決了這個問題。

抱起亞蒂的艾爾臉上露出一抹微笑，隨後輕輕鬆鬆地從澤多林布爾的背上縱身一躍。

外套和禮服的衣襬隨著降落地面的動作揚起，在著地前使用『大氣衝擊吸收』魔法減速。輕盈落地後，他們的服裝輕飄飄地重疊在一起。

接著，他們就以這樣一身打扮往王城走去。城裡的近衛騎士們排成一列，各自將劍握於手中，做出最鄭重的敬禮姿勢。

「銀鳳騎士團，埃切貝里亞騎士團長入城！」

高昂的喇叭聲和鐘聲頓時響起。艾爾維持抱著亞蒂的狀態，在筆直鋪著的地毯上邁步前進。

「嗚嘿嘿嘿嘿嘿。大家都在祝福我們呢！」

「嗯。當然啦，畢竟這可是我們的結婚典禮。聽說陛下也會親口賜予我們祝福。」

被抱起來的亞蒂露出幸福洋溢的表情，緊緊抱住了艾爾。被擋住視線的艾爾應該看不到前方才對，但不知怎麼做到的，他的腳步依然穩定地筆直向前。

「真的可以結婚……這段過程真的太漫長了。我們可是千辛萬苦才從森林回來的呢！」

兩人一邊交談，不久便踏入謁見廳。經過裝飾的幻晶騎士在這廣大的空間裡並排站著。最裡面的是國王騎『雷帝斯・歐・維拉』，國王里奧塔莫思就坐在前方的王座上。銀鳳騎士團的團員們也到齊了，站在通往王座前的通路兩旁。

老大、艾德加、海薇、迪特里希，還有巴特森。後面還能看到艾爾的雙親和亞蒂的母親，以及阿奇德的身影。

「那也已經是過去的事了。來，我們到了。大家都等著呢，我的亞蒂。」

「好，親愛的。我們走吧！」

艾爾將亞蒂放下，兩人手牽著手走過謁見廳。

地毯一直延伸到國王面前。國王親自主持儀式是非常少見的。這也能說明艾爾涅斯帝這號人物的重要性。

「真的要和艾爾結為夫妻了……」

走著走著，亞蒂不停地確認牽著的手。彷彿比起周圍的祝福，和他之間的聯繫更為重要的樣子。

「以後也會一直在一起哦，我的亞蒂。」

「嗯！不管到哪裡絕對都會一直在一起！」

就連墜落到魔物森林那時候也沒有分開。究竟還有什麼困難能拆散兩人？亞蒂在下定決心的同時，也懷著無可動搖的自信。

「永遠在一起……畢竟是夫妻嘛。很快也會有了孩子……嗚嘿嘿嘿，艾爾！你想要幾個孩子？」

「想要一大堆呢。最好可以湊出一支我們的騎士團。」

「艾爾……!!」

雖然身處大廳的正中央，亞蒂卻感動萬分地緊緊抱住艾爾。懷裡的艾爾露出笑容抬起頭。

兩人視線相交，慢慢靠近彼此。

「我說，亞蒂，差不多早上了。」

「……艾爾？」

就在嘴唇交疊的前一刻，艾爾突然沒頭沒腦地說出這句話。亞蒂嚇了一跳，睜大眼一看，艾爾的笑臉近在眼前——

◆

「妳要睡到什麼時候？差不多該起床了。」

——亞蒂緩緩睜開眼，首先映入眼簾的是艾爾困惑的臉。他正搖著裹在毯子裡睡覺的亞蒂的肩。環顧四周，根本沒有什麼王城，能看到的只有簡單樸素的帳篷。

「……唔。奇怪？艾爾？我們的騎士團呢……？」

「妳在說什麼？現在就是為了回到騎士團的大家身邊而努力著啊。」

她又茫然了好一會兒，然後漸漸地清醒了。最後深深嘆一口氣。

「什麼嘛。是夢……」

只見她雖然渾身無力，卻又忽然賭氣似地伸出手，一把攬住在身旁坐下的艾爾腰際，把臉埋進他的胸口並緊緊地抱著。被抱住的艾爾則是露出苦笑，也輕輕抱回去。

「夢到騎士團了嗎？掉到森林後，也過了很長一段時間啊。」

艾爾用手梳理著亞蒂的頭髮時，她差點再度進入夢鄉，懷裡傳來像是睡糊塗的聲音。艾爾將臉靠近亞蒂的耳邊，低聲說：

「為了回到弗雷梅維拉，現在就再稍微努力一下吧。我們還有好多話要告訴父親、母親，還有伊爾瑪阿姨吧？」

原本一直呈現半睡半醒狀態的亞蒂，一下子清醒過來。

「對耶！得向他們報告，然後盛大地舉行儀式!!好，艾爾，我們加油吧！」

「好好。先吃早餐吧。」

先不管突然變得幹勁十足的亞蒂，艾爾一手拿著鍋子走了出去。

巨人族的其中一支氏族——凱爾勒斯氏族的聚落一隅有個小小的帳篷。它的大小和其他帳篷比起來有如玩具一般，那裡就是艾爾和亞蒂居住的帳篷。

他們在帳篷前搭起小小的灶，鍋子下方已經點起火。裡面燉著少量的野草和肉乾。

來到這個聚落之後，兩人就像這樣優先消耗掉攜帶的保存食物。

就算能保存一段時間，也依然會慢慢變得不新鮮。自從住進巨人的聚落，有餘力在帳篷裡儲存物品以後，他們便開始進行各方面整頓。有一個地方可以安頓下來還真是便利。

「這麼晚才睡醒啊。」

聽見從頭上傳來的招呼聲，他們抬起頭一看，出現在眼前的是三眼位的勇者。他沒有穿戴頭盔和鎧甲，一身輕便的打扮。正好奇地看向兩人中間那口小鍋子。

「哦，那就是汝等的料理啊。」

「是的。對了，謝謝你昨天分給我們獵物。」

「無妨。汝等吃掉的份量根本不算什麼。」

雖說要消耗保存食物，但當然不會只吃那些。因為分到一些巨人們打來的獵物，也獲得了新鮮的食材。兩個人類的食物量，與巨人相比根本微不足道。就算只是一塊碎肉也十分足夠了。

「你們巨人幾乎都只吃打來的獵物就夠了。不會吃果實之類的嗎？」

「此地幾乎沒有能填飽吾輩肚子的果實，搜集起來所費的勞力也不划算。若是像汝等那麼小的話，或許吃果實就夠了。」

「那也沒辦法。可是，只吃肉總覺得很乏味……」

依照艾爾他們所見，巨人們的料理大多是豪爽地將捕來的獵物直接烤熟而已。他們的食物來源幾乎都是動物。因為果實類的食物根本無法滿足巨人的胃口。雖然魔物森林裡也有些植物會結出巨大的果實，但那頂多只能當成巨人們的零食點心。主食終究還是肉。反正在這片森林裡，野獸要多少有多少。

一邊談著這些事情，等吃完早餐後，艾爾像是做出了某種決定，站起來說：

「既然來作客，可不能這樣一直白白分你們的獵物呢。請讓我們也幫忙狩獵吧。」

「狩獵自己的份嗎？很好的想法，百眼也會看著的吧。」

勇者點頭稱是。繼續將獵物分給他們其實也沒有問題。和他們吃的份量比起來，艾爾和亞蒂根本算不上有吃。話是這麼說，讓他們主動獵取自己所需的糧食也完全不是問題。

勇者原本是這麼認為才點頭的，但艾爾卻搖頭否定了他的想法。

「不，要抓的不只是我們的獵物，是和大家一樣的東西。希望我能略盡棉薄之力。」

「什麼？」

聽到艾爾的提議，三眼位勇者納悶地反問。艾爾和亞蒂沒有理會他的反應，動作俐落地收拾好鍋子，開始進行準備。

儘管在那之後勇者仍完全摸不著頭緒，結果還是被說服，帶著他們倆一起進入森林。總覺得有種隨波逐流的感覺。

巨人沉重的腳步聲在森林中迴盪。正因為體型龐大，步行的速度也相當快。這個世界的巨大生物們利用強化魔法使肉體強化，動作卻出乎意料地敏捷靈活。

另外兩個小小的人影在林木間跳躍穿梭，速度不會比巨人慢。那是艾爾和穿著空降甲冑的亞蒂。

他們同時使用『大氣壓縮推進』的魔法，以樹木為立足點半飛半跳地前進著。這麼做比起在地面跑來得更快。

在森林中不斷前進的一行人，不久後就發現藏在樹木間的野獸身影。那是一隻外表近似野豬的決鬥級魔獸，有一對醒目的巨大獠牙。勇者徑直向前，舉起新的石斧。

「呼。汝輩在此等著。吾立刻去捕來第一份糧食。」

「不。機會難得，就請你先看看我們狩獵的方式吧……亞蒂。」

「瞭解～～」

話剛說完，艾爾和亞蒂就拋下勇者衝出去。被留在身後的巨人回想起當時的戰鬥情況，露出複雜的表情杵在原地。

小小的獵人們一下子就縮短與魔獸之間的距離。在他們逼近到眼前時，魔獸才終於注意到其存在。

那頭巨大的豬被分類為決鬥級魔獸。看到他們倆以驚人速度接近，反應卻仍是很遲鈍。照理說，這種大小的生物根本不值得警戒。

而事實證明，牠的大意足以致命。

以狩獵為目的接近的兩人下手毫不留情。先行的艾爾一飛到巨獸腳邊，就一口氣顯現許多魔法。全部瞄準腳部。即使每一發魔法的火力都不大，集中在同一點攻擊的話，仍會產生不容小覷的威力。

小規模的爆炸接連襲向前腳的關節。魔獸的軀體開始傾斜，發出短暫的悲鳴。只不過，魔獸又很快地站穩，恢復原本的姿勢。牠的四條腿也不是白長的，就算其中一條受傷也不會輕易倒下。

悲鳴很快地轉為憤怒的吼聲。大聲吼叫的魔獸，開始尋找攻擊自己的小小敵人——艾爾。雖然平時根本不會把他放在眼裡，可是既然讓自己受傷，就沒理由放過他了。

牠的行動早已在兩人的算計之中。接下來換亞蒂從被刺激的魔獸死角處接近，空降甲冑的手掌上發出魔法現象的光芒。她瞄準的也是腳部關節。爆炎的魔法隨後襲向沒受傷的另一隻前腳。

巨獸再次發出短促的悲鳴。牠這次終於撐不住了，身軀向前傾倒，俯臥在地。兩條前腳都受傷了的話，連那樣的魔獸也承受不住。兩個小小的影子接著逼近勉強以負傷的兩隻腳掙扎著想爬起來的魔獸。

看著他們戰鬥的模樣，三眼位的勇者不禁抱起雙臂，發出呻吟。

「不愧是打倒吾的勇者……」

頸部被切開的魔獸噴出鮮血，當著他的面倒在地上。出血不止，魔獸的動作也漸漸變得無力。

那匹魔獸體型壯碩，全身長滿結實的肉。擁有與其體重相應的猛烈衝撞力，對巨人們來說也是十分難纏的對手。當然，勇者獨自就有辦法對付牠。不過，完成狩獵的卻是只有兩人的小鬼族。這個事實讓巨人勇者忍不住驚嘆。

「既然一同狩獵，一同進食，就無需再以客人身分相待。」

勇者自顧自地點著頭。這時，艾爾來到他的腳邊，不知何故一臉抱歉地仰望他。

「對不起。有件事情想請你幫個忙。」

「怎麼了？那般成功的狩獵，也不需要吾出手了吧。」

「不。那個，雖然打倒牠了，但光靠我們，要搬回去還是有困難……」

「……有道理。」

於是，勇者除了自己打來的獵物以外，還幫忙搬運了艾爾他們的獵物。他暗自決定，下次

出來打獵要帶其他人幫忙搬行李。

一群巨人圍在聚落中央的廣場上。這在過去是十分少見的，可是自從艾爾他們來到這裡後，就經常能看見這樣的景象。

一隻決鬥級魔獸的屍體躺臥在人群的中心——是艾爾他們狩獵回來的獵物。

「吾以勇者之瞳向百眼發誓，這隻獵物確實是小鬼族的勇者所捕獲之物。」

勇者向眾人進行說明。正因為見識過那場戰鬥，巨人們也認同這兩個小鬼族的勇者是十足的強者。然而，看到他們能做到和自己一樣的事情，仍不禁為之驚嘆。

「因此，吾輩不應再視之為客人。一同狩獵、一同進食者，應當迎為吾輩氏族的同胞。」

這似乎是巨人族之間的規矩。在因為某種理由來到其他氏族的情況下，一同狩獵、進食後，就會認可其為新的氏族一員。雖然沒有適用於小鬼族的先例，巨人們仍紛紛表示同意。

勇者滿意地點一點頭，但又很快地沉下臉，視線移向腳邊的兩人。

「話說回來，雖然想都沒想過……既然要迎入氏族的話，就該用捕來的獵物裝飾在身上。」

在巨人族的傳統中，他們會將自己狩獵的成果打造成各種武器或防具。藉此向周圍展示自身的力量。也因此，第一次獵到的獵物被視為十分重要的東西。對於沒什麼身外之物的巨人們而言，以第一隻獵物做成的道具算是少數寄託回憶之物。這已成為一種慣例。

至於艾爾和亞蒂的情況——

這隻魔獸的材料應該可以供兩人盡情做出各種工具和裝備吧。可是，問題在於巨人們並不具備做『小物品』的技術。

看到勇者困惑的樣子，艾爾露出微笑，點頭說：

「好的。機會難得，我想就用這隻獵物做一套鎧甲吧。」

「唔。雖想要給予汝輩當成賀禮，但要符合小鬼族的身材……」

勇者雙臂抱胸，煩惱地思考著。艾爾仍是一副若無其事的態度回答：

「別擔心。我希望你們做的，是和你們『一樣』的鎧甲。」

「……不可能穿得上去吧。雖說此為慶祝加入氏族之賀禮，但若無法使用，還有何意義？」

再怎麼說，這麼矮小的勇者也不可能穿上和巨人族同樣的鎧甲。這已經不是尺寸太大的問題了，而是肯定會被壓扁。對從來不曾將小鬼族養在身邊的凱爾勒斯氏族的巨人們而言，該如何與其相處也讓他們煞費苦心。

「不不，沒有必要勉強穿上。只是各位特地送我們賀禮，也能用來裝飾在某處吧。」

「……呼。既然汝如此希望，那好吧。就由勇者——吾親自準備汝的鎧甲。」

儘管勇者感到有些疑惑，但終歸是增加榮譽光彩之物，所以還是勉強接受了。

「啊……我大概能猜到艾爾在想什麼了。」

除了唯一相處多年的亞蒂外，巨人們根本無從得知艾爾的想法。他們純粹以給予榮譽為由，而贈送魔獸皮革製造的巨大鎧甲。

◆

用艾爾他們獵到的決鬥級魔獸製成的巨大皮甲，暫時存放在勇者居住的帳篷中。因為那麼大的東西根本不可能放進艾爾他們的帳篷，但也不能就那樣放在野外。

艾爾滿意地打量著用初次狩獵的獵物製作成的鎧甲，心中充滿與巨人完全不同的喜悅。亞蒂則稍微拉開與他之間的距離，斜眼看著臉上浮現幸福的笑容、沉浸於妄想的艾爾。

「又在打鬼主意……」

「不不，我沒什麼危險的想法。只是想到，我們和巨人族打好關係，也保障了食物來源。既然生活安頓下來，就表示差不多可以建造幻晶騎士了。愈來愈有意思了呢！」

「是嗎～～？算了，你開心就好。要用那個嗎？」

「如果就這樣幫我們做好整個身體，能不能做出一具皮甲製的幻晶騎士呢？」

當然，艾爾不可能只為了紀念才要求打造這套巨大的皮甲。他的目標始終只有一個，就是建造並獲得巨大的人型兵器——幻晶騎士。

「嗯——很難吧。金屬骨架可以用魔獸的骨頭代用嗎？雖然是有可能啦。」

亞蒂扳起手指數了起來。即使完成了外裝部分，光是這樣也做不出幻晶騎士。畢竟沒有內在裝置驅動。

艾爾也點點頭。問題本來就多不勝數，而其中有兩個最大的問題。

「歸根究柢，還是少了結晶肌肉呢。」

「嗯——那乾脆請巨人進去裡面吧！」

「那就只是普通的巨人而已了。」

兩人閒聊著，摸索各式各樣的可能性。先不論艾爾的興趣，想要回到弗雷梅維拉王國的話，他們勢必需要幻晶騎士。因此亞蒂也幹勁十足。

「說起來，利用魔獸的材料……在本國根本沒考慮過呢。」

「因為很麻煩吧？」

「是啊。加工起來也很費工夫。」

在他們的故鄉，不僅有技術、經驗都很豐富的鍛造師，加工金屬所需的設備也很齊全。何況，利用金屬的自由度也更高。從各方面來看，魔獸的身體素材都很難運用。可以說這是在緊要關頭，不考慮規格和量產性的情況下，才想得出來的方法。

「不光是麻煩的問題。因為活著的動物體內充滿了魔力和魔法術式，所以無法接受外來的術式。正因如此，才顯得能從外部進行操縱的結晶肌肉那麼方便。」

此外，魔獸的材料運用也沒有說起來那麼簡單。其中還有各式各樣的限制存在。

「反過來說，如果是魔力供給停止、術式也不再維持的屍體，理論上應該也能夠當作材料使用。」

「艾爾。我絕對不要那種塞著魔獸死屍的騎士哦？」

「嗯。最重要的是那種東西立刻就會腐敗，驅動效率也很微妙。完全稱不上實用。」

亞蒂心想，艾爾否決的理由好像從根本上就已經偏差了，但她還是決定不去深究。

「結晶肌肉是用鍊金術對觸媒結晶進行加工的產物。也就是說，那也不是能從自然界開採、挖掘出來的東西。唔唔，我對鍊金術不太熟悉呢……」

只要有材料和技術，艾爾不管花多少時間都會去完成。無奈他們缺少的材料還是太多了。

「這附近如果有不能啟動的幻晶騎士的話，倒是能挪用一些零件拼湊。」

「小席怎麼樣？雖然墜落的時候壞掉了，零件應該還留著。」

雖然伊迦爾卡喪失了除了中樞以外的絕大部分，不過席爾斐亞涅只是因墜落的衝擊而損壞而已。回收以後還是能當成材料使用。

「當然，席爾斐亞涅和伊迦爾卡之後都會回收，可是只有它們不夠吧。不曉得哪裡有更多的幻晶騎士掉在地上呢……唉，真想到西方諸國撿殘骸。」

「絕對不會有那種好事啦。」

亞蒂受不了地說，但艾爾忽然想到另一種不同的可能性。

「……不。也不見得。」

見亞蒂一臉詫異，艾爾對她露出微笑，然後說：

「這是歷史的問題。弗雷梅維拉王國成立後，將博庫斯大樹海視為禁地的事件起因是什麼？」

「咦？呃、啊……『森伐遠征軍』？」

——森伐遠征軍。

那是曾經平定西方，當人類全體勢力擴大的野心最為旺盛的時期，所派出的一支東征軍。大規模的幻晶騎士部隊翻越歐比涅山脈，朝向博庫斯大樹海奮勇進軍。然而，這支遠征軍的下場卻相當悲慘。

當時作為主力的幻晶騎士，其性能與現代的機體相比低了不少。設想在那個時代遇上旅團級魔獸、甚至是師團級魔獸的話——

森林裡的魔獸們展現毀滅性的淫威，使遠征軍隊受到致命打擊。數量銳減至勉強沒有全滅的程度，最後狼狽不堪地逃了回去。

這場可謂大失敗的遠征行動，其唯一的成果就是在歐比涅以東成功確保了少許領地。那塊土地便是日後的弗雷梅維拉王國。

說到底，這趟使用飛空船的旅途，其用意就是在派出第二次森伐遠征軍前事先進行調查。

「我們不清楚他們究竟深入到博庫斯的哪裡，但應該還是有可能發現那些遺產。」

儘管艾爾自己也明白那希望有多麼微小，他仍不免懷著一絲期待。如果還留著可以再利用的殘骸，就能一口氣拉近與目標之間的距離了。

「如果能那樣搜集到材料的話……剩下的問題就只有一個，一個很重大的問題。」

亞蒂不解。聽他這麼說起來，只要有材料的話，感覺好像就會有辦法了。

「要怎麼用收集到的材料組裝機體這一點啊。」

如果老大在這裡的話，就算會花上一段時間，想必最後還是能把機體做出來吧。艾爾對設計十分精通，但並非實際經手過鍛造作業。何況要製造幻晶騎士，還需要很多技術熟練的人手。

「你、你想嘛！我們還要使用魔獸材料。或許用和老大他們不同的方法也行得通？」

「妳說得對。實在不行的話，也還有教育巨人他們這一手……」

亞蒂稍微和發出嗚呼呼呼呼呼的詭異笑聲的艾爾拉開距離，然後拍一拍手。

「先、先去把小席撿回來吧！啊，還是先去撿伊迦爾卡比較好？如果不先修好源素浮揚器，小席也動不了呢。」

「也對……嗯？奇怪？真要說起來，既然要回去，浮揚器應該更重要吧。」

「對喔。總不能用走的回去。可是，那比重造幻晶騎士還要困難吧？」

徒步走過搭乘飛行船飛過的距離，這選項根本不在討論範圍內。假設他們當真能夠重新改造幻晶騎士，步行的歸途依舊困難重重。

即使幻晶騎士的腳程比人類快得多，可是在不停運轉的狀況下仍會產生消耗。再考慮到途中遇到魔獸的情況，在抵達目的地前再度癱瘓停止的可能性非常大。要考慮用比較現實的方法穿越森林，就必須確保『走空路的手段』。

「問題太多了!!只好放棄？」

「也不是這樣。事已至此，就盡可能地利用魔獸吧。首先要研究汙穢之獸的材料。」

艾爾想起了伊迦爾卡的最後那場戰鬥。在戰鬥中，他看到汙穢之獸的翅膀發出虹色光芒飛行的模樣。那個光芒與源素浮揚器產生的乙太反應相同。也就是說，可以推定汙穢之獸也是利用同樣原理飛上天空的。

艾爾愈來愈有幹勁，亞蒂卻還是一副疑惑的樣子。

「那樣好嗎？汙穢之獸（那個）算是你的大敵吧？」

「牠們是應該殲滅的仇敵，不過要是死後派得上用場，不也很好嗎？」

他若無其事地提出如此危險的意見，而亞蒂很自然地就接受了。這裡並沒有會對此予以吐槽的人。

「好，先去和巨人們談談吧。先打好關係，等交情好到願意幫助我們之後，就搜集各種東西……到時候，再來考慮之後的方法。」

為了達成目的，他們就這樣不斷進行多方嘗試，一邊度過這段與巨人們同住的時光。

# 第五十八話　戰鬥的前兆

「……來得好。」

在寬廣的帳篷中，聲音從裡面的暗處傳來。這個帳篷的主人——四眼位的魔導師睜開她那埋在皺紋底下的眼瞳，盯著來客的身影。

這座在巨人族凱爾勒斯氏族聚落中顯得格外巨大又氣派的帳篷，就是她這位族長的住處。

兩個小小的身影站在以巨人尺寸來說也十分寬闊的入口處。他們是巨人族所謂的『小鬼族(哥布林)』，艾爾涅斯帝和亞黛爾楚。

「聽說今天有事相談，便前來拜訪。」

「正是。請到這兒來。」

巨人老婦人向小小的客人招手。也許是為了款待客人，注入茶水（似的東西）的巨大石碗被端到兩人面前。正因為是給巨人用的尺寸，石碗輕易地就超過了艾爾的身高。不過，他也早已習慣地拿出自己帶的容器汲取茶水。

兩人歇了一會兒後，巨人老婦人鄭重地開口道：

「找兩位來不為他事。此地的小鬼族普遍為盧貝氏族所飼養，然而汝等卻說自己並非彼氏族手下之人。希望能讓吾聽聽真相。」

「原來如此。這說來話長，沒關係嗎？」

「當然。魔導師有義務見識、知曉。汝直說無妨。」

魔導師自己也啜一口茶，點頭同意了。

「好的。這個嘛，首先要說明我們從何而來……」

於是，艾爾涅斯帝・埃切貝里亞開始娓娓道來。

和巨人們生活的森林相隔遙遠的西方，有個人類生活的場所。人類聚集在一起，形成了許多國家，並且在那裡定居——

老婦人靜靜傾聽，緩緩睜大那幾乎與皺紋分不清的眼睛。

「眾多小鬼族生活的國家……沒有巨人（吾等）、只有小鬼族的國家嗎？」

「對我們來說，也是像這樣在森林裡迷路，才第一次知道有各位這樣的巨人存在。」

「西方竟有如此之多的小鬼族嗎？那麼，所謂的小鬼族，都是來自於西方？」

「這就不曉得了。因為你們口中的小鬼族是不是真的和我們是同一種族，這方面我們還不太清楚。」

無視因為談得太久而覺得無聊、靠著自己開始打瞌睡的亞蒂，艾爾和老婦人繼續深談。

「我們是從其中一個名為弗雷梅維拉王國的國家來的。目的是探索這個森林，為此……」

艾爾接著說。

關於能與巨人族匹敵的巨人兵器『幻晶騎士』的事情，乘坐飛翔於天際的船『飛空船』進入了森林的事情。

當他提到飛空船，就連老婦人也顯而易見地瞪大眼睛。

「……此話當真？西方的小鬼族實在不容小覷。可是，既然有那樣的飛船，為何只有汝等二人留在此處？」

「我們在旅途中曾經和汙穢之獸交戰。」

光是這句話，老婦人就明白發生了什麼事。

「我們也給了襲來的蟲子們迎頭痛擊。但是我的搭檔也跟著墜落，所以才會和這位亞蒂一起在森林裡徘徊流浪。」

「汝是說，汝也能操縱『幻獸』……不，這麼說來，難道勇者發現的殘骸就是汝等打倒的汙穢之獸？」

「恐怕是。」

見艾爾點頭，老婦人嘆了一聲。

「竟是這樣。真是教人驚訝。照理說是不入眼的荒謬之事。然而，汝擊敗了吾輩之勇者，其武勇乃真實不假。百眼亦親眼見證……與汝一席話，著實獲益良多。沒想到在將眼瞳歸還百眼之前，會知曉如此真實。」

老婦人的眼瞳再度埋沒於皺紋之中。然後，這次換艾爾開口了：

「這次可否換我們提問？」

「無妨。老身必知無不言，言無不盡。」

「這邊的……盧貝氏族那裡的小鬼族是怎樣的存在？真的和我們很像嗎？」

聽到這裡，途中就靠著艾爾的膝蓋睡著的亞蒂突然起身。她也十分在意小鬼族的真面目。

「依老身所知，外形樣貌是一樣的。大小不及吾等膝蓋的程度，皆為二眼位。但是，老身見過的也不多，多為耳聞之事。因為小鬼族只會出現在盧貝氏族附近。」

老婦人將臉湊近艾爾他們，一邊說著。艾爾回望著她巨大的眼瞳，微微歪著頭問：

「那些小鬼族一直住在這個地方嗎？」

「老身也不能確定。可以肯定的是，在老身被授予眼瞳之前就存在了。」

比這個世代的巨人更早定居下來、和人類相似的種族。從都是兩隻眼的特徵來看，果然還是更接近人類的存在，而非巨人的近親。

「……既然那樣，不知道能不能拉攏過來？不，我明白了。那麼，最後一個問題……關於汙穢之獸。那個不是魔獸嗎？又怎麼會受盧貝氏族控制？」

「不知道！那些本來就是全氏族共通的敵人！」

從與眼前的魔導師完全不同的方向傳來宛如雷鳴的回答。艾爾他們回過頭，正好和站在帳篷入口的勇者對上視線。

「吾都聽到了。幹得漂亮！即使身為小鬼族，也不愧是百眼認可的勇者。將那些汙穢消滅的，原來是汝的幻獸啊。」

勇者一邊點頭，一邊不客氣地走進來。魔導師也不責備他，一樣幫他倒茶。勇者接過茶水啜了一口，然後在艾爾他們的旁邊一屁股坐下。

「你相信我剛才說的那些話嗎？」

「吾已做過約定，自然不會懷疑。」

勇者咧開嘴一笑。接著，他像是想到了什麼似地瞇起眼。

「汝問及的汙穢之獸在空中飛翔、到處散播汙穢，為吾輩之大敵。說到底，牠們也不單是以吾輩為目標，而是將森林中活著的一切視為獵物。」

那些巨大蟲型魔獸自由自在地在空中飛翔，以腐蝕性的有毒體液當成武器。不難想像牠們在這座森林中到處肆虐的景象。

「吾輩世世代代與之抗衡。將牠們打倒可說是勇者的義務之一……只是沒想到！當再次遇到的時候，牠們居然都歸附於盧貝氏族之下！那正是一切錯誤的開端。」

「聽你這樣說，好像是最近才發生的事情。」

「正是。此為還未請百眼降臨之前的『真眼之亂』。」

艾爾和亞蒂互相看一看對方。

「真眼之亂？」

「可惡的盧貝氏族！竟敢蒙蔽百眼的選定！那些傢伙汙衊了吾等之王位!!」

「汙衊王位？那是什麼意思……」

「確實如此！只有『六眼位』能以王自稱。眼瞳尚有欠缺者，絕不值得稱王！」

說著說著，勇者的氣息也愈來愈粗。即使事過境遷，他的憤怒依然顯而易見。不過，艾爾對另一件事更感到好奇。

「難道眼睛的數量多就會被選為王嗎？應該要將本人的能力列入考慮吧。」

「無須擔心那種事。六眼位是最接近百眼神的存在。一旦拜領王位，百眼也會睜開更多的眼瞳，注視著吾輩的行為。」

巨人族對於王權的認知，與艾爾他們大有不同。

主要依賴完全的神授形式，與其說是國王，其存在更偏向與神之間的媒介。與人類國王更為不同的是，要求六眼這項明確的身體特徵。

「原來是那樣。那麼，沒有六眼位的時候是怎麼選定王的？」

「眼瞳尚有欠缺時，吾輩的一舉一動將無法傳達給百眼。因此要由氏族開展賢人議會，忍耐到新的六眼位誕生為止。」

「那還真是特別的方式。也就是說，現在並沒有出現六眼位的王。」

一聽到艾爾的提問，勇者頓時睜大眼睛，激動地站了起來。

「是啊！盧貝氏族的五眼位!!明明欠缺眼瞳，竟敢卑鄙無恥地自稱為王!!多麼醜陋！這樣一來，百眼將會閉上眼瞳!!」

原本一直保持沉默，交由勇者發言的老婦人，這時再度開口：

「盧貝氏族在全氏族中規模本來便算龐大，並且受到眼之眷顧。過去也曾有數眼拜領王位之人。」

「這樣啊。意思是，擁有最大勢力的他們終於開始無視眼的數量了。」

「正是如此！祖輩流傳下來的傳說中，都未曾聽聞僭稱為王這種愚劣至極的行徑。更無恥的是，盧貝氏族全族上下居然無人反對！照理說，應該由氏族率先洗刷汙名!!」

說到這裡，勇者的語氣略微沉了下去。他緊握的拳頭顫抖著。

「……所有氏族群起反抗彼輩之愚行。不，當時是所有的氏族！但是……!!」

「汙穢之獸成為彼氏族的武力……支撐著那個錯誤。」

「沒錯。誰會想到，盧貝氏族居然能夠成功驅使曾經為全氏族宿敵的汙穢之獸。使得諸多勇者在真眼之亂中遭受汙穢，因而倒下!!」

說到這邊，勇者終於坐了回去。剛才的怒意似乎稍微緩和下來。只不過，他臉上浮現十分懊悔的表情。

「吾等沒能阻止。不過……或許六眼位不在反而比較好。這樣的行徑可不能讓百眼瞧進眼裡。」

艾爾沒有理會心灰意冷的勇者，盤起雙臂，說：

「……汙穢之獸還有小鬼族？唔，聽你說完以後，感覺就只有那個盧貝氏族變化最大呢。」

艾爾從中看出什麼了嗎？在他開始思考的時候，勇者的拳頭互相碰了一下。

「不過！小鬼族的勇者。汝等擊敗了那汙穢之獸。這正是百眼給予的啟示。吾輩必須糾正錯誤，洗刷汙名！」

「也就是說，要向盧貝氏族發起挑戰嗎？汙穢之獸的數量是被我削減了沒錯，但是盧貝氏族還是最大的氏族吧？」

勇者目不轉睛地俯視艾爾，用力點一點頭。

「吾也明白。可是，此乃吾等真理之問答，不可一直錯下去。需要更多開眼者導正彼等之錯誤。因此，吾等才會召集諸氏族展開賢人問答。」

「你們忙著狩獵，該不會也是為了準備那個……」

理解狀況後，艾爾看起來一臉為難。他們的旅行與相遇，對此地的巨人們造成很大的影響，而且還在失去幻晶騎士的狀態下被捲入紛爭之中。

「既然如此，不能再這樣繼續悠哉了呢。」

這時，身旁的亞蒂拉一拉艾爾的衣角，靠近他耳邊小聲說：

「他們好像要進行戰爭，怎麼辦？要幫忙嗎？」

「雖然始料未及，但我們好像成了開戰的原因。話是這麼說，我們和盧貝氏族並不是敵對關係。何況我也不想參加沒有幻晶騎士的戰鬥。」

「重點果然是那個……？」

俯視著兩人交談的勇者，在這時候插嘴道：

「小鬼族的勇者，汝輩是吾等氏族的新同胞。即使如此，吾等也不會勉強要求汝輩加入戰爭。這件事情必須由吾等展現予百眼。」

「不錯。打倒汙穢之獸一事，已足夠證明汝輩之勇氣。」

魔導師也點頭同意。艾爾端正了姿勢後，仰望兩個巨人。

「……可以的話，我們想要回故鄉。為此希望做好準備。」

「原來如此。小鬼族的勇者，旅人，吾等凱爾勒斯之民，幫助同胞不遺餘力。若是汝輩有何期望，吾輩定會成為汝輩之助力。」

「能得到你們的幫助，真令人安心。那就拜託你們了。」

見艾爾高興地露出笑容，亞蒂不禁露出複雜的表情想著，雙方所說的幫助，意思應該不一樣吧。

◆

在這場對話後又過了一段時間，聚落一下子變得熱鬧起來。派遣到各地的使者們陸續帶著其他氏族的答覆歸來。

「多數氏族皆有回應，願參加即將展開的賢人問答。」

「盧貝氏族的所作所為果然不可原諒。百眼不會對此錯誤坐視不管。」

凱爾勒斯氏族送出展開賢者問答的消息後，也相繼從各氏族處接到肯定的回覆。之前的使者都是派往分散於各地的中小規模氏族。也就是說，他們將組成氏族聯合同盟來對抗盧貝氏族這個大規模氏族。

「很好。絕不能放任盧貝氏族胡作非為。沒有汙穢之獸的現在正是難得的機會。看來諸位都明白這一點。」

在聚落中央的廣場集合的巨人們紛紛點頭，同意魔導師的發言，並以拍手、頓足的方式發出響聲應和。他們齊心合力，著手準備這麼長一段時間到現在，就為了這一刻。

「就由吾等代表氏族前往問答吧。拜託汝輩留守了。」

賢人問答即是戰鬥前的準備會議。當然不可能帶著整個氏族一同參加，而是各自派出代表前往，而凱爾勒斯氏族的代表自然是派出魔導師和勇者。

艾爾他們愣愣地看著巨人們熱血沸騰的景象。這時，勇者朝他們走來。

「正如所見。吾等將前往賢者問答。汝輩如何打算？」

「我們還有不得不做的事情。就在這裡和大家一起留守。」

「明白了。吾會這麼對待從吩咐。若有需要，不用客氣，儘管說。」

「好，非常感謝。」

就這樣，在族人和艾爾他們的目送下，魔導師和勇者為開啟賢人問答而啟程。

◆

在他們出發後，留在聚落裡的巨人們的生活並沒有什麼變化。

唯一的不同點，大概就是大家都滿懷著某種無法抑制的高昂情緒吧。

巨人們默默地進行戰爭準備，並且努力不懈地鍛鍊，使自己盡可能變強。至於能否得到回報，則要依賢人問答的結果而定。

在巨人們忙於備戰的同時，艾爾他們則是自由地過著日子。

他們偶爾會一同出去打獵，但幾乎每天都埋首於自己的研究。儘管巨人接納他們成為凱爾勒斯氏族的一員，可是並沒有要求身為小鬼族——至少巨人族是這麼認為——艾爾他們參戰。賢人問答終究是屬於巨人族的神聖儀式。

「唔，總是不順利呢。」

「還是缺了很多東西啊——」

艾爾和亞蒂一邊悠閒地吃午餐，一邊對彼此發著牢騷。

兩人面前散亂地擺放著各種魔獸材料。巨人們獵到的魔獸，其甲殼或皮革會用作鎧甲的材料，肉則是食用的。骨頭雖然也可以當成鎧甲的材料，但用不到的部分也很多，那些都會被扔到聚落外圍。他們特地把那些不要的骨頭撿回來，全部當成研究材料。

每一天都過著反覆嘗試與研究的日子，可惜到目前為止還沒有顯著的成果。真可謂『通往幻晶騎士的路不是一天建成的』。

兩人正吃著午餐，突然感受到地面傳來震動。這一陣規律的搖晃來自於巨人族步行時引起的晃動。似乎有巨人族正走向艾爾他們所在的帳篷。

他們的帳篷位於村落外圍。會來到這一帶就表示有事找他們。

「又是侍從先生嗎？」

「會是誰呢？來邀請我們狩獵嗎？」

勇者在踏上旅程時，命令一眼位的侍從協助艾爾他們，而侍從也忠實地服從他的命令，時不時會來露個臉。應該說除了他以外，幾乎沒有其他人會造訪這裡。

侍從來此多半是為了邀請他們一同參加狩獵，所以艾爾他們這時候還悠哉地猜想，這次大概也一樣吧。

「你們就是小鬼族的勇者吧！唔唔，不管看幾次都覺得好小！」

「小鬼族……真的好小。」

出乎意料的是，來訪者並不是侍從。

兩個巨人俯視著正在吃午餐的艾爾他們。艾爾和亞蒂雖然沒有熟悉到一眼就能分辨出巨人的容貌，但也馬上明白這兩個巨人是生面孔。

「你們說得沒錯。巨人族的……而且還是『小孩子』找我們有什麼事情？」

要說為什麼，因為這兩個巨人的身高明顯比勇者和侍從來得矮。不過，這終究是以巨人族的標準而言，他們的身高還是有四公尺以上。大約是艾爾的三倍。

這對巨人搭檔相當有特色。一個是挺起胸膛，擺出驕傲態度的三眼巨人少年；另一個躲在巨人少年背後的則是四眼的巨人少女。

「我的名字是拿布！」

「……我是拉米娜……」

「幸會。我的名字是艾爾涅斯帝・埃切貝里亞，請叫我艾爾就好了。這位是……」

「我是艾爾的！妻子！我叫亞黛爾楚，叫亞蒂就可以囉！」

「……她是這麼說的。」

亞蒂緊緊地摟住艾爾，兩個巨人——拿布和拉米娜用興致盎然的目光盯著他們瞧。

「艾爾和亞蒂。我看過前幾天的儀式了喔。你們正式成為氏族的一員，勇者還送了你鎧甲吧！真羨……不對。也就是說，你們在氏族裡是最新進的族人！」

「這樣啊，這麼說來還真的是。」

艾爾與亞蒂面面相覷。總覺得可以猜出他們來到這裡的目的了。

「我們還沒接受成人的儀式……不過！身為氏族的一員，就得在各方面教育新人嘛！這也是身為氏族一員的職責！嗯！」

「哦哦。」

拿布無謂地挺起胸膛這麼宣布。兩人瞥了他身旁的拉米娜一眼，只見她像是覺得有點抱歉的樣子。

在頻頻點頭附和的艾爾耳邊，亞蒂湊上前悄聲說：

「……在我們來之前，他們大概是氏族裡最小的孩子。」

「我想也是。因為我們來了，他們總算找到對象可以擺前輩的架子。」

「嗯——我們有空陪他們玩嗎？怎麼辦？」

亞蒂有點不耐煩地輪流看著兩個巨人。在旁人眼裡看來，他們可能過得很輕鬆愜意，實際上卻是為了返回故鄉這個遠大目標而穩定踏實地努力著。沒有空閒時間陪小孩子玩耍。

「哎，我們也正好遇到瓶頸。稍微轉換一下心情也沒什麼不好。」

艾爾以輕鬆的態度看待這件事。最近的成果不甚理想也是事實，稍微出現一點變化也沒關係吧。如果他們難以應付到不能接受的地步，再請侍從幫忙就好了。

在交頭接耳的同時，四眼少女怯生生地從拿布背後走了出來。

「我也看見了。你的戰鬥方式和巨人完全不一樣。可是，打敗勇者的力量卻是貨真價實。不管再怎麼矮小，確實很有力量。」

拉米娜看上去雖然有點戰戰兢兢，卻還是露出好奇的眼神打量著艾爾他們。因年幼而顯得較大的四顆眼瞳倒映著艾爾他們的身影。

「畢竟我雖然看起來這樣，在故鄉好歹也是個騎士團長。從你們的角度來看的話，我們人類當然很小了。」

「而且艾爾又特別矮小。」

「…………」

被亞蒂摟在懷中的艾爾有點不滿地鼓起臉頰。巨人族的小孩疑惑地看著兩人的樣子。

凱爾勒斯氏族和小鬼族之間原本幾乎沒有交集。頂多是勇者和魔導師等一部分的人擁有相關知識的程度。結果一旦遇到了，卻發現對方擁有超乎其大小、足以與勇者交戰的力量。在巨人小孩的眼裡看來，小鬼族一定是相當神秘的存在吧。

忽然間，拿布像是注意到什麼而走到拉米娜前面。他從眼角餘光瞥見散落在地上的東西，轉動額上的眼睛仔細一瞧，發現那些是魔獸的材料。不是垃圾，而是艾爾他們的各種研究材料。他的臉上立即露出喜色。

「唔。你們在玩『獸骨拼圖』啊！」

「……獸骨拼圖？」

見艾爾他們因為沒聽過的詞語而感到困惑的模樣，拿布撿起一根魔獸骨頭，然後迅速連接到旁邊的另一根骨頭上。他的動作看似隨意，但兩根骨頭卻恰好組合在一起。

「對。把零散的獸骨重新拼回正確形狀的遊戲。拼得愈快、愈正確的人贏。不是嗎？」

「原來有那種遊戲啊。」

雖然巨人族感覺就是整天在打獵、戰爭，給人一種粗魯的印象，但其實戰爭不是他們的一切。孩子們玩的遊戲也存在於生活中，而其中之一就是這個獸骨拼圖。

「唔，小鬼族沒有這種遊戲啊……好！那就由我這個凱爾勒斯第一的獸骨拼圖勇者來示範給你們看！」

發現艾爾他們不知道這個遊戲，又是自己的拿手絕活，讓拿布整個人的情緒瞬間高昂起來。

「嗯，拜託你了。請讓我們見識前輩的本事。」

意外的是，艾爾居然笑咪咪地答應了。看巨人的小孩子玩遊戲有什麼意思？亞蒂想不通，只好凝視著懷裡的艾爾。

「好，你們看著吧！」

拿布也不管他們的想法，因為受到稱讚而整個人變得幹勁十足。

他走向散亂一地的骨頭和毛皮小山，先迅速確認種類，然後便開始熟練地挑揀骨頭。他的動作沒有一絲遲疑，看起來就像做過無數次一般。

很快的，他抱著一小堆骨頭走了回來，一股腦兒地撒到地上，接著依序將骨頭排列組合。轉眼間就在大家面前組裝好一具魔獸骨架。

艾爾目不轉睛地看著他的動作。拿布能自稱是獸骨拼圖的勇者不是沒有原因的，他的技巧非常熟練自然，能夠從那些散亂的骨頭中立即辨別哪根骨頭應該擺在哪裡，並且放到正確的位置上。既沒有弄錯骨頭的種類，放置的動作也迅速且果斷。

「你全都記得嗎？真厲害。」

「拿布在氏族裡是最擅長獸骨拼圖的。」

拉米娜在艾爾他們身旁撲通坐下，望著拿布進行獸骨拼圖的遊戲。見艾爾他們深感佩服的樣子，她似乎也覺得很高興。只不過，艾爾感興趣的並不是那個遊戲高手。

（原來如此，這不是單純的遊戲。藉由正確掌握魔獸的骨骼位置來瞭解獵物的弱點，將生存的智慧融入遊戲中。）

在艾爾得出結論的同時，拿布也結束了拼組過程。他指著地面上各就其位的魔獸骨架，得意地說：

「怎麼樣！」

「真是太精彩了。氏族第一的稱號不是徒有虛名呢。」

艾爾不吝送上熱情的掌聲，拿布更是擺出最了不起的樣子挺起胸膛。拉米娜也不由得開心拍手。

「這樣啊。所以……嗯。」

「艾爾？」

艾爾像是很樂在其中地點點頭，然後倏地站起來。他走到拿布面前，輕輕一笑說：

「那麼，拿布。我要向你發起挑戰。」

「喔？」

拿布直起原本向後仰的姿勢，驚訝地看向腳下小小的艾爾。

「用獸骨拼圖來比賽吧。」

拿布先是露出目瞪口呆的表情，但是很快的，他嘴邊出現凶惡的笑容。雖說還是個孩子，但他終究是巨人族的一員，內心是一名優秀的戰士。身為戰士，就不該在面對挑戰時退縮。

「真拿你沒辦法。向新人展示力量也是我的職責所在。就算你在問答中勝過勇者，但在獸骨拼圖中可未必！」

「小鬼族的……艾爾，你真的要跟拿布比賽？」

艾爾突如其來地發起挑戰，讓拉米娜驚訝得直眨眼。獸骨拼圖這個遊戲本身很單純，可是習慣與否的差異卻很大。她不明白為什麼直至先前都沒聽過獸骨拼圖的艾爾會突然要求挑戰。

「沒關係。要比賽的是這位亞蒂。」

「咦欸!?」

話題突然轉到自己身上，讓亞蒂忍不住發出一聲怪叫。她一心以為要上場的人就是艾爾。

拿布有些納悶，但還是再次挺著胸膛說：

「誰來比都行。不管對手是誰，贏的人都是我！」

「還有，因為我們很小，能不能使用輔助道具？」

「可以！準備萬全再放馬過來吧！」

得意忘形的拿布依對方所說，一口答應下來。滿意地點頭的艾爾則被亞蒂戳著臉頰質問道：

「艾～爾～你在想什麼？」

「嗯唔。非常遺憾的是，舉起魔獸骨頭對我來說太費力了。至少得穿上幻晶甲冑，所以想靠妳的空降甲冑。」

「嗚——這也沒辦法。嗯——」

被巨人拿來當成玩具的決鬥級魔獸骨頭，體積也相應地龐大。要想搬運這些骨頭，對艾爾他們來說無疑會是非常辛苦的勞動。

「拜託妳，亞蒂。其實輸贏無所謂，只要跟他一起玩，最好能夠拉來入夥就好了。」

只是這一句話，她就明白了艾爾的目的。

「艾爾，你打算讓他們幫忙組裝作業啊……既然這樣，我就努力看看。可是，拿布的技術那麼好……」

「關於這一點，亞蒂，我們可以……」

艾爾對亞蒂悄聲說幾句。她點點頭，然後就坐上停在帳篷旁邊的空降甲冑。機械式甲冑發出咯吱聲響啟動了。即使穿上空降甲冑，身高仍不及拿布，但是動力確實有飛躍性的上升，應該更有利於參與獸骨拼圖遊戲。

「哦哦？那是什麼？」

「不是勇者送的鎧甲嗎？」

巨人的孩子們興趣十足地看著空降甲冑動起來的樣子。對只認識鎧甲或一些簡單武器的巨人族而言，艾爾他們的機械一定非常奇妙吧。

「好，既然要做就全力以赴！身為妻子，必須連同丈夫的份一起努力表現呢！」

「亞蒂小姐？算了，我會為妳加油喔。」

亞蒂因為奇怪的理由而鼓起幹勁，巨人少年也一樣幹勁十足，四眼少女則偏著頭，不解地看著他們兩人。

◆

「這樣就準備好了。」

拉米娜用木片在地面上畫一條線，組裝好的骨架完成品就放置在這裡。不遠處則堆起兩座由各自分類好的魔獸骨頭小山。挑揀魔獸骨頭，再裝到決定好的地方，最後由組裝得最快、最正確的一方獲勝。據說這就是獸骨拼圖的正確玩法。

「呃……那麼，比賽開始。」

拉米娜用有些困惑的語氣如此宣告。

拿布與亞蒂隨即迅速展開行動。第一個步驟是將魔獸骨頭全部搬到完成品放置處。由於來回搬運的次數愈多，就會浪費愈多時間，所以如何搬運最多的量就很重要了。

拿布活用巨大身軀的優勢，一口氣抱起骨頭，同時朝旁邊瞄了一眼，然後頓時瞪大眼睛。

「什……什麼!?」

穿著空降甲胄的亞蒂，一口氣抱起大量魔獸骨頭的景象，呈現在他眼前。即使抱著又大又重的骨頭，空降甲胄也完全沒有動搖。

「『身體強化』全開！喝呀——！」

艾爾和亞蒂能足以和巨人一較高下的力量來源就是魔法。獲得充足魔力供給的空降甲胄發揮出強大的動力，輕易抬起魔獸骨頭。

「『大氣壓縮推進』！」

她以飛一般的速度移動。空降甲胄本來就是用空戰特化型機的逃脫裝置的一部分做成，機動性能正是它的本分。

「唔！難怪你們敢要求挑戰，這可不能小看了！」

看到亞蒂一股腦兒搬起全部的骨頭，拿布的臉上卻露出無畏的笑容。強大的對手更能夠炒熱戰鬥氣氛，這點放在遊戲中也是一樣。他重新打起精神，自己也抱著骨頭跑起來。

「這要怎麼組裝啊!?」

等搬完骨頭，接下來就是組裝了。原本領先的亞蒂卻在這個階段陷入苦戰。只是抬起或移動還沒有問題，可是她畢竟對這個遊戲不熟悉，開始猶豫著不知道什麼東西該擺在哪邊了。相對的，拿布儘管在搬運的時候慢了一步，一旦動手開始組裝卻非常得心應手，穩定確實地緊追在後。

「亞蒂，冷靜下來。那是標準的四足行走魔獸。試著回想一下妳的夥伴澤多林布爾。」

「嗯，小澤的事情就交給我！我好像抓到一點感覺了！」

銀鳳騎士團既是騎操士的集團，同時也參與幻晶騎士的設計製造，算是很少見的騎士團。亞蒂還曾經擔任被稱作澤多林布爾的半人半馬機體的專屬測試騎操士，從設計的初期階段便參與其中。對機體構造也有一定的認識。

「好厲害，速度居然不比拿布慢。真不敢相信她沒玩過獸骨拼圖。」

拉米娜在一旁注視著比賽的情況，流露出驚訝的神色。雖然她也和拿布比過獸骨拼圖，可是也沒到這麼勝負難分的程度。

「因為我們一直都在做跟這個遊戲有一點像的事情。」

她轉動四隻眼瞳，看向規矩地坐在腳邊的艾爾。

「那是小鬼族的遊戲嗎？」

「對。是我最喜歡的遊戲，而且非常非常好玩喔。」

艾爾毫不猶豫地回答。拉米娜想了一下，接著又將視線轉向比賽。

◆

「做好了！」

「嗚，竟然慢了，不過我也完成了！」

亞蒂高舉起手臂後，沒多久拿布也宣布他完成了。

拉米娜站起身，依序檢查兩人組裝好的骨架。她是負責打分數的人，仔細檢視完成品的每個部分。

「先結束的人是亞蒂。給妳三顆石頭。」

她擺出表示得分的石頭，亞蒂則舉起空降甲冑的手臂。相對的，拿布的眉間出現一道皺紋。

「但是有個地方拼錯了，給拿布一顆石頭。還有一個地方，再一顆……」

「啊嗚。」

這個遊戲的規則就是比速度和正確性。

最後，由於亞蒂拼錯的部分讓對手得到了五分。如果拿布沒有拼錯，就算亞蒂輸了──該說是理所當然嗎？他的成品中完全沒有那樣的錯誤。

「呼。勝利果然是屬於我的！」

拿布的臉上轉為勝利後洋洋自得的表情。不過，其中也的確夾雜著幾分焦躁。

「輸了──！」

「亞蒂，真可惜呢。」

因為是向老手挑戰，所以輸掉也只是剛好而已，但就是覺得很不甘心。艾爾抱住迅速奔向自己的亞蒂並安撫地拍拍她後，她的心情立刻好轉了。

「畢竟我是獸骨拼圖的勇者嘛，可不能輕易輸掉。不過，妳一開始的速度快得簡直讓我懷疑起自己的眼睛。」

「原本以為搞不好能贏呢。果然沒那麼簡單。」

艾爾雙臂環胸，自顧自地點頭，也不管仍緊緊貼著自己不打算放開的亞蒂。坐在旁邊的拉米娜盯著他們倆，說：

「……亞蒂的錯誤很多。看來妳真的沒有玩過獸骨拼圖，不過這是一場勢均力敵的比賽。」

只是一個普通的遊戲，她卻從裡面看出了小小的艾爾他們能夠和勇者較量的原因。

「那樣的速度和力量，小鬼族或許很擅長魔法。」

這個事實令她非常感興趣。

老實說，一開始她對艾爾他們不怎麼感興趣。小鬼族是很少見沒錯，不過也僅此而已。在氏族即將舉辦賢人問答的這段期間，她還有更重要的事情該關心。如果拿布沒有吵著說小鬼族也算是新人的話，就沒有這種互相交流的機會了。

正當她想開口詢問對她來說很重要的事情，拿布卻搶先探出身子說道：

「好，那這次換你們秀出你們的遊戲了！」

「我們的？」

不只艾爾他們，連拉米娜也用疑惑的眼光看向拿布。

在獸骨拼圖的遊戲中獲勝，大概讓他過足了展示前輩威嚴的癮吧。再來就是單純想玩而已。雖說是巨人族，終究還是個孩子。

拿布甚至沒發現拉米娜失去了開口的機會，一臉複雜地沉默不語。艾爾他們陷入沉思。

「遊戲啊。唔唔，會有那種可以和巨人族一起玩的遊戲嗎？」

這對他們來說也是個難題。說起來，他們從小時候開始就引發了各種名為遊戲的大騷動，對一般的遊戲反倒比較不熟悉。

即使知道，能不能和巨人一起玩又是另一個問題了。

「對了！我想到一個好點子！吶，拿布、拉米娜！」

這時候，亞蒂像是突然靈機一動，站了起來。被點名的兩個巨人詫異地互相對望。

「大家一起組成騎士團吧！」

「……騎士團？」

亞蒂無視目瞪口呆地喃喃複述的巨人們，對自己的點子感到十分滿意。

「沒錯！在這邊設立『銀鳳騎士團第四巨人中隊』！有請騎士團長（艾爾）批准！」

「咦？啊，好。請便。」

艾爾被她突如其來的發言搞得不知如何回應，慢了一拍後噗哧一笑。

「呵呵。真不錯，銀鳳騎士團巨人中隊啊。那麼，目前就是直屬於亞蒂的中隊了。」

笑了好一陣子之後，他輪流看著兩個跟不上狀況而不知所措的巨人。

「馬上開始騎士團的第一份工作吧。一起來做幻晶騎士。」

騎士團長（艾爾）面帶微笑地宣布。好玩的遊戲即將開始了。

◆

「……這到底是怎麼回事？」

一個巨人深感困惑地佇立著。一眼位的侍從不停眨著那大大的獨眼，低頭看向腳邊。

連他的膝蓋都不到的小小人影，以及另一個穿著鎧甲、變得稍微高大一點的人影正忙碌地到處活動。較矮小的那個——艾爾雙手抱胸，發出沉吟聲。聽到來自頭上的提問，他抬起頭回答：

「這是研究。」

「……唔唔？小鬼族要以獸骨拼圖謀生嗎？」

要說艾爾他們在做什麼，具體來說，就是將被丟棄的魔獸骨頭挑揀收集起來，再擺成像是人的形狀，同時還說著「不是那個，也不是這個」。

「艾爾，這樣呢？」

「啊，看起來剛好呢。又長又很結實，就用在腳上吧。」

穿著空降甲冑的亞蒂搬起比身高還高的骨頭，放在地上。

獨眼巨人聽過他的解釋，卻仍然掩飾不了困惑。他原本的職責是跟隨在勇者身邊聽候差遣，並因此獲得了侍從的稱號。

由於勇者正前往參加賢人問答，他就被命令前來照顧小鬼族的勇者。這個小鬼族的勇者身材雖然矮小，卻是能打倒他的主人的強者，他自然很樂意協助那樣的人物，但關鍵是不知道該如何行動。

至於獸骨拼圖，就是孩子們經常玩的一種遊戲。遊戲的規則應該是拼回正確的獸形才對。不過，這兩個小鬼族的拼法卻亂七八糟，結果拼湊成宛如巨人的形狀，令人覺得毛骨悚然。

「是否吾之眼尚且不足。完全不明白小鬼族心中所想。」

侍從感慨地搖頭。這時，抱著骨頭和毛皮的拿布和拉米娜走回來了。他們把抱過來的材料堆得更高。

「艾爾，我找到了很稀有的獸骨哦。這傢伙的腿很長又很結實，應該可以用在什麼地方。」

「嗯嗯。用來當作中心部分好像不錯呢。」

「你們也來湊熱鬧……」

只是小鬼族的遊戲也就算了，但不曉得什麼時候，連巨人的小孩子也被捲入其中。侍從只能抱頭苦嘆。

「這到底是在做什麼？」

「一眼位的侍從，據艾爾所說，這好像是什麼騎士團的任務。」

「這看起來沒什麼好事的遊戲是任務？」

搜集殘骸製造巨大的人型。再怎麼保守地看待，這遊戲都散發著一股難以形容的不祥氛圍。獨眼侍從儘管覺得詭異，仍忠實地從旁協助艾爾。

話雖如此，其實艾爾本人也有同樣的感覺。

「唔唔。像這樣把魔獸的骨頭東拼西湊起來，總覺得好像在做什麼很危險的事情。」

「現在才注意到嗎……」

眼前的景象，散發出在某些世界可能會被稱為死靈術師的詭異氣氛。當然，艾爾並不是試圖大膽地轉行。

「試過了這麼多種類，用魔獸的骨頭都不太理想。大小不相當，也不一定有想像中的形狀……用骨頭來設計，還真是有夠費工夫的。」

他所追求的始終都是巨人兵器『幻晶騎士』。在使用魔獸骨頭代替的幻晶騎士建造計畫中，這還只是第一步。

「真的好難。這些骨頭不加上強化魔法的話，甚至比金屬骨骼脆弱。」

「會浪費多餘的輸出功率呢。」

他們已經擁有足夠的金屬加工技術了，卻完全沒有使用魔獸骨頭建造幻晶騎士的經驗，因此需要事先調查。艾爾在準備好的樹皮上寫下筆記。

「無法成形的部分就用小骨頭拼湊，再靠強化魔法結合起來。這樣做免不了犧牲精密度，可能多少得靠動力彌補……」

幸好有伊迦爾卡的大型魔力轉換爐『皇之心臟』與『女皇之冠』，動力方面綽綽有餘。說起來，伊迦爾卡本身就是靠著高功率的強化魔法支撐的機體。

「一定得使用伊迦爾卡的軀幹部分，然後配置在軀幹周圍進行補強，再來是……」

將知識歸納整理好後，接著就是設計了。先不考慮強度的問題，其要領和以往的幻晶騎士設計沒什麼區別。伊迦爾卡的心臟部位也完好無缺，一定程度上能直接挪用過來。

「使用魔獸骨頭的話，會損耗相當多的魔力，但也能確保有普通幻晶騎士的能力吧。」

「前提是真的能做出來呢——」

艾爾逐一審視排放著的骨頭。那幅景象就如同面前擺著一副巨人的白骨屍體一樣。當然，它正處於死一般的沉寂中。

「這樣排列出來也沒意義。要驅動起來……問題果然還是在結晶肌肉。」

「艾爾。巨人他們要開始戰爭的話，不快點把伊迦爾卡和小席收回來，很不妙吧？」

這時，亞蒂拍一拍手說道。聽附近的巨人們說，凱爾勒斯氏族很快就會進入戰爭狀態了。想要在那種狀態下慢慢建造幻晶騎士，必定是極為困難的工程。

「話是這麼說……但就算可以拜託巨人幫忙搬運，要搬到哪裡才不會被捲入戰爭？」

「也對喔。所以，做不出幻晶騎士就無法行動，又得搬運到安全的地方才能開始建造。奇怪？好像有哪裡不對？」

結果繞了一大圈，亞蒂還是想不出辦法。

「如果只靠我們就能夠搬到別的地方去就好了。真是的，如果至少讓這個動起來，愛怎麼搬都行。」

不管材料是什麼，只要有能動起來的巨人兵器，艾爾一定會高高興興地著手搬運吧。實際上，建造和搬運的先後順序反了，這才是問題所在。

「做不到的事情再怎麼煩惱也沒辦法。我們盡量加快腳步，尋找能代替結晶肌肉的物品吧。」

「嗯——想不出來。」

「嗯，我也是。」

之後，當獨眼侍從被問到「有沒有能透過魔法現象伸縮，而且方便加工的魔獸材料？」這種離譜的問題，也只能用目瞪口呆的表情回答了。

# 第五十九話　出席賢人問答（會議）

舉行賢人問答的場所並不在某個氏族的聚落裡，而是獨立存在於森林的深處。

沿著蓊鬱的林間踏實的獸道前進，突然進入一個開闊的場所。那裡的草木被不自然地清除，甚至還整齊地排放著岩石。岩石經過粗糙打磨，大小正好夠巨人們坐下。

從它們以一圈又一圈的圓環散開的布置，以及苔痕斑斑的表面可以看出，這個場地的使用歷史已經很悠久了。

凱爾勒斯氏族的兩個巨人最早出現在此地。開啟賢人問答時，召集人通常會最先抵達。

「……唔唔。這把老骨頭可吃不消啊。」

擁有四隻眼的老婦人才剛抵達這個會議場所，便立刻坐了下來。即使巨人族擁有強健的肉體，依然會隨著漫長歲月不斷老去。就如同這個老婦人。

「勇者，辛苦了。」

「魔導師無須垂眼。這正是吾的職責所在。」

一路上護衛著魔導師前來的三眼位勇者笑著搖一搖頭。如他所言，他認為這是自己分內之事。

然後，他們走過排放的岩石之間，來到廣場中央。那裡沒有岩石的座位，只是一塊空地。地上積著灰，形成斑駁的色塊。

勇者把帶來的木柴堆在那裡，在一旁將路上獵到的魔獸堆疊起來並開始解體。就因為是每天都做的事，所以手法非常熟練。魔獸很快地被分解成肉塊，各部位被串刺起來擺放著。

這時，結束休息的魔導師走來。她向柴堆伸出手。

「火焰前來。」

低語的同時，翻騰的火焰在手的前方顯現，隨即擴散到柴堆上並燃燒起來。

「……此次問答將成為巨人（吾等）族的重大轉機吧。」

老婦人凝視著火焰，嘴裡喃喃自語。勇者也面向熊熊燃燒的柴火，點頭同意道：

「正是如此。真眼之亂本就是從祖輩傳說中都未曾聽聞之過失。」

「眼睜睜看著邪惡之物尚存於世，老身可無顏面對百眼。」

老婦人幾乎埋沒在皺紋下的四隻眼瞳變得更加犀利。彷彿從火焰中看出了什麼未來一般。

在他們等待的期間，巨人們相繼聚集而來。他們都是肩負統領氏族之稱號的巨人們。雖然各個氏族的代表人數不多，但是氏族的數量很多。很快的，岩石的座席就幾乎被填滿了。

眾人將自己帶來的柴放入篝火中燃燒，赤紅的火焰在廣場正中央搖曳。除了凱爾勒斯氏族外，還有人在火旁烤肉。

環顧在座的巨人們，幾乎都是擁有四隻眼的『四眼位』，還有極少數的『五眼位』混在其中，他們在集團中顯得架子特別大。至於『三眼位』以下的巨人，除了凱爾勒斯的勇者以外就無一人了。

「哦？凱爾勒斯的老糊塗，還沒將眼瞳還給百眼嗎？」

其中一個五眼位的巨人走到凱爾勒斯氏族附近。他盯著老婦人魔導師，嘴角揚起嘲諷的笑意。在老婦人睜開眼轉向他之前，勇者先站到兩者之間。

「不可對吾等的魔導師如此無禮。」

「汝說什麼？區區眼下少插嘴！」

五隻眼瞳狠狠瞪向勇者。五眼位的巨人不只是眼睛的數量多，他的軀體也比三眼位的勇者大上一圈。即使承受著五隻眼從頭上俯視的重壓，三眼位的勇者仍毫不退縮地瞪回去。

雙方的火藥味愈來愈濃。周圍的巨人們察覺到那個氣氛，也漸漸地安靜下來。在一片寂靜中，所有人的注意力集中到他們身上。

在緊繃的氣氛突破臨界點之前，老婦人站起來，將手搭到勇者肩上，然後代替他站到五隻眼面前。

「五眼位，此乃賢人問答之地。吾等只需代替氏族發言。必要的並非位階。」

「哼。對了，規矩是這樣沒錯。」

五眼位用鼻子哼了一聲，很快就對他們失去興趣。硬推開勇者走到附近的岩石座位上坐下。

旁觀的諸氏族巨人們無措地互相對視。

「眼瞳也聚集得差不多了。在此將開啟賢人問答。」

老婦人藉著眾人注目的時機，宣布問答開始。剩下的嘈雜聲很快地平息下去。老婦人踏著緩慢的步伐走向廣場中央。在熊熊燃燒的火焰前舉起手。

「百眼啊，懇請見證。」

巨人們跟著老婦人出聲應和，向他們的始祖兼守護神——百眼神獻上祈禱。如此一來，從現在開始進行的議論便會得到守護神的認可。這是賢人問答的必經程序。

「首先告知諸位在此將要進行問答之事。那自然是必須矯正盧貝氏族所犯之錯誤。」

「……問答已進行過無數次了。結果是吾等之勇者被汙穢所汙染！」

各處立即傳來氏族們的抗議聲。

盧貝氏族所引發的真眼之亂使各氏族受創嚴重。尤其是被稱為勇者的強者們，正因為身為族人表率，而最先遭受該氏族所操縱的汙穢之獸毒害。

「所言甚是，但百眼不會坐視錯誤繼續存在。吾等勇者發現了汙穢之獸的屍骸。」

這番發言引起眾人一片譁然。其中，五眼銜著她不客氣地問：

「只有一隻嗎？難道說三眼位成功討伐了汙穢？」

「不。吾等勇者只是發現了屍骸而已。」

「如此就召集了問答嗎？凱爾勒斯真是老糊塗了啊！」

老婦人緩緩地轉過頭，面對站起身的五眼位。幾乎被皺紋埋沒的四隻眼瞳仍然炯炯有神。

「吾等勇者所見的汙穢之獸的屍骸超過十隻。」

這次，驚愕之情終於無法抑制地在巨人之間擴散。連五眼位也說不出話來。

「汙穢之獸居然……」

「居然有那種事……」

「如此一來，彼輩便不足為懼！」

「真眼之亂……」

巨人氏族七嘴八舌地討論起來。對盧貝氏族的所作所為產生的排斥，至今仍根植於巨人們心中，而汙穢之獸這等戰力的存在，就是壓制不滿的主要理由之一。有無這項前提，將會扭轉諸氏族的態度。

「吾等在此請求百眼定奪。彼盧貝氏族之所作所為是真，抑或錯!?」

場面頓時變得鴉雀無聲。

問題一經提出，就不得不給出答案。除此之外，應節制無關主題的發言。

——以往是這樣沒錯。

「盧貝氏族的所作所為……到底有何錯誤？」

在座的巨人們中，除了老婦人以外，還有另一個巨人站在那裡。那是個五眼位巨人，他的巨軀在巨人中也顯得格外高大。他打破至今為止的議題走向，這麼反問道：

「六眼位誕生的情況原本就太過稀少了。其存在之時，自然應入百眼之眼中。然而若無六眼位，由僅次於六眼位的五眼位居於頂點，又何錯之有！」

「……汝之眼瞎了嗎？」

這時，四眼位的魔導師明白了。這個五眼位，因為有了盧貝氏族的先例，所以也渴望自己能獲得這一權利。

三眼位的勇者也忍無可忍地站起來。和開始時一樣，他瞪著五眼位大吼：

「竟然……竟然如此厚顏無恥。現下可是問答當中。在百眼尊前說出這種話，汝根本是目中無人!!」

「偉大的百眼會以寬容之眼看清一切吧。」

看到五眼位滿不在乎地大放厥詞，勇者內心的怒氣湧了上來。玷汙神聖的問答場所，甚至意圖違背王的選定。他實在無法容忍這種事情發生。

「汝之眼……究竟要腐朽到什麼地步!!」

「凱爾勒斯……說來，汙穢之獸一事可是真的？區區三眼位，怕不是太過膽小看錯了吧！」

「想汙蔑吾等是不知羞恥之輩嗎！多麼卑鄙！別以為百眼會認同汝那副難看相!!」

就在勇者忿忿地差點當場挑起新的問答之際，他們之間響起了怒吼。

「肅靜！！！！……此處可是百眼尊前。」

宛如雷鳴般的制止聲，簡直令人無法想像是高齡之人所發出。全氏族注目的焦點轉到四眼位的魔導師身上。她睜開眼，散發出連更上位的五眼位也為之膽怯的威嚴。

「五眼位，若汝這麼想，提問便是。今晚就可舉辦賢人問答。」

五眼位一言不發，看向周圍。周圍巨人們投注而來的視線彷彿要將他射穿。這幅景象已彰顯了答案。

「王的選定只能由百眼所引導。」

「絕不容許被區區汙穢之獸妨礙。」

「這是巨人（吾等）自身必須親眼見證的事情。」

「提問吧，提問吧。」

「吾等於此再度質問盧貝氏族之作為。」

「對彼輩所犯之過錯再度提問。」

當一個人開頭後，各氏族便陸續出聲抗議。

「提問已得到解答。此次問答也獲得百眼之認同。」

老婦人高舉起手，手中生出一顆熊熊火球。

「吾等諸氏族，如今再度於此地團結一心。懇請百眼見證!!」

在一群站起來興奮得齊聲附和的巨人間，只有五眼位一臉不是滋味的站在那裡。

「……一群愚蠢之徒。」

他撂下這句話就離開了，僅有同氏族的人跟在他身後。

唯獨三眼位的勇者以鋒利如芒的視線追著他們的背影。他不能離開魔導師身邊，只能默默目送那夥人離去。

幾個巨人快步前進，離開被歡聲籠罩的賢人問答場地。當中那個五眼位的巨人擺動著格外魁梧的軀體，忿忿不平地踏著粗魯的步伐前進。

「可惡的凱爾勒斯！居然硬是撬開早已閉上的眼!!」

「賢人問答已得出答案，諸氏族不會對此有異議。」

對大部分的巨人而言，賢人問答決定的事項即是百眼神的旨意，擁有絕對的拘束力。看來諸氏族聯合成立，與盧貝氏族之間的衝突已經無可避免了。

「怎麼辦？五眼位。這樣下去的話，吾等氏族也不知如何是好……」

「不可就這樣置之不理。」

五眼位突然停下腳步。他想到一個好主意，臉上因而露出凶惡的笑容。

「……那麼，就去知會一聲吧。」

氏族的巨人們你看我，我看你。

「去通知盧貝那夥人。」

巨人瞇起五隻眼瞳，望向森林的盡頭。

◆

賢人問答結束之後，各氏族回到各自的聚落之中。接下來將做好戰爭的準備，然後再度集結。

凱爾勒斯氏族的勇者和魔導師也返抵聚落。氏族的巨人們早已準備萬全，就等兩人歸來。

他們聽聞組成了諸氏族聯合的消息，便腳踏大地表現興奮之情。老婦人忍著長途跋涉後的疲德，向大家宣告：

「凱爾勒斯氏族的各位，矯正錯誤之時將近。不久後諸氏族將集結，再度向盧貝氏族提出質問。現在暫且努力備戰吧！」

眾人的呼喊聲重疊在一起，接著就為了完成各自的使命解散了。凱爾勒斯氏族作為提出質問的一方，準備進度也是最快的。因此多少有些餘裕，不必急著趕工。

「侍從！吾回來了！小鬼族（哥布林）在哪裡…………!?」

勇者正打算回到自己的帳篷，卻在附近發現那個製造完成的詭異物體。

「這……到底是在開什麼玩笑？」

就連向來勇猛果敢、膽大如斗的勇者，也抑制不住聲音中的顫抖。

他眼前是那具自己親手打造，並贈予小鬼族勇者的魔獸皮甲。如果光是那樣，和出發前便沒有什麼不同。

然而，那具皮甲不知何時被吊掛到附近的樹上，而且內部還塞進一具由魔獸骨頭製造的古怪人型，因此變得像是橫屍林間的巨人的白骨屍體一樣。令人望之生厭，連勇者也啞口無言。

被瞪大的三隻眼瞳盯上，獨眼侍從一臉慚愧的樣子縮起身體，最後還是死了心指向背後。

「那是……那個小鬼族的勇者，說無論如何都需要……」

朝他指著的方向一看，巨人的孩子們，以及在他們腳邊跑來跑去的小鬼族——艾爾和亞蒂就在那裡。勇者氣勢洶洶地質問：

「小鬼族，那到底算哪門子的詛咒!?」

「嗯，現在正在驗算確保可動範圍的空間。拜其所賜，運作所需的肌肉量也大致算出來了。還不曉得能不能獲得足夠的份量，所以已經盡可能壓低計算量……」

語言明明是相同的，他卻根本聽不懂對方在說什麼。勇者所能做的就只有抱頭苦嘆。

「拉米娜、拿布……！連汝等都跟著一起鬧……」

「嗯。艾爾說不只是獸骨拼圖，還要做新的東西！而且我們組成了騎士團！」

拿布的說明讓人聽得一頭霧水。勇者求助的視線轉向拉米娜，而她迅速地別開四隻眼睛。

「……百眼啊，請昭示真相……!!罷了。這暫且不提。」

勇者決定對各方面視而不見，然後當場一屁股坐下。

「賢人問答，已得到解答。百眼已明示了道路，吾等將再度向盧貝氏族提出質問。」

「哦哦……!!」

「總算！」

侍從單膝跪地並盤起雙臂。他的眼中充滿戰前的昂揚鬥志。孩子們也興奮得眼神閃閃發亮。

「小鬼族的勇者，對於汝打倒汙穢之獸一事，吾等如何也不足以表達感謝。原本該更鄭重地回報……」

「沒關係。重要的是，接下來就要開戰了呢。」

艾爾輕輕地坐下，臉上浮現出苦笑。正如同前往賢人問答前所說的。勇者點頭道：

「正是如此。吾等全族將前去盧貝氏族進行質問。不過，多少還有些時間。有任何需要吾等協助之事，汝儘管開口……只要不是為了用在這種令人厭惡的東西上。」

勇者努力地不讓一旁活像具白骨屍體的東西納入視野中。

艾爾低吟一聲，雙臂抱胸，開始思考。在所剩不多的時間裡也能做到，又必須做的事情。這麼一想，答案只有一個。

「那麼，開戰之前，我想拜託各位巨人幫我一個忙。」

「唔。是什麼事？」

艾爾倏地站起，手指向遠方。方位朝西，他們的故鄉所在之處。

「希望你們能回收我的寶物……來到此地，我的幻晶騎士——在與汙穢之獸交戰後被破壞了，但是它對我們來說太重，需要巨大的力量搬運它。」

「搬運貨物啊。好，這不難。吾和那邊的侍從會從旁協助。」

仗著巨軀和怪力，搬運貨物對巨人而言不過小事一樁。

「我們也要幫忙！」

「你們還得學習吧？」

拿布自告奮勇，被勇者瞪著一眼後又縮了回去。看來不管是在什麼地方，小孩子都是需要學習的。換句話說，拿布他們加入騎士團也是為了逃避學習吧。

「因為數量不少，可能得來回跑幾趟。場所在汙穢之獸的屍體掉落的那附近。」

「這樣啊。那麼，吾等也認得路。好，侍從，把籠子拿來。」

「是。」

一眼位的侍從依照勇者的命令，拿出一個用牢固的藤蔓編織而成的巨大籠子。

「但是，這麼重要的時期，還可以拜託勇者先生您嗎？」

「吾等氏族早一步為了問答進行準備，因此暫時有段空檔。小鬼族的勇者，這是吾等的感謝之意，無需客氣。」

勇者拍拍胸膛接下任務。事情經過就是這樣，巨人勇者和侍從帶著艾爾和亞蒂，一同前往汙穢之獸的屍體與幻晶騎士的殘骸所在之處。

◆

博庫斯大樹海。此地不分地上或是空中，都有許多強大的魔獸猖獗橫行。想要存活下去，唯有像巨人那樣擁有力量，不然就是準備好像幻晶騎士這樣的強力武器。弱小無力的生物只能躲藏在暗處生活。

在這魔物森林的某處上空，有一群大搖大擺地飄浮的巨大影子。

牠們的形態有如昆蟲，展開發出虹彩的翅膀，向周圍發出低鳴。巨鳥、怪鳥，以及其他各種空行魔獸，一看到牠們的影子就四處逃散。

牠們立於眾多魔獸的頂點。其中還有一隻體型大了一圈、外殼呈現黯淡紅褐色的個體，正發出嘎嘰嘎嘰的刺耳鳴叫聲。

緊接著，牠們一同將不帶任何感情的無機質眼瞳轉向森林一隅，然後降低高度。目標直指森林中的一個小聚落——

◆

「艾爾和亞蒂跟勇者一起出去了。嗯——我也好想一起去喔。」

「最近一直都在玩。正好也是時候收心了吧？」

艾爾一行人出發後，留在聚落的拿布和拉米娜無所事事地到處閒晃。原本打算今天也要一起玩的拿布露出了期待落空的表情。在他們的認知裡，騎士團就像是為了玩耍而聚在一起的團體。

「那我去做狩獵訓練了！妳要不要也一起來？」

「不了。我要去練習魔法。」

見拉米娜搖頭拒絕，他不解地問：

「唔，還以為妳對魔法練習不怎麼熱衷。怎麼突然改變想法了？」

巨人族尊崇擁有力量之人，因此許多人會在狩獵或戰鬥訓練中累積經驗。不過，四眼位的拉米娜所應學的事情卻不太一樣。

所謂的眼位，即表示巨人所有眼睛數量的稱號。此為種族內共通的序列。理由很簡單，因為巨人族有眼睛數愈多，個體能力就愈強大的傾向。

「艾爾和亞蒂之所以強得能夠和勇者一較高下，就是因為他們擅長運用魔法。」

「喔！我還以為他們是小鬼族的勇者，原來是魔導師嗎？對了，妳是四眼位，遲早要繼承魔導師的稱號嘛。」

其中，又以『四眼位』以上的巨人擁有一種特別的才能。那就是強大的魔法技巧。族人莫不期盼著四眼位以上的巨人成為魔導師，為此，四眼位也需累積相關的經驗。

「嗯……」

拿布天真無邪地幫她加油打氣，可是拉米娜的回應中卻夾雜著一絲猶豫。四隻眼瞳游移著，最後轉到自己的手心上。

拿布詫異地望著她的側臉，好一會兒後……

「好，我決定了！我也是三眼位，總有一天要拿到勇者的稱號！」

他突然高舉起拳頭，表達自己的決心。

「那樣一來妳就是魔導師，我就是勇者。我們兩個一起讓凱爾勒斯氏族變強的話，一定可以映入百眼眼中！」

拉米娜睜大眼睛，一下子僵住了，然後很快地輕笑出聲。

「嗯。可以變成那樣就好了。」

少年與少女相視而笑，接著為了實現各自的約定而展開行動。

年輕巨人們擔負著凱爾勒斯氏族的下一個世代。與誤入森林中的小小旅行者——艾爾涅斯帝相遇，確實對他們造成了不可抹滅的影響。

原本是如此安穩的一天——至少到這一刻為止。

「那是……什麼？」

正在搬運貨物的一個巨人驚訝地指著遙遠的天邊。他的兩隻眼瞳凝神細看，試著找出那種異樣的感覺來自何處。

天色微暗，空中飄著薄雲。像是汙漬的黑點穿過流動的白色雲朵，不自然地浮現，而且數量還在不斷增加。不久便形成宛如霧靄般的一大片黑影。

「那些東西……正往這邊來嗎!?」

黑影緩緩擴張，在空中渲染出一塊令人厭惡的顏色。隨著輪廓逐漸清晰，巨人們也察覺到黑影的真面目了。就是那些在這座森林的上空四處橫行的魔獸，巨人族長久以來的宿敵，帶來毀滅的魔獸──

「成群的汙穢之獸!?」

「難道……盧貝氏族行動了嗎！」

慘叫哀鳴聲響徹整個凱爾勒斯氏族的聚落。飛奔而出的巨人們紛紛瞪大一隻隻眼睛，手指向空中騷動起來。

期間，黑點仍穩定地增大，已經能夠清楚辨識出牠們的形狀了。成群的汙穢之獸筆直地朝著凱爾勒斯氏族的聚落前進。

「要過來了……往吾等的聚落來了！」

「嗚，該如何迎擊!?敵人可是汙穢之獸啊！」

巨人們頃刻間陷入混亂。這次襲擊來得猝不及防。對於即將舉行的賢人問答，難道不是他們占有主動權嗎？在感到意外的同時，他們也非常清楚汙穢之獸的威力。畢竟是巨人種族全體長久以來持續對抗的仇敵。即使碰上一隻也免不了死亡，假如成群結隊地襲來，更必須做好全族覆滅的心理準備。

「如今勇者不在村裡。時機太不巧了！」

更何況，凱爾勒斯氏族此時缺少他們最大的戰力。不知是偶然或者有意為之，狀況可說是糟到了極點。

「肅靜——！百眼正在看望!!」

他們的動搖被一聲大喝吹散了。

眾人轉過頭，在視線的前方，四眼位魔導師踩著緩慢的步伐走了過來。老婦人睜大埋沒在皺紋下的眼瞳，瞪著逐漸逼近的威脅。

「諸位聽好，那正是盧貝氏族的錯誤。恐怕是發現諸氏族聯合組成一事，因而採取行動了。」

巨人們圍到老婦人身邊，靜靜聽著她說話。

「彼輩也許是料想，若消滅了吾等聯軍中心，便能夠毀掉聯軍。與真眼之亂相同，彼輩無法正視己身之過錯，只能像這樣毀掉所有人。彼輩已成為災厄的化身。」

巨人們的臉上浮現怒色。作為最大氏族的盧貝氏族，其醜態深深傷害了巨人族的驕傲。

「如此惡行，百眼絕不會坐視不管。透過賢人問答所得之答案，方為向百眼展示敬意的正途。盧貝氏族甚至連這個道理都忘了，實在可悲。」

老婦人感慨地搖頭。

「必須促成諸氏族聯合集結一事。放任盧貝氏族繼續利用汙穢之力為非作歹……百眼也會閉上眼吧。」

老婦人的一席話，讓凱爾勒斯氏族的巨人們更堅定了作戰的決心。

「不過，魔導師，吾等該如何戰鬥？」

「召來了所有的汙穢之獸，甚至幾乎覆蓋天空嗎……」

老婦人輪流看向巨人們的一張張臉孔，目光最後停在有如山谷般凹下去的地方。

「……拉米娜、拿布，汝等現在立刻到勇者身邊去。」

她的視線前方是巨人族的孩子——拉米娜和拿布兩人。他們也正氣勢昂揚地準備上陣作戰，聽見老婦人意料之外的宣告，驚訝得目瞪口呆。

「什麼……！我們雖然還小，可也是凱爾勒斯的戰士！我們也要和大家一起奮戰！」

儘管拉米娜拚命請求，老婦人仍搖頭不肯同意。

「拉米娜……對不住。老身不能看顧汝直到成人。雖然感到遺憾，不過這也是百眼給予的試煉。」

老婦人與她目光相接，緩緩訴說著。拉米娜大大的眼瞳中泛起淚水，而後流下。

「此刻起，汝便以『小魔導師』的名號自稱。四眼位的小魔導師，汝要前往與勇者會合，並將彼輩之暴行公諸於諸氏族聯合。這便是吾等氏族的使命。」

接著，老婦人看向旁邊的巨人少年。他也掩飾不了懊悔的模樣，緊咬著牙關。

「拿布，汝也有個重要任務。保護好下一代的魔導師。」

拿布一言不發，嚴肅地回望老婦人。

「一同前往勇者身旁。只要汝等還活著……即使吾等在此遇害，凱爾勒斯氏族也定會東山再起。」

「……明白了。我以眼瞳發誓，一定不負所望!!」

拿布明白老婦人已做好覺悟，因此用堅定的語氣一口答應。即使年紀尚輕，他也有身為巨人族一員的驕傲，絕不能辜負氏族的期待。

孩子們與少數幾個護衛跑開了。四眼位的魔導師暫時目送他們離去，然後轉頭瞪著天空。

「天空已被汙穢所侵蝕。諸位準備好了嗎？」

沒多久，魔獸便抵達聚落。這是一場絕望的戰役，但凱爾勒斯氏族的巨人們沒有顯露懼色。

「真是太醜惡了，盧貝氏族！」

「可不能因為勢單力薄就小瞧了吾等！」

「讓彼輩見識凱爾勒斯的力量！」

「讓彼輩好好看清楚！」

眾人同心協力，把事前準備的武器防具全搜集過來。唯一的安慰大概是——在諸氏族聯合同盟成立前，他們就做好了戰爭的萬全準備吧。

「雖然是在問答即將開啟的時期，不過就讓吾等早一步拜會百眼之眼吧。」

「這等不入流的戰鬥，百眼或許還不屑一顧呢！」

他們眼裡充滿鬥志，同時互相開著玩笑。穿上各自親手打造出的皮甲，成排長槍整齊地倒插在地面上。他們拿起長槍，仰望天空。

「來了……！」

刺耳的振翅聲已來到可清楚聽聞的距離。再一下子就要進入汙穢之獸的攻擊範圍內了。在敵人散播致死毒氣的前一秒，牠們同時也進入了巨人們的攻擊範圍內。

「凱爾勒斯氏族的二眼位戰士！獻上一投！懇請百眼明鑑!!」

巨人繃緊全身肌肉。足可與幻晶騎士匹敵、經百般錘鍊的強壯肉體使巨人本身化為武器，挾帶爆炸般的勁勢，將長槍擲向空中。

不可輕視其為普通的投槍。每一次投擲皆極盡巨人的力量與技巧，化為撕裂空氣的致命魔槍。

「…………！」

急速飛掠的投槍比法擊或魔獸都來得快速。一旦命中，勢必造成致命損傷。

可惜，即使如此，投槍依然碰不到汙穢之獸。

汙穢之獸擁有能夠與飛翔騎士在空中纏鬥的機動性。就算威力再強大，從地上投擲而來的長槍也不可能輕易命中。

魔獸在空中飛繞盤旋著，在身後留下翅膀拍動的噪音，輕而易舉地避開陸續猛擲而來的投槍，並且毫不費力地縮短最後一段距離。彷彿在嘲笑巨人們的奮戰一般，汙穢之獸很自然地發射出體液彈。那些體液彈迅速化為蒸騰的白色煙霧，創造出死亡領域。

凱爾勒斯氏族的巨人們表現得英勇、果敢，而且強大。

然而，如同巨人族的祖先一般，與汙穢之獸為敵，他們往往只能吞下敗北的苦果。

十支、二十支，他們投擲出無數支的長槍，當好不容易才解決了幾隻敵人時，聚落已經完全籠罩在死亡的汙穢中。地面上的生物終究無法與汙穢之獸相抗衡。

拉米娜和拿布兩人背對著瀕臨毀滅的聚落不停奔跑。從背後傳來的呻吟聲向他們宣告了族人的下場。然而，兩人一次也沒回頭，只是一個勁兒地向前跑。

「往這邊，動作快……!?」

保護他們倆的巨人臉色一變。聽見一陣令人不舒服的振翅聲緊隨他們而來。

「休想得逞！」

剎那間，巨人果斷地做出決定。他追上兩個孩子並一把抱起他們。拉米娜嚇了一跳，抬起頭來，一看到逐漸逼近的汙穢之獸，立刻發出小小的尖叫聲。

「繼續跑！吾先一步……前往百眼尊前拜見了。」

汙穢之獸沒有慈悲的概念。牠曲起腳，射出散播汙穢的體液。

下一秒，二眼位的戰士拚盡全力將他們兩個扔出去。見孩子們一臉茫然地飛上空中，他露出滿足的笑容說：

「吾為……凱爾勒斯之戰士！勇者、魔導師，接下來就拜託……」

還沒聽他說完，聲音就消失在快速蔓延的死亡之霧中了。

在空中的拉米娜徒然地伸出手。兩人連護身的姿勢都沒做好，就重重摔落到地上。當他們忍著身體的疼痛轉頭一看，發現原本負責護衛的巨人已經不見蹤影。

「怎麼會……大家到哪裡去了……？」

少女顫抖著伸出手。她看見了，白色的汙穢猶如霧氣一般籠罩著整個聚落，身處其中的生物唯有『死路』一條。汙穢遍布的死亡世界容納不下任何生命。幾度襲擊巨人族的毒蟲災禍，

如今再一次吞噬了她的氏族。

當她怔怔地想往前踏出一步時，有人一把抓住她的手臂。回頭一看，拿布正瞪著她。不對，他不是在瞪人。他也只是拚命地忍著即將從三隻眼瞳中奪眶而出的淚水罷了。

「走吧。」

「可是！族裡的大家都……」

她被硬是拽著手臂，快步離開現場。

「大家都是！不愧對於百眼的勇者！那麼，我們也必須勇於面對！」

無法抑止的淚水潸然落下。看到拿布傷心落淚的樣子，拉米娜終於靠自己的腳邁開步伐。

「如果我……『吾』！是真正的魔導師的話，就可以拯救大家……」

「很難說。魔導師……可能也在這一戰中蒙百眼寵召了吧。」

兩個巨人的孩子相互扶持著往前進。遠離背後的死亡，前去轉達同胞們最後的願望。

「走吧，去和吾等的勇者會合。還不到吾等氏族的所有人前往百眼身邊的時候。」

◆

翻騰的死亡穢氣逐漸侵蝕凱爾勒斯氏族的聚落。勇猛的戰士們也接二連三地中了毒氣而倒下。已經無人有餘力再戰。

「吾等同胞，諸位皆為真正的勇者。儘管命喪此役，其身影必將入百眼之眼。」

四眼位魔導師滿懷著無力感，凝望天空。她過去曾以高強的魔法能力自豪，但即使是四眼位也敵不過歲月老去，如今的她甚至比不上戰士們投擲的長槍。

「如此結果，將與老身之眼瞳一起帶往百眼神尊前。」

她平靜地望著死亡不斷逼近。四面八方已由死亡穢氣所包圍，無路可逃，見證了戰士們的英勇犧牲後，已經沒有她可以做的事情了。

然而，死亡雲霧並沒有立刻將老婦人吞沒。

「……那是什麼？」

老婦人不解地蹙眉，然後很快注意到前方有某種物體正在靠近。來者的外形輪廓明顯與汙穢之獸不同，他分開死亡雲霧，在老婦人面前開出一條路。一看見那個巨人從中不慌不忙地走過來，老婦人震驚地瞪大眼瞳。

「汝為……盧貝氏族的『五眼位偽王』！竟然會出現在這種地方……!!」

「哼，稱吾為偽王……？凱爾勒斯的老糊塗說話還是一樣無禮啊。」

擁有五隻眼瞳的巨人瞪著老婦人。他正是招來這場災禍的罪魁禍首，統治盧貝氏族的五眼位偽王。

「蒙蔽王之選定，篡奪王位的愚蠢之徒。眼瞳不足者，沒有資格為王。」

「為王的資格，是嗎……」

見偽王的嘴角揚起淺笑，老婦人沉默下來。即使唾罵難以言盡，現在卻不適合這麼做。他意料之外的來訪究竟有什麼企圖？老婦人絞盡腦汁，開始思考。

「要想毀滅吾等，派出汙穢之獸即可。汝為何來到此地？」

偽王沒有馬上回答，只面帶笑容，環顧四周景象。身為五眼位的高階巨人，他也擁有相應的健壯身軀。儘管看起來相貌堂堂，表現出一點也不覺得羞恥的態度，模樣終究顯得有些扭曲。他臉上掛著淺笑，再次看向老婦人。

「聽聞汝輩召集了諸氏族聯合。簡直是無謂的掙扎。」

老婦人內心苦澀地想，他果然是為此而來。同時又冒出另一個疑問。

「消息真靈通……不對，未免太快了。莫非有人投奔汝之眼下？」

「沒錯。汝輩天真純樸、一心一意勇往直前，但就是太不知變通了。聯合同盟中也有因此感到不快之人……哎，就是這麼回事。」

見偽王加深臉上的笑意，老婦人露出驚訝的表情。

「今後凱爾勒斯氏族將滅亡，於是吾便想，至少得過來為汝送終吧？」

偽王大大展開雙臂，魔獸從他的背後一擁而上。散播死亡汙穢的森林災厄，巨人大敵——

汙穢之獸。原本只懂得毀滅、吞噬的魔獸，如今卻聽從偽王的命令。

「汝親眼所見方為真實，睜大眼看仔細了。自祖輩以來無人能降伏之大敵，如今亦屈居吾之眼下。」

盧貝氏族在巨人族中的規模原本就屬最大，得到汙穢之獸的力量後，更無人敢當面挑戰他們的權威。說他們已將一切盡收於掌中也不為過。

「本王才能帶給巨人族偉大的安定與力量。這是吾輩祖先世世代代都無法達成的功績！」

偽王自信滿滿地向老婦人宣告。

「汝不見盧貝氏族在吾統治下之繁榮盛況？『百都』！那裡正是享受各方力量，受百眼眷顧之地。」

「如此傲慢……」

老婦人板起布滿皺紋的臉龐，鄙夷地啐道。

「這叫作自信，凱爾勒斯。最初發現這種力量的人是吾，為了巨人族的繁榮，吾總有一天會征服這座森林裡的一切，因此吾身為王！自當令所有氏族服從。這才是正確的道路。」

偽王沒有一絲動搖，貫徹他自己的大義。

老婦人以沉默表示回應。以壓倒性的力量為靠山，稱霸博庫斯大樹海。若是達成這個野心，巨人族確實能夠發展得比現今更加繁榮，她已經親眼見證了對方的威力。

沉默片刻後，老婦人長嘆一聲，定睛看向偽王。眼神中沒有怒意，只有憐憫。

「利用汙穢之獸，使所有氏族降伏於汝，竟然說這樣能帶給巨人族繁榮。真是令人不忍卒睹。汝當著百眼尊前也敢說一樣的話嗎!!」

聽到老婦人的回答，偽王臉上的笑容消失了。

「枉費吾費盡唇舌，汝還是不肯認清現實啊。一旦吾施展真正的力量，將除去眼前各種障礙，任何抵抗都是徒勞。凱爾勒斯啊，這是最後的機會了。汝當及時回眼，向諸氏族傳達服從之意。如此，吾也能考慮留下汝一條命。」

老婦人終於忍不住放聲大笑。她說：

「愚蠢，愚蠢至極，盧貝偽王。無法正大光明入百眼之眼，利用汙穢力量所成就之事，又有多少價值？到頭來，汝只會靠蠻力硬幹，亦無法領悟問答真理，遑論使任何人開眼。這一切終究是偽王的專斷獨行罷了！」

偽王惡狠狠地瞪著老婦人。承受著五眼位氣勢逼人的視線，以及汙穢之獸們無機質的注視，老婦人依舊無所畏懼地佇立原地。

「……太遺憾了，凱爾勒斯的魔導師。吾以為汝能明辨是非，是吾看走了眼。枉費吾特意予汝回眼的機會，汝還是閉上眼瞳吧。」

偽王嘆一口氣，同時，聽從他的命令停止不動的汙穢之獸隨即慢慢動起來。相對的，四眼位魔導師只有孤身一人。即便死亡近在眼前，老婦人仍從容地微笑著。

「老身來日不多，再沒有多少時間睜開眼瞳了。這條命本就不足為惜。那麼，老身只能將臨死前所見之真實告知百眼。汝之錯誤、傲慢，必定將受到百眼制裁。」

「若百眼將降下制裁，那也無妨。如果祂辦得到的話！」

在偽王下達最後命令的前一秒，魔導師行動了。她竭盡所有剩餘的力量，化作最後一擊。

「火焰，打擊愚蠢之徒！」

朝向偽王的手心上顯現出耀眼的火球。熊熊燃燒且不斷變大的火球，蘊含的威力超過了幻晶騎士所用的戰術級魔法。

「不見昔日光輝！汝只有那種程度啊，凱爾勒斯！」

然而，偽王沒有動搖。他同樣伸出手顯現火焰。先發動魔法的人是四眼位魔導師，卻是偽王這邊先釋放出火球。火球在空中互相碰撞，旺盛的威力試圖吞噬彼此。有一瞬間，雙方看似勢均力敵，不過其中一方很快轉為優勢。偽王的火焰不顯衰退，將魔導師的火球貫穿擊潰。

衰老的魔導師無法閃躲火球攻擊。她連閃躲的力量都沒有了，只能正面承受火球直擊，全身遭烈焰燒灼。

「是時候前往百眼尊前了。汝就親身體現吾給予的弔唁吧。」

見老婦人無力地屈膝跪地，偽王一下子沒了興致。

等候在偽王身後的巨大蟲子動了起來。那隻蟲子的軀體呈紅褐色，而且體型較其他同伴大上一圈，腹部有個奇怪的金屬隆起。

「毀了這裡，『小王（奧伯朗）』。」

偽王低語著下達命令。紅色魔獸發出摩擦似的鳴叫聲，附近的魔獸們則群起回應行動。汙穢之獸放出體液彈，使得聚落籠罩在更濃厚的死亡氣息中。不放過任何一人，不給予一線生機，火焰與瘴氣翻騰纏繞，呈現一幅毀滅的景象。

四眼位的魔導師沐浴在火焰中倒地不起，茫然眺望聚落毀去的景象。

「吾之眼瞳過於衰老。對於前往百眼尊前一事沒有猶豫。」

她已經無法起身。身體甚至感覺不到疼痛，只能等待生命的燭光燒到盡頭。

正要被滲透全身的無力感吞沒之前，魔導師睜大了眼睛。

被瘴氣纏繞、漸漸模糊的景色中，可以清楚看到晴朗無雲的天空一路延伸。她的視野高高飛上蒼穹盡頭，之後來到某個陰暗的深淵處。

深淵裡有眼瞳，數量多不勝數的眼瞳。魔導師清楚地感受到所有的視線都集中到自己身上。

隨後，魔導師的意識連同某種切斷聯繫的感覺緩緩浮上，被吸引至鑲嵌於虛空的眼瞳中。

「噢噢……百眼，老身臨死前所見之真實，祈請明鑑……」

魔導師的眼瞳映照出真實，與偉大的存在合而為一。臨終之際，她確實如此感受到了。

◆

「……有人。剛才有沒有誰在說話？」

最初察覺異常的是三眼位勇者。

一行人在森林中行進，途中，巨人突然停下腳步，開始四下張望。他身為戰士鍛鍊出來的直覺捕捉到某種變化。那或許是聲音，又或者是一陣搖晃，他自己也不太能確定。只是確實感覺到了什麼。

艾爾、亞蒂，以及一眼位的侍從面面相覷。勇者沒來由的提問，讓他們顯得有些困惑。

「不對，你們看那是什麼？」

回過頭的艾爾指向空中。大家一齊抬頭仰望，在那裡發現了明顯的異狀。好幾條黑煙從那一帶的地面升起，某種東西的影子在上空盤旋飛舞。周圍更籠罩在模糊的濃霧之中。

勇者對那幅景象有印象。他知道那種現象因何存在，所以才會瞪大眼，驚慌大叫道：

「汙穢之……獸!!怎麼可能、為何！會出現在那種地方……！」

「勇者！那個方向，難道是吾等……氏族的！」

侍從的呼喊聲中帶著焦慮。出現濃煙與汙穢之獸的方向，正是他們不久前來此的方向。在那之下發生了什麼。根本不用多想。勇者在回答以前就飛奔而出，侍從也立刻追了上去。

「亞蒂，我們也追過去！」

「嗯！」

為了追上以爆發性速度全力奔走的巨人，兩人也衝了出去。

沿著來時的路，愈是接近，愈能清楚看到聚落的上空。汙穢之獸所釋放的高揮發性腐蝕毒氣與從聚落中升起的煙混在一起，形成斑爛的灰色色塊。很難想像在那底下已經變成了什麼樣的慘狀。

這時，帶頭跑在前面的勇者突然放慢了速度。察覺到他們前方有人正向這邊靠近。在這種狀況下出現的不一定是同伴，於是勇者停下腳步，謹慎戒備地拔出棍棒。侍從也站到他的身側，準備面對來者。

「等一下，勇者！那是你們的……」

從樹上觀察情況的艾爾發出警告。正欲跳出去的勇者他們因此停止了動作。

「啊啊，勇者……」

結果，出現在他們面前的是凱爾勒斯氏族的巨人們。

「你們沒事嗎！聚落到底發生了什麼……」

看到熟悉的眼瞳，勇者的話語恢復力量，但也只持續了很短的時間。因為這裡的巨人人數明顯比聚落全體要少，而且有多人負傷。可能是中了腐蝕毒素，有人身上甚至出現潰爛的傷口。

「怎麼……其他人怎麼了!?」

勇者不禁逼問沒受傷的巨人。對方一時語塞，又很快正眼回視勇者的三隻眼。

「那些傢伙無預警從空中現身。吾等在魔導師的指揮下團結一心抵抗……結果……」

勇者的表情扭曲了。他馬上注意到在場不見老婦人的身影。

「魔、魔導師呢……!?」

「……魔導師、率領眾人與汙穢之獸對抗到最後一刻！不過，恐怕已受百眼寵召……」

聽到巨人痛苦地呻吟回答，勇者當場跪倒在地。拳頭重重擊向地面。

「…………………………不可饒恕……！！！」

抬起頭的勇者眼裡布滿血絲。就在他吼叫著準備衝出去的前一刻，艾爾跳到他的眼前。

「勇者！你不能過去!!」

「小鬼族！別阻止吾！此為吾等氏族之……!!」

勇者的語氣幾乎和野獸的咆哮無異。正面承受強烈的殺意衝擊，艾爾仍毫不膽怯地反駁：

「要是你去了，誰來保護留在這裡受傷的同胞!?」

勇者向前踏出的一步硬生生地停住了。他狠狠咬緊牙關，嘴角甚至溢出泡沫。沖天的怒火化為熱浪，使勇者身邊的空間產生扭曲晃動的錯覺。艾爾平靜的語調傳進即將化為瘋狂野獸的勇者耳中。

「而且聽起來，聚落已經……被汙穢吞沒了。」

「吾早就知道了！吾為！……吾為勇者!!若此時不站出來，更待何時!!」

勇者再次振作起來，卻在看到出現在眼前的兩個巨人後，停止了動作。

「拉米娜、拿布。」

巨人族的少年與少女，互相扶持著站立於該處。

「勇者……如同艾爾所說，聚落已經……吾等同胞皆英勇奮戰……」

淚水從拉米娜的眼裡不停湧出。勇者頓時明白，遭到汙穢之獸襲擊的聚落發生了什麼事。

他渾身顫抖，緊握雙拳，接著突然把頭猛砸向地面。

「可恨的汙穢之獸！盧貝氏族！竟敢讓百眼看到那般所作所為！……!!不可饒恕……絕不可饒恕……!!」

拉米娜走到被悔恨之情壓垮，因而一蹶不振的勇者面前。

「勇者，我……吾繼承了魔導師之名號。」

勇者緩緩地抬起頭，和少女的四隻眼瞳相對。即使身陷恐懼、汙穢與怒火之中，她年幼的眼瞳仍散發著堅定不移的光芒。

「吾之名號為小魔導師。另外，先代託吾傳話：派出汙穢之獸，正是盧貝氏族有錯之證明。吾等必須糾正錯誤。為此，吾等才忍辱逃了出來!!」

勇者發出了無法想像是這世上應有的悲鳴。他心裡其實想盡情發洩怒火，前去報仇吧。然而，他身為聚落最強的戰士，同時肩負守護魔導師的職責。就算守護對象是幼小且未臻成熟的魔導師也一樣。

勇者不斷顫抖，終於屈膝跪下並盤起手臂。閉上兩眼，只用額頭上的一隻眼睛仰望少女。

「新任魔導師，吾在此宣誓。今後吾將守護汝遠離一切災厄……對於彼盧貝氏族，必將糾正其錯誤，於百眼尊前給予制裁。」

「勇者，吾從先代繼承的眼瞳不多，但必會克服此試煉。在那之前，便託汝守護了……」

就算巨人族身形高大，拉米娜——現在是小魔導師了——也還是個孩子。她在強忍怒火而顫抖的勇者面前顯得十分緊張，卻依然堅強地給予回應。

倖存的凱爾勒斯氏族的巨人們一個接一個仿效勇者屈膝閉眼。儘管氏族命脈瀕臨斷絕，活下來的人們仍凝聚為一體，再度向前邁進。

◆

「……太好了，他們好像談妥了。勇者先生也總算放棄突然殺過去了呢。」

艾爾和亞蒂兩人在距離稍遠的樹上眺望著巨人們對話的情況。他們的方針是不要太過介入氏族內部的問題。

一個巨人走到他們身旁。在巨人中個子算矮的三眼少年，那是拿布。

「艾爾、亞蒂……聚落被汙穢侵襲了。」

少年過去充滿活力的眼瞳低垂。他盯著空無一物的手心，憂傷自己的無力。

「我沒辦法戰鬥。我明明說過……要成為勇者的。」

他轉過頭，視線轉向位在氏族中心的四眼少女。眼中感受不到以往開朗快活的力道。

艾爾他們從樹上跳了下來。

「但你保護了她不是嗎？」

「那是……！拉米娜在這裡，可是也只有這樣。結果我只是個眼睛尚未全開的小鬼頭。」

氏族同胞們奮力作戰，而後喪命的身影烙印在拿布的眼中。許多戰士，連魔導師都殞落於死亡的汙穢之中了。

「拿布，騎士的使命就是保護同胞遠離危險。身為銀鳳騎士團的一員，你做得很好。」

艾爾表情嚴肅地仰望巨人少年。

「打倒敵人不過是一種手段。」

「……我不太懂。只知道我守住了拉米娜。」

艾爾笑著點頭，拿布的表情也略為緩和下來。雖說有力所不能及之事，也不表示一無所成。他的奮鬥至少守護著一條性命抵達這裡。

「拿布和拉米娜！你們巨人中隊非常努力了！」

「嗯，話說回來，盧貝氏族役使汙穢之獸是怎麼一回事……啊……」

話說到一半不自然地中斷，亞蒂驚訝地看向他。艾爾的視線遠遠朝著白霧仍未散去的凱爾勒斯聚落望去。

「亞蒂。聚落被汙穢之獸襲擊，也就是說……」

這時，亞蒂想起來了。艾爾正在那個聚落中做的事，以及那代表了什麼意義——

「妳覺得研究中的魔獸材料怎麼樣了？」

「……嗚哇。」

她忍不住拉開幾步距離。因為她看到艾爾正在微笑。那張充滿憤怒的笑臉彷彿能輾壓這個世界。

「那是大家一點一點塑造的。鎧甲和骨骼全都化為烏有。呵呵呵……那群蟲子又一次妨礙了我。」

艾爾和亞蒂一直是為了自己的目的而行動。只要能平安離開森林，回到弗雷梅維拉王國就夠了。

不過，雖說是偶然，但幻晶騎士（包含半成品在內）連續兩次遭到破壞，他不可能再默不作聲地退讓。

「亞蒂，我要定下銀鳳騎士團的方針。」

「嗯、嗯。」

「第四巨人中隊將支援凱爾勒斯氏族，今後將以充實戰力為目標。最後……」

他輪流看著亞蒂、拿布，還有凱爾勒斯氏族的倖存者們，然後肯定地宣布：

「得跟那個什麼盧貝氏族算清楚這筆帳。破壞我的人型兵器，攻擊騎士團成員的代價可是很高的……！」

現在，巨人族的其中一氏族——盧貝氏族，可說是徹底得罪了弗雷梅維拉最凶惡的問題人物——銀鳳騎士團長艾爾涅斯帝・埃切貝里亞了。

# 第十四章 小人國篇

Knight's & Magic

# 第六十話　引頸期盼的重逢

無邊無際的大樹海。在魔物森林——博庫斯大樹海的深處，一陣安靜的衝擊有如漣漪般擴散開來。

「什麼？凱爾勒斯氏族被……!?」

「可惡的盧貝氏族，原來還留有汙穢之獸……」

「就如同真眼之亂。再這樣下去，勝利難保……」

盧貝氏族所放出的汙穢殺意，利用『汙穢之獸』向凱爾勒斯聚落發動猛攻，並將其毀滅的消息，很快就在各氏族間傳開了。

為了對抗盧貝氏族而正在集結的諸氏族聯軍，因為這一次襲擊而徹底被挫了銳氣。

同時，這次利用汙穢之獸所展開的攻擊，還有另一層重大意義。

換句話說，如果有其他氏族成為諸氏族聯軍的中心，恐怕會遭受相同的攻擊。

就連血氣方剛的巨人族也畏懼這樣的報復。

原本瀰漫森林中的反抗機運，因此急速消散。

◆

在諸氏族沉浸於苦嘆中時，凱爾勒斯氏族的生還者正潛伏於森林的某個角落。

所有人的表情都很陰沉。畢竟敵人是從上空偵察的汙穢之獸，什麼時候被找到都不奇怪。因此不得不躲到森林裡樹木更為茂密之處。

林木愈是茂密，身形巨大的巨人也愈難活動。他們甚至無法正常狩獵。目前是因為人數少才能勉強撐著。儘管比較不顯眼的拿布努力狩獵，光靠他的收穫也不能說足夠。大家只能分食那些謹慎地獵捕而來的少許獵物苟且求生。

「……吾不打算就此化為林木。」

三眼位勇者在討論今後方針時，毅然地如此說道。小魔導師和拿布不安地仰望他。

「吾等必向盧貝氏族討回公道。由吾替魔導師……以及各位報仇雪恨。」

圍坐成一圈的巨人們不約而同地點頭。大家都有同樣的想法。

「然而，吾等力量不足。氏族之人……亦所剩無幾。」

「勇者，諸氏族聯軍又如何？既然決定挑起問答，或許已展開行動……」

勇者瞇起三隻眼睛，搖搖頭說道：

「吾等氏族受汙穢之獸攻擊，難說事態將如何演變。諸氏族聯軍見此情景，當然不敢輕舉妄動。」

巨人們呻吟出聲。見到凱爾勒斯氏族毀滅，以及汙穢之獸仍然健在，應該沒多少人敢繼續行動了吧。如果不集結諸氏族的力量，就無法與最大的盧貝氏族相抗衡。

「吾等必須同時擊潰汙穢之獸與盧貝氏族，其兩者力量密不可分。」

「此事真有可能達成？若百眼有知，請給予吾等指引……」

見巨人們迷惘地低下頭，小魔導師以不安的眼神環視所有人。

儘管擁有滿腔熱血，卻難以付諸實行。愈是深想，就愈是痛切體會到雙方的力量差距何等懸殊。在這樣絕望的氣氛中，只有勇者一人毅然挺身而出。

「吾也不明白該怎麼做。敵人實在太過強大。然而，吾亦無法厚著臉皮就此退卻。否則在百眼尊前，將無顏面對歸還眼瞳的魔導師。」

勇者心知肚明，這只是他自不量力的想法，但他身為氏族最強的戰士，同時也是氏族的守護者。

應當領導氏族的魔導師尚且年幼，加上凱爾勒斯氏族傷亡慘重，更需要一個遠大的目標才能繼續前進。即使知道那個目標難如登天，根本不可能辦到，身為勇者的他仍須躬先表率。

就在現場瀰漫沉重的氣氛時，一道宛如銀鈴的嗓音響起：

「這樣啊，情況我瞭解了。那還真是棘手。」

巨人們的視線不由得集中到小魔導師身上。巨人的少女慌忙搖頭，然後看向旁邊，旁邊的拿布受到眾人矚目，又指向自己身旁，於是所有人的目光這才轉向聲音來源。

一看見嬌小的艾爾涅斯帝規矩地坐在地上，勇者的表情一下子緩和下來。

「小鬼族的勇者……對不住，將汝捲入巨人（吾等）的戰爭裡。」

「別在意。這也是對『騎士團』的挑戰，而且我被接納為凱爾勒斯氏族的一員，也讓我略盡棉薄之力吧。」

「有何計策？」

艾爾朝露出驚訝表情的勇者伸出兩根手指。順帶一提，對巨人族而言，艾爾的手實在太小，所以看不太清楚他的手勢。

「是的。首先，我們有兩條路可走。不是找尋大量夥伴，就是只靠我們自己行動。」

「正如方才所言，諸氏族聯軍不會輕易行動，而且就算吾再怎麼勇猛，也知道光憑吾等向盧貝氏族挑起問答，純粹是無謀之舉。」

勇者懊悔地想，如果至少能拉攏諸氏族聯軍的話……

可是，就算再次發起號召，又有多少人願意響應這支瀕臨破滅的氏族？想再度召集諸氏族聯軍，勢必會比過去更加困難。

不過，小鬼族的勇者與他的見解有些不同。

「這個嘛，先到附近看看怎麼樣？」

「附近？前往何處附近？」

勇者露出驚訝的表情反問，艾爾笑著回答：

「盧貝氏族所居住的聚落。一定有那種地方吧？」

「什麼……意思是，要吾等前往『百都』!?」

不只勇者，在場所有的巨人全都瞪大眼睛。居然要叫這麼少數的人前往敵方根據地？這完全不像是理解現狀的人會提出的意見。

艾爾仍維持著笑容，對此點頭回應：

「唔，原來是叫百都嗎？不管怎樣，那些汙穢之獸一定會繼續搜尋凱爾勒斯氏族的生還者。那麼，他們的目標就是這個森林，百都附近反而會成為盲點。人們往往會忘記注意自己腳邊。」

凱爾勒斯氏族的巨人們困惑地交相對望。誰也沒想過這種事情，所以一時間也無法回答。

這時，勇者坐下來，發出一聲沉重的巨響。

「事情可沒有汝說的那麼容易。光憑吾等實在難以潛入彼輩腳邊。」

「成群結隊去當然很引人注目，但是就因為我們人數少，才有可能殺得他們措手不及。」

勇者盤起雙臂，盯著艾爾。

眼前的勇者雖然比身旁的巨人少年、少女還要矮小，卻能與自己對等而戰。

艾爾的著眼點的確與巨人們不同。他想不透這是種族差異？或者是以往經歷不同所致？

「……即使前往百都，之後又該如何？光憑吾等無法向盧貝氏族挑起問答，這是不變的事實。」

「嗯，先進行調查吧。先查出為什麼汙穢之獸會突然服從盧貝氏族。」

「這……唔，的確難以理解。」

過去真眼之亂發生時，勇者也曾對此感到疑惑。只不過隨著時間流逝，此事好像就變得理所當然了。事到如今，會對此存疑的巨人恐怕不多。

「他們一定動了什麼手腳。如果能解開這個謎的話……」

「就可以除掉汙穢之獸？」

「至少能恢復牠們是巨人的共通敵人的狀態。敵人的同夥當然是愈少愈好。」

勇者雙臂環胸，一語不發。汙穢之獸在過去是所有巨人共通的敵人，甚至因此在巨人社會中誕生『勇者』的稱號。如今卻臣服於單一氏族之下，這樣的狀況確實異常。

「假如難以將汙穢之獸與盧貝氏族分開，也還有很多其他事情可以調查。」

不理會陷入沉思的勇者，艾爾扳著手指數了起來。

「盧貝氏族的規模似乎非常大。那麼，全族上下的想法是統一的嗎？說不定他們族裡也有人希望遵循百眼的規定吧。不至於整個氏族都是我們的敵人，所以要分化敵陣。既然人數相差懸殊，就沒必要從正面突破。沒錯，就是加以擾亂、瓦解，然後再各個擊破……最好還可以引發內部鬥爭。」

艾爾笑容滿面地斷言。那是一張展望未來的開朗笑臉，顯得特別幹勁十足。

「艾爾好認真地想打仗……」

亞蒂慢慢拉開與艾爾的距離，偷偷躲到巨人少女的肩上。幻晶騎士（包含半成品在內）連續兩次遭到破壞徹底惹毛了他。微小卻劇烈的災厄化身，正一步步逼近盧貝氏族並露出獠牙。

「居然要……分裂氏族？」

「若彼輩發生內鬨，那倒正好。」

「還不曉得能否成事。應該先除掉汙穢之獸……」

巨人們面面相覷。從他們的文化背景來看，艾爾所提的戰鬥方式非常令人匪夷所思。巨人族總是以氏族為單位而行動。像凱爾勒斯氏族這樣的小氏族更是如此。也因此，他們不會有分裂同一氏族的想法，而這當然與艾爾無關。

勇者看了看大家的反應後，將視線轉回嬌小的勇者身上。他心底仍有一絲猶豫，不過艾爾的提案確實為凱爾勒斯氏族帶來了光明，讓人數不多的他們也有放手一搏的機會。

同時，某個理由也讓他產生強烈的排斥。也就是──

「……百眼真能認同如此戰術？」

勇者的三隻眼因苦澀而扭曲。他們的戰鬥──賢人問答一直以來都是採正面對決的形式。超越對手，才能夠得到正確的答案。艾爾的提案根本是邪門歪道。

「難道百眼希望凱爾勒斯氏族就此敗北嗎？這就是所謂問答得到的結論？」

連續的反問讓勇者無言以對。

對巨人們而言，問答的答案等同於百眼神的旨意。一旦獲得結論便絕不容許違背。這正是他們絕對無法認同現狀的理由。

這時，一道輕微卻清晰的嗓音傳到勇者耳中。

「勇者，我……吾決定接受艾爾的提案。」

「小魔導師。」

意外的是，聲音的主人是才剛繼承魔導師的少女。由於年幼而顯得略大的四隻眼瞳直視勇者。

「只要除掉汙穢之獸，回歸巨人之間的問答就可以做出了結。吾以為……百眼也能認可這樣的結果。」

勇者瞪大眼睛。

沒錯，為什麼在真眼之亂中稱霸的盧貝氏族，會招來如此多反感？答案很簡單，因為這並不是巨人之間得出的結論。

「總有一天，你們會得以進行正確的問答，為了那一天，也得事先進行準備。」

「正如艾爾所言，勇者。就由吾等導正這個錯誤，亦須為此排除汙穢之獸。」

勇者注視著艾爾，然後將視線轉向小魔導師。即使身處如此絕境，兩人眼中依舊閃著堅定不移的意志，以及不畏最大氏族、不畏汙穢之獸的光芒。

「原來吾尚未開眼……」

勇者不禁苦笑出聲。

冠上氏族最強稱號的戰士，卻因為敗北變得如此軟弱。這才是真正不堪讓百眼神所見之事。

見到他們所表現的勇氣，教人怎能不感到振奮？所謂勇者、所謂巨人皆是自尊心極強的戰士。

「按照常理，對付巨大魔獸就是要一點一點削弱牠的力量，而對付氏族亦然。即便全為百眼目外之事，吾等亦只能與能見之物戰鬥。」

勇者又站了起來。他的眼神中已不見迷惘膽怯。

「盧貝氏族、汙穢之獸帶來如此多苦痛。接下來輪到吾等讓那些傢伙嘗嘗苦頭了！」

巨人們異口同聲表示贊同。

大家高舉起手臂，像是要一掃至今的鬱悶情緒般發出吶喊。

小魔導師讓亞蒂繼續站在自己肩上，自己也站起來，臉上同樣露出笑容。

「那麼，我就來想想遇到汙穢之獸的時候，該怎麼打敗牠們。」

「艾爾還想挑戰汙穢之獸？」

「我可是巴不得徹底消滅牠們呢。」

就算能隔離盧貝氏族與汙穢之獸，遲早還是得對付牠們。艾爾一定會在某處再度與之衝突。

「……那我也一起想吧！」

拿布伸出拳頭，艾爾小小的拳頭與他相碰。巨人中隊的目標因此定了下來。

勇者頻頻點頭，同時轉向艾爾。

「小鬼族勇者，汝之勇氣令人佩服。吾等已無所畏懼。不過，要想與彼輩一戰，仍需克服重重難關。想必今後還須借重汝之力量。」

「包在我身上。別看我這樣，我可是騎士團長呢。」

雖然巨人們完全無法理解這個理由，不過至少能夠理解艾爾非常有把握。

「騎士團就是很強大的意思啊……」

拿布因此對騎士團產生了奇妙的誤解，但此事暫且不提。

就這樣，凱爾勒斯氏族為了戰爭而展開行動。首先離開潛伏的森林深處，往百都所在的東方前進。他們一邊警戒著汙穢之獸，一步步確實地向目的地邁進。

◆

「……肉沒有味道……」

途中，亞黛爾楚小姐不高興地發著牢騷。

「很多東西都留在凱爾勒斯氏族的聚落，通通被毀了嘛。毛巾、藥品，還有糧食……」

「最重要的是調味料少了很多！那群可惡的蟲子……不可原諒！」

當時，長途行動的亞蒂他們用空降甲冑帶上少許物資，但也只有最低限度。由於隨身物資所剩無幾，使得旅途中飲食所帶來的樂趣失色不少。

「畢竟是移動之中，要在森林裡搜集物資也很困難。能不能早點重建生活據點，安頓下來啊？」

「畢竟後有追兵……我看很難吧？」

對巨人來說，肉只要用火烤熟就夠了，但對兩人來說可是至關重要的問題。尤其對負責烹調的亞蒂而言更是一大打擊。

「唉……就沒有哪個聚落可以搶一下嗎？」

「艾爾真狠……要是不趕快開始做幻晶騎士的話，說不定很危險。」

見艾爾一副打從心底感到遺憾的樣子，亞蒂一下子拉開與他的距離。失去幻晶騎士之後，他似乎變得愈來愈不受控制了。

走在他們後面的拿布和小魔導師，則是興致盎然地聽著他們的對話。

最後，他們一行人來到森林中一處較為開闊的場所。寬能容納幾個巨人並肩而行的路徑一直延伸到遠方。這是長久以來野獸和巨人所踏出的道路。勇者指向路的另一頭，說道：

「前往百都，沿著這條路走最快。」

「可是，總不能從正面闖進去吧。」

這是森林裡為數不多的寬敞道路，使用這道路的不會只有他們。為了節省時間，代價就是會有很大的風險遇上敵人。

「提出潛入敵陣附近提案的，不正是汝？彼輩亦不會料到吾等正在接近。何不以速度為同伴，盡快通過？」

「這樣啊，說得也對。那就沿著這條路……」

當艾爾正好轉過頭說話的時候——

「……那是什麼？」

艾爾發現有人從道路的西側逐漸接近。那些巨大的人型生物是巨人，而且是一個牽引著拖車的集團。

見艾爾神色有異，凱爾勒斯巨人們也回過頭。雙方因此發現彼此的真實身分。

「盧貝……氏族!!為何會在這兒!?」

「什麼……凱爾勒斯！居然還有餘孽!!」

勇者大吼。

小魔導師僵在原地，拿布則迅速擋到她身前。艾爾和亞蒂凝視著新出現的巨人團體。

據勇者說，他們是盧貝氏族一夥，裝扮明顯與凱爾勒斯氏族不同。不是說巨人種族不同，而是裝備差異最為醒目。

盧貝氏族穿戴的防具——

其中不只有魔獸的材料，有的部位還使用了『金屬』製零件，且明顯是經由人手打造而成，絕非自然的產物。

「那就是盧貝氏族？那是鐵……!?不，更重要的是……」

「拖車……咦？艾爾!!那不是……!?」

發覺凱爾勒斯氏族的巨人們，盧貝氏族一夥也開始騷動起來。不過，更吸引艾爾注意的是盧貝氏族正在運送的東西。

拖車由決鬥級巨大四足魔獸所拖曳。雙方似乎是在盧貝氏族運送貨物的途中狹路相逢了。

「那是汙穢之獸！連屍體都不願交出來啊!!」

勇者朝他們大吼。

盧貝氏族的拖車上載著汙穢之獸的屍體。是過去與艾爾和伊迦爾卡對決後擊敗的那群。就在巨人們開始互相咆哮的當下，艾爾的視線漸漸移到更後方。

乘載汙穢之獸的拖車後方，還連接著另一台拖車，上頭載著非常眼熟的物品。

「你們……那該不會是？」

那是被酸毒腐蝕、融解傷毀的金屬塊。

巨大鐵塊猶如內臟一般纏繞著許多金屬管。融毀的部分還能看見一些結晶質反光。

金屬塊上有幾處挖空，可能是之前連接著什麼的部位。中央還有個剛好能容納一人進入的空間。

回過神來，艾爾已經向前走去。

他朝腰間的鋼索錨注入魔力，開始噴出激烈的氣流。雙手自然而然地伸向銃杖。

「把我的伊迦爾卡……」

艾爾涅斯帝・埃切貝里亞的愛機——銀鳳騎士團旗機伊迦爾卡的殘骸。

艾爾怎麼可能認錯那具殘骸的真面目？無論轉生投胎幾次，他都不可能忘記。

「喂！連我的小席也在!!」

那裡不只有伊迦爾卡的殘骸。後方的拖車上還載著亞蒂的愛機——席爾斐亞涅的殘骸。由於席爾斐亞涅的整體外觀還算完整，所以更容易辨識。

「唔。艾爾，怎麼了!?他們的貨物有什麼問題嗎？」

勇者等人正準備與盧貝氏族展開對峙。一旁的拿布注意到艾爾全身散發出異樣的氣場，於是出聲問道。

「那是我的東西。」

「嗯？」

艾爾沒有理會他的困惑，立刻縱身躍入空中。落在勇者的肩上後，他以凌厲的目光看向盧貝氏族的巨人。

「告訴你們，那是我的幻晶騎士。不能因為它壞了就擅自拿走。」

盧貝氏族的巨人們頭盔下的眼睛詫異地看著他。

「小鬼族（哥布林）？為何與餘孽（凱爾勒斯）同道而行？無論如何，就憑汝等殘兵敗將，想對巨人（吾等）下命令還少了幾百眼。」

「原本想要這等物品的就是小王（奧伯朗），吾等奉長官之令運回百都……居然要吾等搬運垃圾！」

巨人們齜牙咧嘴地互相威嚇。對微不足道的小鬼族很快沒了興趣，將敵意轉向巨人族之爭。

「……垃圾是嗎？這樣啊。」

艾爾的表情消失了。有如平靜的水面般紋絲不動，眼眸深處讓人感受到水底的深邃。

「勇者，我們要在這裡打倒他們，將他們趕盡殺絕。」

「吾自是不反對，可汝是怎麼了？小鬼族的勇者，若要戰鬥，就交給吾等……」

話說到一半，勇者臉上的表情轉為驚訝。他注意到艾爾展現出與過去對戰時完全無法相比擬的激昂情緒。

「那些全是我的寶貝。怎麼可能允許他們擅自帶走？一群手腳不乾淨的傢伙……就給予相應的懲罰吧。」

「小鬼族，慢著！唉，彼輩亦為吾等仇敵！跟著上!!」

勇者慌忙發號施令，追在不聽勸阻、飛也似地衝上前的艾爾後頭。

「愚蠢之輩。在這裡遇上，倒是省了一番工夫。乖乖滾到百眼尊前去吧!!」

盧貝氏族的巨人們也個個舉起武器，準備迎擊。護著拖車擋在前方的盧貝氏族，與湧上前掄起拳頭的凱爾勒斯氏族展開衝突。

一道銀色閃光飛奔而出，比他們任何人的動作都要快。『大氣壓縮推進』拖曳著尖銳的噴射音，有如箭矢般破空而去。

當盧貝氏族的巨人被凱爾勒斯氏族引開注意力，視野中冷不防映出異物。

他驚訝得還來不及躲避，耀眼的紅色子彈就刺入他巨大的單眼，並在他臉上引發小型爆炸。

「咕喀!!嘎啊啊啊啊啊、嘎呀啊啊啊啊!!!!」

看見獨眼巨人突然按著臉發出慘叫，旁邊盧貝氏族的巨人一時分心了。趁著這個破綻，銀色閃光橫空飛掠，朝下一個獵物接近。鋼索錨發出噴射的呼嘯聲，纏繞上旁邊巨人的脖子。

「什麼東西!?」

巨人察覺有異而伸出手，可惜為時已晚。鋼索錨前端的箭鏃部位發動了魔法現象『真空斬擊』，帶有鋒利切斷能力的真空刀刃隨著箭鏃咻地在脖子上繞了一圈。

艾爾收回鋼索錨。以巨人的肩膀為立足點，再度跳躍。一瞬之後，巨人的頭才噴出鮮血，咕咚掉了下來。

「什麼!?凱爾勒斯動了什麼手腳!?」

「有東西!?到底怎麼回事！」

盧貝氏族的巨人們頓時陷入混亂。同伴們無預警地接連傷亡，而且還搞不清楚原因。他們無法捕捉到高速襲來的艾爾那微小的身影。

就在一陣混亂中，凱爾勒斯氏族的巨人們也加入了戰局。氏族的同胞慘遭殺害，使他們對盧貝氏族更是恨之入骨。毫不留情地揮下手中棍棒，朝盧貝氏族狠狠砸下。

「汝輩之眼瞳不值得回歸百眼!!吾等將在此擊潰!!」

「少得意忘形!!」

儘管盧貝氏族錯失先機，他們的鎧甲卻接下了棍棒的攻擊。用鐵與魔獸材料製的防具極為堅韌，得以硬是扛下棍棒並重整態勢。

「若汝輩臣服於王，也不必派出汙穢之獸！此為汝輩之過錯……」

盧貝氏族的巨人揚起巨大的鐵斧，朝凱爾勒斯氏族吼了回去。忽然間，一個物體輕巧地降落在鐵斧上，那個嬌小的東西手持銀色光芒。巨人腦中冒出一連串問號。

「什麼?小鬼族?做什……咕。喀嘎啊!?」

他還來不及說完，拿著戰斧的手臂就被砍成兩半。在空中飛翔自如的鋼索錨精準地穿透了鎧甲的縫隙。

「區區小鬼族，居然把吾等……!?咿咿!!」

正欲上前支援的巨人按住臉，猛地向後仰。原來他是被揮下的劍刃切開了眼睛。在場的可不是只有艾爾和巨人們，手持雙劍的亞蒂也加入了戰鬥。

「不愧為吾認同之勇者！凱爾勒斯的同胞們！這正是百眼認同吾等勝利之證明！」

凱爾勒斯氏族的巨人們大聲咆哮，鼓舞了士氣。

兩支氏族的人數相當，盧貝氏族則占有裝備上的優勢。不過，在空中來去自如、揮舞劍刃的艾爾他們卻扭轉了局面。

「……不准動我的伊迦爾卡。」

砍下巨人的頭顱、切斷他們的手臂、弄瞎他們的眼瞳。他毫不留情地殲滅那些擅自搬走愛機的無禮之徒。

沒花多少時間，人數不斷減少的盧貝氏族便遭到擊潰。就算身穿堅固的鎧甲，也並非所向無敵。再加上受到凱爾勒斯氏族的攻擊壓制，最後一個接著一個倒下。

片刻後，在場的巨人就只剩下凱爾勒斯氏族的人了。在他們發出勝利的吶喊時，艾爾飛快地跳到拖車上，旋即開始檢視伊迦爾卡機體上的每一個角落。

勇者、拿布和小魔導師困惑地望著他。

「那就是艾爾的寶貝。你似乎……非常、重視它喔？」

不知為何，拿布一副膽戰心驚的樣子對艾爾道。

一旁的勇者則是帶著複雜的表情發出呻吟。他的面前就是那個失去頭部的巨人屍體。該不會他只要走錯一步也會是這種下場吧？明明獲勝了，但他卻因為一股沒來由的寒意流下冷汗。

「沒錯。之前我不是說過有東西想運回來的嗎？就是那個。」

「是有這麼回事。原來如此，就在汙穢之獸的近處。」

亞蒂和勇者交談著的同時，艾爾以一副心滿意足的模樣走了回來。

「這是我在這世上最愛之物的具象。雖然現在有點毀損了。」

「雖不知此為何物，但既然毀損，為何不修理？」

「尋找修理方法也是我們的目的之一。」

不曉得是因為遲鈍還是其他原因，牽引拖車的魔獸仍滿不在乎地停留在原地。凱爾勒斯氏族的巨人們正準備去牽牠的轡繩。

「唔，無論如何，此亦為百眼之指引。吾等便乘著這個氣勢前往百都！」

這次小小的勝利鼓舞了凱爾勒斯巨人們的士氣。

艾爾環顧周遭盧貝氏族巨人的屍體。思索了一會兒後，他抬起臉說：

「關於這點……勇者，你對欺敵這件事怎麼看？」

「唔？不怎麼喜歡。應該以坦蕩的態度面對問答，否則百眼亦不會認同。」

艾爾問得唐突，但勇者還是老實回答了。

「這樣啊。那這麼辦吧。穿上這些巨人的裝備，潛入盧貝氏族的聚落。」

「什麼!?意思是要吾等穿上敗者的裝備!?」

勇者顯得怒氣沖沖。如果這是狩獵來的魔獸，他對此當然不抱任何疑問，然而這些卻是盧貝氏族的東西，何況對方還敗在他們手下。從巨人的文化角度來看，他們很難接受這樣的行為。

「不，這些充其量也不過是戰利品。你們只是將這些戰利品穿上後，發現剛好是盧貝氏族的東西，而且說不定能騙過敵人而已。」

「一派胡言！百眼立刻就能識破如此手段!!」

艾爾不改臉上的笑容，接著說：

「要欺瞞的並不是百眼，而是盧貝氏族。他們連王的眼瞳也有所不足吧？如果可以順利潛入，說不定能發現重要的秘密喔。」

「然而，如此手段……!」

「你必須親眼看清楚真相。為此，我們要接近敵陣，並謹慎思考，但現在光是要做到這些也不容易。暫時忍耐一下，說不定就會看見取勝的希望了。」

「……嗚，可是……」

「如今我們人數不多，剩下的選擇也不多了。為什麼不最大限度地利用這場勝利呢？」

「…………」

亞蒂來回看著一副苦瓜臉的勇者，以及臉上堆滿溫和笑容的艾爾，不禁聳聳肩。

「唉，艾爾又想出狠毒的點子了。」

「那就是艾爾說過的騎士團戰鬥方式嗎？」

「嗯——怎麼說呢？我實在很難點頭承認。」

聽拿布這麼問，亞蒂也呻吟著，臉上的表情五味雜陳。坐在旁邊的小魔導師不解地看著他們。

失去幻晶騎士的力量，艾爾現在只能運用智慧——不曉得能不能大方地這麼說，畢竟這運用智慧的方式不是普通地凶狠。

結果，勇者也想不出比艾爾的提案更好的方法，只好讓步。

◆

亞黛爾楚坐在拖車邊緣，愣愣地眺望著流雲。她的空降甲冑採取跪姿放在角落。

「艾爾一動也不動了……」

由於盧貝氏族的巨人們全滅，他們運送的拖車就落到凱爾勒斯氏族的手中。

四足魔獸牽引著拖車，速度緩慢地前進。至於拿回了伊迦爾卡殘骸並附帶拖車的艾爾——

「艾爾——就算黏得那麼緊，伊迦爾卡也修不好哦？」

「沒關係……力量……力量會湧上來。」

「唉，這下沒救了。」

艾爾理所當然地緊貼著伊迦爾卡，一副無論如何都不會放開的樣子。看他變成那無可救藥的德性，亞蒂只能發出嘆息。反正無計可施，只能就這樣用拖車連他一起運過去了。

就在她想得出神的時候，有聲音從頭頂上落下。

「小鬼族的勇者，現在可不是那樣躺著的時候。」

和拖車並行的三眼位勇者看了過來。

「繼續前進，不久就會抵達百都，但是不論打算做什麼，總不能拉著這些東西過去。」

他們為了和盧貝氏族一戰而朝著百都行進。載著殘骸的拖車沒有戰鬥的力量。即使有艾爾和亞蒂在，恐怕也不易保護周全。

「得找個地方安置……」

艾爾對此自然表示十二萬分不樂意。

「就算壞成這樣，我也絕不可能丟下伊迦爾卡不管！必須確保不會再被偷第二次!!」

見他依依不捨地抱著殘骸抗議，亞蒂搖一搖頭。

「這下沒轍了。想把變成那樣的艾爾硬扯下來，就要有跟他打一場的覺悟。」

「那麼嚴重啊。」

連提議的勇者本人也不想為了那麼無聊的理由和艾爾戰鬥。何況很可能會遭到他無比認真地抵抗。

「唔。不過，繼續拉著拖車也不好自由行動。」

那麼，把拖車和艾爾一起留下來如何？這其實也讓人為難。利用人數少的優點潛入敵陣腹地——想出這個作戰的正是艾爾。巨人們仍然很需要他的建議。

「也就是說，只要有不丟下拖車的理由就可以了吧。」

「是那樣嗎？」

亞蒂納悶地反問，艾爾卻已經幹勁十足。

「這個嘛。首先，這個拖車本來就是盧貝氏族的士兵負責的東西。換句話說，想要假扮成他們，就這樣帶著拖車會更好……而且車上也載著汙穢之獸的材料。這些都得來不易吧？直接扔掉不覺得很可惜嗎？」

盧貝氏族裝在拖車上的不只有幻晶騎士的殘骸，還滿載著汙穢之獸的殘骸。

「唉。行了行了。就算不留下它，也不能不作偽裝。」

一旦和人形兵器扯上關係，艾爾總是變得更加能言善道。偏重武力的勇者絕對說不過他。

以前就吃過苦頭的勇者於是早早投降。

「我是想做個可以把它安全藏好的據點……」

艾爾來回察看周圍，四處只見裸露的地面和茂密的樹林。不做個標誌就留在這片森林裡，跟拋棄也沒兩樣，至少需要留下一點能作為記號的東西。

「好吧。暫且趕快向前吧。」

巨人們領著四足魔獸和拖車繼續前行。

不久，道路漸漸地變得寬敞寬廣平坦。這意味著有如此數量的巨人使用此路，三眼位的勇者也因此進入高度警戒狀態。

「……百都近在眼前。張大眼看仔細了。」

凱爾勒斯氏族的巨人們不約而同地點頭應和。說這裡已經是敵陣中央也不為過。說不定哪時候就會碰上盧貝氏族的巨人。

儘管搶走頭盔和鎧甲偽裝成敵人，能深入到什麼程度還是全憑運氣。萬一在這裡展開戰鬥，八成馬上會被一擁而上的敵人制伏。

「小鬼族的勇者。一旦演變成戰鬥，吾等可不會保護此物。」

「沒關係。我會消滅那些未經許可就碰觸這個的傢伙。」

雖然不明白哪裡沒關係，看起來似乎是不用擔心了。

◆

他們繼續前進，而那個時刻終於到來了。

巨大的人影從路的另一頭走來。高大人形身上閃現金屬般的光澤。他們愈靠近，愈能清楚分辨出其樣貌，那是一群武裝過的盧貝氏族巨人。

「雖然他們若能無視我們也好，但還是希望能多少挖出一點情報啊。」

「以口頭問嗎？不是吾的強項啊。」

在頭盔下，勇者露出苦澀的表情。和可恨的盧貝氏族士兵從容不迫地交談，這種事情他實在辦不到。這時，原本只專注於搬運的一眼位侍從走上前來。

「勇者，請交給吾處理。」

語畢，他走到前頭。雙方之間的距離很快縮短，近得可以對話了。艾爾和亞蒂偷偷躲在殘骸後面。因為不曉得被稱為小鬼族的他們被看到會不會出問題。

「停下。你們是送貨的嗎？載著什麼東西？」

盧貝氏族的一行人中，帶頭的那個巨人果然開口問話了。一眼位侍從代表凱爾勒斯氏族出面回答：

「正是如此。這些是汙穢之獸和幻獸的骸骨。」

侍從指著說。盧貝氏族的巨人瞥了一眼貨物，然後低笑。

「哼。小鬼族們的餌食啊。好，快送過去吧。」

艾爾和亞蒂在殘骸背面彼此對看一眼。那個巨人的說法多少讓人有點在意。盧貝氏族對有人正在偷聽一事渾然不覺。侍從接著問道：

「瞭解。那麼，貨物該送到哪裡才好？」

「和往常一樣吧。送到小鬼族們的村子。」

盧貝氏族的巨人們一副「你問什麼廢話？」的態度說完後，就沒了興趣，正準備離去——

「是這樣啊。那麼，小鬼族的村子又在何處？」

卻因為侍從仍繼續提問而停下腳步。他們慢慢轉過頭。一股緊張的氣氛散播開來。再三提問果然太可疑了嗎？勇者不著痕跡地做好隨時能拿出武器的準備。

不過，盧貝氏族的巨人只是微微歪著頭盔，然後大聲嘆一口氣，用擺明瞧不起人的語氣回答：

「哦？因為是一眼位，連腦袋都裝不下東西了嗎？睜大眼看仔細了，不就是那裡嗎？」

他嗤笑著指向岔路的其中一邊。

「確實如此。感謝，那麼吾回去幹活了。」

他隨便應答幾句後，凱爾勒斯的巨人們就繼續讓推車前進。身後傳來一陣低低的笑聲。就算聽不清楚，也知道盧貝氏族的巨人們在說什麼。

好不容易把盧貝氏族的巨人們應付過去之後，勇者來到侍從身旁並排走著。儘管他竭盡全力配合，努力讓自己閉上嘴，頭盔下的面孔還是變得有如凶神惡煞一般。

「對不住。面對盧貝氏族，吾卻閉上了眼……」

他將斧柄握得得吱嘎作響。見狀，侍從搖搖頭。

「吾既為侍從，便服侍於人。勇者的使命是戰鬥。故除此之外，其餘便是吾之職責。不必放在心上。」

「……有勞了。再次於百眼問答之時，吾當戮力奮戰到底。」

勇者再次堅定決心。他必須回應氏族的期待。

「吶，艾爾。繼續走下去，好像就會到小鬼族住的地方了。」

「是啊。看到殘骸就毫不猶豫地指出小鬼族的村子。可以說是正中我們下懷，但那裡又有什麼呢？」

艾爾他們隨著拖車搖晃，思緒已飄到森林的前方去了。

然而——

對這一帶地理環境不熟悉的凱爾勒斯氏族一行人，依照指示的方向一味前進。在途中遇到岔路的時候，也一直選擇相同的方向。結果當然就是抵達了一個和本來指示的道路完全不同的地方。

「能看見了。哦，那就是小鬼族的村子啊。」

樹林變得稀稀落落，他們來到一個開闊的地方。看到一些在巨人眼中顯得很小的建築物並列著。幾股炊煙裊裊升起，讓人感覺到生活的氣息。

「找是找到了，接下來要怎麼辦？」

「嗯。也不是真的想把這些貨物交出去啊。」

拖車上放著艾爾等同性命般珍愛的寶物。不可能輕易地交出去。這時候，他突然抬起頭，鼻子不停嗅著。

「這是……鍛造的氣味。」

「艾爾又聞到奇怪的東西了。」

他沒把亞蒂錯愕的目光放在心上，開始思考這個村子、小鬼族的存在……拖車上的貨物……以及鍛造技術的存在。

「……把材料運到這裡來就表示，他們是負責加工的人。那麼，或許在各方面都可以得到幫助呢。」

答案很明顯。他臉上於是露出不懷好意的笑容。

「讓小鬼族幫忙？但盧貝氏族不一定是養著他們來鍛造的。」

「嗯。所以說，先占據這裡吧。反正規模看起來不大，有這些巨人，應該不費吹灰之力吧。」

「他們不是你的同族嗎……？」

艾爾充滿幹勁地表示，而他的氣勢甚至讓巨人們有點退縮。

◆

那天，小鬼族的村落迎來一陣大騷動。

日正當中，村民們正在勤勉工作。從唯一通達村子的道路另一頭傳來的沉重腳步聲，趕走了風和日麗的平穩。

「那是……什麼!?啊，巨人!?」

「還不到『進貢』的時期……巨人到這樣的下級村莊來做什麼？」

「不知道……快請長老、請長老出來！」

看到裝備鎧甲的巨人集團一步步走近，他們完全陷入混亂。因為巨人鮮少來到這種偏僻之地。

居民們不分大人小孩全都匆忙躲回家裡，把門戶關得嚴嚴實實。雖然不曉得躲進家裡到底有沒有用，可是他們也不知道能逃去哪裡。

整個村子被沉默包圍。聽著巨人的腳步聲逐漸接近，他們只能吞聲屏氣，祈求那些不速之客盡快離去。

◆

「小鬼族的村子果真很小啊。」

道路盡頭便是村子的入口處。勇者四處張望著發出感嘆。

這個村子的規模，和在巨人族當中算是小規模氏族的凱爾勒斯聚落相差無幾。不過，由於建築物都是適合小鬼族居住的尺寸，因此更顯寒酸。

「哦哦。這裡有很多和艾爾一樣的人嗎？」

「有很多像艾爾和亞蒂那樣的人，會很危險。」

「這話是什麼意思……？」

孩子們也好奇地觀察村莊的模樣。可是，附近連一個人影也沒有。他們正愁不知如何是好，只能傻站在村子入口處。

這時候，有幾個小鬼族步履蹣跚地走上前來。其中一人明顯是因為高齡而腿腳不便，走得很慢。

「……那就是小鬼族。真的和普通人類沒什麼不同。」

艾爾和拿布他們一起從後面偷偷地觀察，嘴裡喃喃說著。

這個村莊裡被稱為小鬼族的居民們，怎麼看都只是普通的『人類村民』。外表和西方以及弗雷梅維拉王國的人類並無二致。只是身上穿著磨損泛白的破舊衣服，看起來非常疲憊。瀰漫著一種比王國的某些農村更加貧窮的氛圍。

在眾人環視下，那幾個老人走到巨人腳邊，然後伏身跪拜，頭緊緊地貼在地上。身子蜷縮著，似乎想讓原本就很小的身形進一步與地面同化。

「啊啊……巨人族的各位大人們蒞臨這下級村莊，不知有什麼吩咐？似乎尚未到今、今年的進貢之日……」

話音顫抖著，他們甚至不敢抬起頭。

因為在眼前的是高達十公尺的巨人。要是稍微惹他們不高興，八成會被一腳踩成肉泥，當場一命嗚呼。不過，看他們那副過分恐懼的樣子，讓人感到還有其他理由。

大夥兒大老遠跑到這裡，並不是因為凱爾勒斯氏族的巨人們有什麼特別目的。意圖占據村子的只有艾爾。

「並非如此。吾等是運送材料而來。」

「恕、恕、恕我冒昧。若是如此，還得勞駕諸位大人前往『上城』。這裡是『下村』……」

巨人們互相看了一眼。他們自然不知道小鬼族的居住地不只一處。

「這樣啊。不過，也不能直接送去那個什麼上城……」

巨人們看起來十分困惑。小鬼族的社會形態對他們來說根本無關緊要。忽然間，一道悅耳的嗓音從巨人身後傳來。

「那麼，暫時在這裡休息一下怎麼樣？」

「也好。」

聽見明顯不屬於巨人的聲音插入進來，村長戰戰兢兢地抬起頭來。一看到年紀尚輕而較為矮小的巨人，以及那個站在他肩上的小小人影，立刻露出震驚的表情。

在一群身著鎧甲、散發驚人魄力的巨人集團當中，有一個異常嬌小的人影。那怎麼看都像是孩童的小小人影雖然踩在巨人肩上，卻毫無懼色地昂然而立。

村長目瞪口呆地輪流看向那個人影和巨人們，注意到他穿著樣式迥異的服裝，馬上明白過來。

「竟、竟然是……上城的『貴族』大人。怎麼會來到此處!?」

村長以狼狽的模樣低喃出聲。艾爾因不瞭解內情而偏著頭，村民們則更為恭敬地跪拜在地。

巨人們瞥一眼他們的樣子，開始低聲交談。

「如何?勇者。就暫且以此地為據點吧。」

「對吾等而言稍嫌狹窄，但也無妨。能夠把那些貨物安置妥當，小鬼族的勇者就滿意了吧。」

凱爾勒斯氏族根本不在乎村子的情形如何。

「其他氏族似乎不會前來此地。總不會倒楣地碰上盧貝氏族吧。」

「那麼，首要之務就是狩獵。食物也消耗了不少，這陣子得增加儲備量了。」

巨人們準備稍事休息，讓小鬼族去跟他們的夥伴交流。就這樣，一行人擅自在小鬼族的村子裡安頓下來。

◆

巨人們完全無視困擾的村民，卸下貨物後就擅自開始在附近打獵。

雖然收穫不多，但還是得到相當的成果，他們心滿意足地把獵物攤出來。首先得準備今天的糧食。把獵物切成大塊後，全放到火上去烤。巨人的烹調方式依舊如此豪邁。

「這是你們的份。」

「謝謝，老是麻煩你們。」

接過巨人們隨意切下的肉塊，艾爾他們也開始準備做晚餐。亞蒂熟練地切開那塊就巨人們的標準而言不過是小肉屑，在人類眼中卻很大的肉塊。她用手頭現有的香草努力調味過了，但是表情很快變得悶悶不樂。

「嗚嗚，味道還是太淡了。能不能在這裡跟他們換些調味料呢？」

凱爾勒斯氏族的聚落遭到襲擊時，他們失去了大部分的行李。

之後也沒能得到補充，使得菜色愈來愈單調。好不容易來到有人生活的地方，所以他們也有很多想要補充的東西。

想到這裡，亞蒂四下張望起來，然後馬上和村民對上目光。說是村民，那也只是幾個小孩子。

孩子們不知自何時開始從遠處望著兩人，眼睛緊盯著亞蒂切好的肉。目光專注得幾乎容納不下其他任何事物。艾爾和亞蒂互看對方一眼。

「……吶，你們想吃這個嗎？」

「!?啊……嗚嗚。」

孩子們也許沒想到會被搭話，所以嚇得後退了幾步，又猶豫地站住了。他們的視線不停輪流看著肉塊和亞蒂。

「怎麼辦？果然還是用交換的，請他們分一點材料給我們嗎？」

「也是可以……在那之前。小朋友，可以問你們幾個問題嗎？就用肉來交換。」

孩子們更加吃驚，猶豫了一下，很快又怯生生地靠過來。將切好烤熟的肉一遞過去，他們就顧不得肉還燙著，忘我地大口咬下。

「你們喜歡吃肉嗎？」

「嗯……嗯!!好吃!!非常好吃!!」

不過是沒經過什麼調味，用火烤過的肉而已，他們就吃得彷彿嚐到了什麼珍饈佳餚一般。

見狀，艾爾瞇起眼睛。

「平常是不是沒有機會吃肉？」

「嗯！因為不能打獵。」

「……哦。」

他露出溫和的微笑聽著——可是，認識他很久的亞蒂知道，那是他心裡有所盤算時的表情。

「艾爾……？」

「這樣啊。那似乎能做一筆好『買賣』呢。」

當他們順其自然地和孩子們一起吃飯的時候，一群大驚失色的大人們跑了過來。

「你、你們……!!在幹什麼!!」

他們怒氣沖沖地大聲斥責，一看見艾爾他們也在，臉色一下子變得蒼白如紙。當場一齊跪倒在地，低下頭用力抵在地上。

「諸位貴族大人！請恕我們多有失禮!!還請您……念在他們尚且年幼！從寬處置……!!」

「我聽他們說了。這個村子禁止狩獵。」

艾爾乾脆無視跪倒在地的村民，開口問話。村人害怕得哆嗦著，不敢無視問話而戰戰兢兢地抬起頭。

「……住在此地的只有我們。若是貿然進入森林，恐怕會成為魔獸之餌食。因此『騎士』大人下達了禁令。」

「這樣啊，有魔獸的話是很危險呢。」

聽他們這麼說，亞蒂也表示同意，可是艾爾卻感到有些不對勁。

「我到這裡來以後就在想，好像有點奇怪。」

「哪裡奇怪？」

「這裡的小鬼族，為什麼不和巨人住在一起？」

這裡是只有小鬼族的村莊。一個位在魔物森林，博庫斯大樹海的某個角落，只有小小人類居住的村莊。

「我們為了擊退魔獸，用幻晶騎士來到此地，可是這裡卻什麼都沒有。如果是受到巨人保護而心生畏懼，那倒還能理解，但是這裡連巨人也沒有。」

艾爾讓村民們抬起頭來，然後起身環顧四周。

「因為很危險，所以命令他們不准進入森林，然後就將之留在魔物森林裡不管。這樣對待他們，就好像死了也沒關係一樣。」

「這麼說也是。可是，我們又要怎麼做？」

艾爾態度從容地站在村民面前，對這群不知道要被說什麼而害怕得發抖的人們露出溫柔的微笑。

「各位村民，有件事想跟你們商量一下。想不想做個交易？我們會提供吃的肉和安全保障。」

他把烤好的肉塊舉到眼前。一看到那個，村民的肚子就叫了起來。

「相對的，希望你們能為我們提供鍛造的技術。」

這時候，亞蒂當下冒出的第一個念頭就是——啊，這才是本意。

◆

「好——大家排好隊——沒問題，肉有很多，所以不必著急。應該說一整頭決鬥級魔獸我們根本吃不完，所以沒問題～～」

翌日，一隻由巨人獵獲的決鬥級魔獸被砰地放在村子中央。再由亞蒂帶頭指揮，和村裡的女人們一同將它肢解了。

「魔獸的筋很硬，處理不好會很麻煩哦！」

亞蒂烹飪的手藝原本就不錯，又因為和巨人們一起生活了一段時間，所以完全掌握了肢解魔獸的技巧，因此能俐落地指揮對此還不熟悉的村人。

受指揮的女人們眼中閃爍著異常凌厲的光芒。手裡拿著菜刀或小刀，又把各自攜帶的鍋具一起堆放在後方，為了得到盡可能多的肉而參戰。這村裡的居民鮮少有機會吃得到肉，因此也和戰爭沒什麼兩樣了。

「拜託你們多狩獵了一趟，真不好意思。」

「無妨。餵飽一個小鬼族氏族並非難事。何況，對於勞動自當予以回報。」

這不只是單純的善意。是訂下契約的買賣。

接受肉食供給的村人們，將要修整凱爾勒斯氏族們穿戴的鎧甲作為回報。

「從盧貝氏族那裡獲得的『戰利品』，與吾的身材尺寸不合啊。」

「請交給我們！我們平時就會打造進貢給巨人族大人們的鎧甲!!」

男人們聚集在巨人周圍，自告奮勇地說。與其說是熱心於工作，其實是想要多一點肉的表示。

結果，連那隻巨大的決鬥級魔獸也被飢腸轆轆的村民們肢解殆盡。這天晚上，村子裡舉辦了宴會。舉杯暢飲私藏的酒，並盡情享用烤好的肉。

包含野生香草在內，他們還有許多獨創的調味料。得到了調味料的亞蒂看起來非常開心。還是經過調味的烤肉更好吃。

「這樣一來，金屬製外裝就搞定了……」

在一片喧鬧聲中，艾爾滿意地加深臉上的笑容。

◆

一段時間過去了。

「巨人族老爺，穿起來感覺如何？」

「唔，很好。動起來亦不造成妨礙。小鬼族的本事也挺不錯的。」

「哎呀，因為最近吃得到肉，大夥兒也愈來愈有幹勁。」

村人們勤奮地幹活。以這個村子的人口來說，鍛造師的比例本來就高得異常。他們主要是以幫盧貝氏族製造鎧甲為生，結果卻和來到此地的凱爾勒斯氏族談妥了交易。

自此之後，不只是肉，原本僅能餬口的糧食情況一下子得到改善，而且鍛造工作畢竟是肉體勞動。食物增加了，鍛造師們的體力就會變好，身體更加結實健康，幹起活也格外精力充沛。

辛勤工作的不只鍛造師們。

得到了魔獸的肉之後，村子裡到處都在製作肉乾。打算將這次得到的食材一片不剩地加以利用。從中可以窺見他們非比尋常的執著。另外，也順便做了凱爾勒斯氏族的巨大肉乾，為他們增加儲備糧食。

在村子變得愈來愈熱鬧的這段期間，艾爾和亞蒂結伴去拜訪村長。

「啊啊。失迎了，貴族大人。非常感謝兩位。能夠得到巨人族閣下的幫助，大家也變得充滿活力。」

「別客氣。這畢竟是做買賣。今天前來，是有些事情想請教您。」

老村長幫艾爾和亞蒂上茶，一邊笑呵呵地點頭。

「好。我將知無不言。」

「我應該不是你們所說的貴族。」

艾爾沒來由地說出這句話。村長一時無法理解，眨了眨眼睛。

「不如說，我甚至不是小鬼族，所以我想問問，和我們非常相像，和我們說著幾乎相同的語言的各位，小鬼族到底是什麼人？」

艾爾微微一笑，端起茶杯啜了一口。

# 第六十一話　平靜的村莊，不平靜的異變

——不是貴族。甚至不是小鬼族。

聽艾爾涅斯帝那樣自我介紹，村長等人掩飾不了驚訝的神色。

「……那麼，該如何稱呼閣下？」

「我自己也很傷腦筋呢。硬要說的話，應該是普通的旅行者。」

他們面面相覷，看起來十分困惑。

「旅行者……對不能任意搬遷的我們來說，實在是無法想像。」

村長感慨地低語。他們所知的世界猶如井底一般狹小。

「所以，我想請教各位，你們到底是什麼人物？」

艾爾探出上半身熱切地提問。不過，他們卻只是搖頭。

「太過困難的事我們也不懂。我們只是被稱作小鬼族，世世代代在這個村子裡生活。」

村長布滿皺紋的臉上看不出疑惑或是不滿，說不定他根本沒有興趣。對他們來說，在這裡

生活是再理所當然不過的事了。

「我的爺爺，甚至連更早一輩的祖先也不知道我們是從何時開始定居於此。就算您問我們從何而來，我也給不出您滿意的答案。」

「這樣啊……說起來，這個村子在幫巨人族製造裝備呢。」

「是的。除了我們以外，其他應該還有很多村子也在做同樣的事情。」

艾爾偏著頭，沉吟一聲。

「那麼，其他地方也有類似的村子嗎？」

「我是這麼聽說的。無奈我們不能去別的地方，對此也不是很清楚。」

艾爾心底又生出一種不自然的感覺。在森林裡孤立的村莊，對外界一無所知的人們——即使博庫斯大樹海的環境對人類一點也不友善，可是棲息於此的也不只人類這個種族。

「聽起來，小鬼族並不是被巨人族守護著生存下來的嗎？」

「和巨人族的各位大人往來的，是住在上城的『貴族』大人們，巨人鮮少會到我們這種窮鄉僻壤來。」

因此村長才會對他們來此感到驚訝。艾爾再問：

「既然巨人族沒有保護你們，為什麼這個村子還要做巨人的防具？」

「雖然巨人族大人沒有直接給予保護，但在巨人族附近住著，也令我們獲益匪淺。」

村長這麼說道，臉上仍維持著平靜的表情。他們對此深信不疑，覺得是理所當然的事。

「在這魔獸橫行的森林裡生活，不會太危險嗎？難道你們不覺得太危險了嗎？」

「正因如此……貴族大人才會禁止我們隨意進入森林。」

「這麼一來，你們也很難從森林裡獲得資源。光靠田地能提供足夠的食物嗎？就我所見，在我們來之前，你們不是連肉都吃不到嗎？」

村長原本平靜的表情第一次產生動搖。儘管不顯眼，卻確實出現了飽含苦澀的皺紋。

「這也無可奈何……我們沒有『騎士』。唯有隸屬騎士議會的『騎操士』，以及他們的家屬能夠在上城和巨人們同住。我們這樣的人沒辦法進入森林……」

聽著村長長嘆並說到這裡，艾爾慢慢抬起頭來。

「你剛才說……騎操士？」

一個不能當做沒聽到的字眼，令艾爾難得露出嚴肅的表情。

「這字眼聽起來真耳熟。不過，應該跟我所知道的很不一樣吧。貴族和騎操士都是什麼樣的人呢？」

「我們稱呼騎操士以及他們的家屬為貴族。住在上城的他們負責和巨人族大人們往來協調。」

這時，村長改變了單方面接受艾爾發問的態度。

「您說，您是從別的地方來的旅行者。」

「是的，從遙遠的西方國家而來。」

艾爾垂下眼簾，心思飄向遠方。

在他和愛機挺身而出的掩護下逃走的飛空船，是否平安？事到如今，艾爾才忽然擔心起來。

「那個國家沒有巨人，而是有成千上萬像我這樣……和小鬼族一樣的人類住在那裡。」

「沒有巨人族的地方……嗎？實在無法想像呢。」

村長愣愣地聽著，艾爾的話根本超乎他的想像。

「那裡的魔獸和這裡一樣多。不過，我們有名為『幻晶騎士』的武器。那是能夠保護土地和人民的巨大騎士。」

村長和身邊的人你看我，我看你。他們試著想像艾爾所描述的國家，卻困難到甚至感到頭暈目眩。

「保護人民的武器。但是，我們什麼都沒有……」

「那麼，要不要自己親手創造？」

聽見意料之外的提議，村長不由得抬起低垂的臉。

「我不曉得你們說的騎士是怎樣的存在。但是，我擁有的知識能夠創造出與巨人匹敵的力量。」

眼前的艾爾露出溫柔的微笑。他不管已經陷入混亂動搖的村長，兀自笑得彷彿人畜無害。不對，這個人既不是小鬼族，也不是村民或貴族，村長眼中的艾爾已經成了某種異類。

「您究竟打算做什麼？」

「即使擁有知識和技術，我卻少了可以發揮的手段。總之，我需要人手。」

沒理會議論紛紛的村人們，艾爾倏地站起來。

「我想，還是親眼看過更好理解吧。請跟我來。」

語畢，他便從村長家走出來。不知所措的村人們儘管有些猶豫，但也馬上隨著村長起身，成群地跟在艾爾身後。

艾爾領著他們走到一路運送至此地的拖車前。

「又在打鬼主意了。」

在途中被叫住的一眼位侍從邊走邊嘀咕著。他也漸漸學習到只要跟艾爾扯上關係，通常不會有好事情。

聚集在巨大拖車前的村人們看起來相當不安。他們完全猜不出車上到底會有什麼東西。

「怎麼樣？你們知道這是什麼東西嗎？」

受艾爾之託，侍從嘆著氣卻依然忠實地抬起拖車上的東西。

那是殘骸。

金屬殘骸勉強能看出像人形的上半身。那是被破壞的席爾斐亞涅上半身。

村人們大聲倒抽一口氣。村長瞪大了皺紋下的眼睛，嘴唇不停地顫抖。

「那、那是……騎士嗎？」

「果然是相似的東西。既然這樣……不，現在那個無關緊要。」

艾爾輕輕搖頭，再次環視眾人。

「這是幻晶騎士。很不巧，在來到這裡的途中壞掉了。我們的目的就是將其修復。」

聽完艾爾的說明。村人們面面相覷，茫然地不知如何是好，最後將視線集中到某個地方。

受人矚目的村長顫抖著嘴唇，過了好一會兒才下定決心開口：

「啊啊……就算閣下是騎士，我們也沒有技術。恐怕沒辦法幫上您的忙。」

「你們曾經幫巨人打造鎧甲，也就有了鍛造技術。再來，如果有人會鍊金術的話……」

村長緩緩搖頭。

「我們沒有鍊金術的技術……應該只有貴族身邊的相關人士才知曉吧。」

艾爾抱著雙臂，沉吟出聲：

「沒有鍊金術的話，結晶肌肉大概會不夠吧。還是只能找代替品了嗎？對了，不知道這裡有沒有巨人鎧甲的材料？」

「有的。都放在村子的倉庫裡。不介意的話，我讓人帶您去看看。」

「麻煩你了！」

於是，村長喚人過來，帶著艾爾等人走去倉庫。

◆

在他們走向倉庫後，其他村裡有頭有臉的人物紛紛圍到留下來的村長身邊。

「讓他們看倉庫不會有問題嗎？那些東西雖然放在村子裡，還是屬於貴族大人所有。萬一他們擅自拿走，下次檢查的時候被發現……」

「村裡的人們都很感謝他們提供肉食，可即使如此……」

村長聽著他們如此勸戒，抬起頭說：

「就算維持現在的生活，遲早又會餓肚子不是嗎……」

村長的一句話就使周圍安靜下來。

「貴族們至今又提供我們多少援助？不如依賴這裡的巨人們，還能過得好一些吧。」

「話是這麼說沒錯……」

「就算沒有騎士，如果能和巨人們說到話……或者，我們也向『小王（奧伯朗）』請求，也許就去得了上城。即使最後無法如願，還是有可能改變現狀。」

村長慢慢地說著，環視眾人，點頭道：

「得先回報他們的恩情才行，之後的事情再慢慢考慮。」

◆

在村人們討論的期間，艾爾和亞蒂則在查看倉庫。與村子的規模相比，倉庫顯得特別大。箇中緣由，往裡頭一看便能一目瞭然。

「哇！有好多魔獸的材料！」

「原來如此，要製造巨人的裝備，當然會這樣。」

為了方便村人們拿取，材料不能堆得太高，也就需要相對寬敞的空間來擺放。

艾爾在一排又一排的架子之間快步走著，物色各式各樣的材料。看著艾爾毫不猶豫的樣子，亞蒂納悶地問：

「艾爾，有什麼想找的東西嗎？」

「嗯，如果有銀的話就好了，可是金屬材料比我想的要少。」

「銀啊……」

「有銀板的話，至少魔導兵裝就可以自製了。」

「啊～～記得我們以前還一起雕刻過魔導噴射推進器的紋章術式……那個好麻煩。不過，就算做出來了，也沒有裝備的機體喔？」

他們的幻晶騎士仍是殘骸狀態。不管做了怎樣的魔導兵裝，他們自己都無法使用。但是，艾爾搖了搖頭。

「我當然知道，所以我想讓巨人們使用。」

「欸？」

聽見意料之外的回答，讓亞蒂不由得停下腳步。

「他們擁有等同於決鬥級魔獸的龐大體積，應該也有相應的魔力。那麼，剩下的問題就是怎麼使用。」

「欸欸!?是那樣沒錯，但為什麼突然要讓巨人使用魔法？」

「在這個地方能做的東西，姑且先準備好吧。只要想成是幫巨人中隊製造裝備就沒問題了。反正我們平常都在幫大家製造武器。」

「這樣啊。隊員的裝備是得準備好沒錯。」

艾爾說著，同時檢查完倉庫每個角落，有些失望地嘆了口氣。

「再怎麼說，沒有材料的話也沒辦法。接下來到村子附近稍微調查一下吧。」

於是，艾爾他們離開了倉庫，到巨人身邊去了。

「勇者！我們想稍微在這村子附近調查一下。」

「唔，小鬼族的勇者，汝接下來打算幹什麼？」

三眼位的勇者俯視腳邊的艾爾，瞇起眼睛質問。他眼底之所以帶有幾分警戒，全得怪艾爾自己過去的不良紀錄所致。

艾爾不是很在意，面帶微笑地說：

「我想製作各位巨人族也能使用的武器。」

「武器？小鬼（汝等）族做的武器，吾等也能使用？」

「沒問題，我們不是也會做防具嗎？」

勇者抱著胳膊，開始思考。這個小小的小鬼族經常說出超乎其身形的狂言妄語，但不管他做出來的是什麼，武器總是愈多愈好。

「嗯。吾不太明白，可是既然能做，那也行。侍從。」

「遵命。」

「啊，我也去！這附近什麼都沒有，很無聊啊！」

看樣子負責幫忙的還是一眼位的侍從，而正好閒來無事的拿布也跟著加入。艾爾高興地道謝。

「那麼事不宜遲，我們馬上出發吧。」

「啊，先做好便當再去嘛！」

不知道為什麼，亞蒂興沖沖地開始準備各種東西。結果那天沒能出發。

隔天，準備齊全的艾爾和亞蒂，以及侍從和拿布一起出發，進入了森林。

◆

一望無際的濃綠色森林從村子周圍放射延伸。偶爾看到的都只是些普通魔獸而已。

看到小小的人類而準備拿來解饞的魔獸，結果都被凶狠凌厲地解決了。這行為純粹是一無所獲而遷怒在魔獸身上。

兩人和兩個巨人四處搜索，一直到過了中午以後才靠在樹旁休息。

「唉。什麼都沒發現……」

「至少得到了今天的糧食。」

魔獸將成為他們的食材。光憑這點，應該可以說他們並沒有白忙一場。只不過，這樣的成果未免太令人失望了。

「不管怎麼找都只是普通的森林。乾脆用魔獸骨頭刻上術式，做成魔導兵裝好了。」

「感覺艾爾愈來愈失控了!?我絕對不要那樣……」

亞蒂試著想像用魔獸骨頭組合成的武器，馬上露出了厭惡的表情。

「一般來說，魔獸骨頭的魔力傳導率也不是很高。這頂多只能當成最後手段。」

「果然是那個原因。」

只要能把機械組裝完成，艾爾基本上就不會輕易實行詭異的怪點子，不過也只是「基本上」就是了。話雖這麼說，目前他還不打算用這個最後手段。艾爾嘴裡唸唸有詞，不經意地抬頭仰望。

他心不在焉地仰望他們正倚靠著休息的這棵樹。過了好一會兒後，突然站了起來。

艾爾先叩叩地敲著樹皮，確認表面的觸感。

接著，又猛然抽出銃杖溫徹斯特，把樹皮剝了下來。他仔細端詳著剝下來的樹皮，再輕撫裸露的樹幹。得出某種結論後，他的臉上綻開笑容。

亞蒂和侍從巨人被他突如其來的詭異行動嚇到了，艾爾則是高興地把樹皮拿給他們看。

「艾爾，怎麼了？」

「亞蒂，這棵樹，這棵樹啊！不覺得很眼熟嗎？」

「嗯？」

亞蒂不懂他的意思，但還是姑且接過樹皮開始觀察。微微泛白的色澤，觸感很光滑。她試著想起擁有相關特徵的植物，總算成功從記憶深處翻出它的名稱。

「嗯～～啊！對了，以前上課有教過。這是叫作……『白霧樹』對吧？」

「妳記得它的特徵嗎？」

「呃，一般的木材很難傳導魔力。有關傳導率方面，是金屬比較易於傳導，其中又以銀最為出色，所以幻晶騎士會使用大量的金屬。但是，白霧樹卻是例外地極易傳遞魔力的木材……是這樣沒錯吧？」

「答對了！」

艾爾樂不可支地拍手後，一把抱住亞蒂。亞蒂又驚又喜，也情不自禁地發出傻笑並回擁他。

「這種樹經常用來做魔法杖的柄。我的溫徹斯特也是……真是找到了好東西呢！」

「……艾爾，難道要用這個嗎？」

終於平靜下來的兩人一齊仰望背後的白霧樹。附近還零零落落地長了好幾棵同種類的樹木。

「呵呵呵，還可以確保足夠的份量。這些樹可是我們的救星呢。」

艾爾馬上回過頭，向驚訝地看著他們的巨人們出聲：

「拿布！侍從先生！有事想請你們幫忙！」

「嗯？」

「怎麼了？小鬼族的勇者。」

「請砍下這棵樹帶回去。」

這樣的要求太過突然，讓侍從不禁張大獨眼，凝視著那棵樹。樹長得相當高大。巨人想把它帶回去也得費番工夫。

「艾爾……你想要這個？」

拿布也瞪大三隻眼睛注視著樹。表情轉眼間變得僵硬。

「……你是認真的吧。」

看艾爾的樣子就知道，他沒有半點開玩笑的意思，此事不得不為，這就是他的使命。侍從於是開始思考付諸實行的勞力和時間，忍不住頻頻發出嘆息。

「來吧，拿布！一起加油吧。這也是騎士團的工作喔！」

「我覺得不是那樣吧！」

一旁的巨人少年和艾爾則是你一言我一語地開始拌嘴。

◆

「……小鬼族的勇者，汝究竟在打什麼主意？」

看到理應到附近探查的侍從和拿布奮力抱了棵大樹回來，勇者驚訝地瞪大三隻眼睛。那棵大樹似乎就連巨人搬起來也很吃力。氣喘吁吁的兩個巨人放下大樹後，又立刻回到森林去了。據說還要去把獵到的魔獸搬回來。

兩人的背影讓人看著莫名心酸，而勇者只能默默目送他們離去。

至於留在此地的小不點，也不管那邊的巨人們心裡有多五味雜陳，莫名興奮雀躍地說：

「為了用起來順手一點，還得先把樹加工成木板……勇者先生！請來幫我一下！」

「汝到底打算幹什麼!?說是做武器，難不成要吾用此物毆打攻擊!?」

勇者完全不明白艾爾打算做什麼。就算想破腦袋，都猜不出艾爾突然砍一棵樹搬回來到底要幹什麼。

「不。加工成木板後，還要刻上紋章術式！凱爾勒斯氏族的各位，我將借給你們我所知的戰術級魔法。」

即使被一臉神色凶惡的巨人注視著，艾爾依然毫不退縮，反而更強而有力地如此宣布。

儘管仍是半信半疑，巨人們姑且還是動手幫忙了。

這全拜艾爾以往建立起來的信賴關係所賜。既然艾爾堅持到這個地步，巨人們就判斷總有一天會派上用場，雖然真的可疑到極點，但他們心裡抱著更多的期待。

巨人們並不是特別手巧，可是自有一套獨特的加工技術，還有尤為優秀的腕力。

由於村民和巨人們全體出動幫忙，木板在很短的時間內便加工完成了。

問題在於之後的步驟，還得在排列起來的白色木板上刻上紋章術式。

這個工作除了熟記戰術級術式的艾爾以外，沒有人能夠完成，至於他為什麼記得，就是因為可以用在幻晶騎士的武裝上的緣故。

總之，最後採用的方法是先將術式寫在別的地方，然後再讓大家一起刻到木板上。

巨人們搬來巨大的木板，再由小鬼族的村人們一起刻上紋章。村人們也是卯足了勁。他們得將這些所謂的魔法術式——前所未見的東西記起來，同時還要分毫不差地進行雕刻作業。

這項作業花費了不少時間，但是他們的心血沒有白費，終於努力達到目標。

就這樣，這種神秘的『武器』終於在巨人們面前亮相了。

「這……到底是什麼玩意兒？」

三眼巨人備感困惑地盯著『那個』。

那個物體的形狀看起來就是個箱子，一個木材組成的長方體——沒有比這更精確的形容了。

箱子內部排滿大量刻著術式的木板。是真正的密密麻麻，沒有一點空隙，並在外側裝上從魔獸體內取出的觸媒結晶，具備了基本功能。

另外上面裝了把手，讓它勉強有個可以讓手拿著的地方。雖然是裝在一個與靈活操縱這個概念無緣的位置，但在付出相應的努力後，依然能夠瞄準。

至少可以肯定，這個東西完全不適合用來毆打敵人。其纖細脆弱的程度完全不足以作格鬥用途。

簡言之，對勇者和巨人族而言，這根本不能歸類為武器。只能說是某種神祕的道具。

「勇者先生，請你拿著它，然後我看看……指向那棵樹。」

艾爾指著遠處的一棵樹，勇者忐忑不安地照他所說的行動。巨人舉著一個古怪箱子的模樣，營造出一種難以形容的氣氛。

「好，接下來輸入魔力！」

「……那是什麼？」

聽到這句話，艾爾頓時停止動作，然後僵硬地慢慢轉過頭。被他那樣笑容滿面地注視著，勇者有些尷尬地說：

「汝所言之輸入魔力，究竟該如何操作？吾可是一個字也聽不懂。」

「想不到……巨人族並沒有意識到魔力的存在嗎？」

艾爾驚愕地問，可是仔細想想，那的確是有可能的事。

人類為了彌補體型上的弱勢，才會鍛鍊這種名為魔法的技術。不過，巨人族卻天生擁有相當於決鬥級魔獸的體型、強大的腕力與攻擊力——不需經過鍛鍊便能在魔物森林裡建立一方勢力。也因此，他們沒有特別深入研究魔法或是魔力的領域。

「這可傷腦筋了……在巨人族裡有沒有對魔法比較熟悉的……」

艾爾的眼神游移著。

勇者、侍從和拿布都是典型的巨人，把肌肉力量信奉為最高準則。難道百眼神賜予巨人的就只有眼睛和肌肉而已嗎？這新的難題太出乎意料，就連艾爾都只能抱頭苦嘆。這時，一個巨人走上前來。

「拉米娜。」

「艾爾，我……不，吾已繼承小魔導師的封號。巨人(吾等)族在繼承封號之後，便不再使用幼時的名字。」

「這樣啊。那我就稱呼妳為小魔導師了。」

說完，拉米娜——小魔導師走到勇者面前，伸出手。勇者為難地想一想，才將手上的箱子交給她。

由於箱子是為勇者那樣的身材尺寸打造的，拿在她手上顯得有些過大。小魔導師勉強擺好姿勢，一邊開口說道：

「艾爾，汝確實是小鬼族中的勇者，也是魔導師。吾想汝應該不曉得，巨人族會使用魔法技巧的人並不多。」

「似乎是那樣呢。我之前一直沒注意到。」

「吾之眼瞳也尚未全開。不過，驅使魔力注入箱子一事還辦得到。是這樣做嗎……呀!?」

在小魔導師將魔力灌注其中的那剎那，耀眼的光芒迸發開來。

極易傳導魔力流動的木材——白霧樹，一接收到魔力，就沿著刻劃的圖形譜寫出魔法，並且在抵達前端的觸媒結晶後，將魔法現象呈現於這個世界。

奇特的光芒很快轉變成耀眼的橙色火焰子彈。魔法術式的種類是『火焰騎槍』這類經常使用的爆炎魔法。

火焰子彈順從術式的設定飛射而出，拖曳著隱隱發光的尾羽，直接命中之前瞄準的樹木並應聲爆炸。火焰和衝擊力道將樹幹炸得粉碎。

「………什麼!?」

四隻眼睛瞪得老大的小魔導師連嘴也大大張開了，她就這麼僵在原地。勇者也露出驚訝的表情，又很快轉為滿面喜色。

「噢！小魔導師，汝何時習得如此巧妙的魔法！這麼一來，想必很快就能臻至魔導師之境界吧。」

「……不對，不是吾所為。這是……什麼東西？」

巨人少女戰戰兢兢地檢查手中的武器。

這是小魔導師初次的體驗。自己明明沒有構成魔法，卻產生了魔法現象。不可能發生的事情卻發生了，令她有種極為不自然的感覺。

不過，她馬上發現了這個『武器』的價值。

她有些畏懼地看向製作者，但艾爾本人只是抱著胳膊，兀自沉浸在煩惱中。

「唔唔，要是輸入充足的魔力還是可以使用，但沒想到巨人族竟然不擅長控制魔法。該怎麼辦呢……唔。」

小魔導師呆站了好一會兒後，眼裡恢復強烈堅定的目光。她想起自己現在應該做的事，也是只有她才能做到的事。

「艾爾，也就是說，教導大家使用魔力的方法就好了嗎？」

艾爾仰頭看向她。

「妳願意那麼做就太好了。我們這邊會增加魔導兵裝的數量。」

「只要吾傳授方法，大家也可以使用這個……」

站在魔導師的立場來看，這說不定是一件很可怕的事情。自己恐怕會因此失去熟知魔法知識的優勢。可是，她同時更明白自己尚未成熟。

「如果大家都擁有這樣的力量，可以像魔導師那樣戰鬥的話……當時也……」

闔起的四隻眼瞳中掠過一幅不祥的毀滅景象。面對在天上飛舞的汙穢殺意，巨人們所能採取的對抗手段實在太少。要是有這項新武器，說不定就能扭轉局勢了。

不需要多久時間，她便做出決定。小魔導師轉過頭，環顧氏族同胞們。

「勇者，還有各位，睜大眼看清楚了。既然非魔導師之人也可以使用，表示無論是誰都能運用魔法。對處於劣勢之吾等氏族，此為絕不可或缺的武器。」

抱著魔導兵裝的身影是如此年幼青澀，勇者卻為其身姿驚訝地瞪大眼睛。雖然還很幼小，從她的言行態度中已展現出作為魔導師——氏族領導者的風采。

片刻後，勇者鄭重地點點頭。

「小魔導師，吾相信汝之所見。吾輩人數甚少，正需要任何盡可能取得的力量。」

凱爾勒斯氏族的巨人們集合起來。他們相信小魔導師的決定，將氏族的意志凝聚為一體。

於是從這天開始，巨人們接連好幾天不斷進行特訓。訓練的內容並不困難，不過是重新認識存在於自己體內的魔力而已。

只要學會注入魔力的方法，剩下的術式演算便交由魔導兵裝處理。

這種不依賴個體能力的強大遠距離攻擊手段，對於向來只有魔導師能使用魔法的巨人族而言，可謂革命性的戰術轉變——

◆

在巨人們熱切地進行特訓並學習操縱魔導兵裝的期間，小鬼族的村人們也接下魔導兵裝的生產工作，同樣忙碌地生產魔導兵裝。

因為事關重大，巨人們表現得非常配合，也連帶改善了糧食情況。否則撇開這點不論，實在不見得是划算的交易。

「那麼，拉……小魔導師，找我們有什麼事嗎？」

這一天，小魔導師和拿布把艾爾他們找來。端坐在少女面前的艾爾這麼問道。雖說是少女，她終究是巨人族，身高將近艾爾的三倍。

「嗯——頭髮太粗了，編起來好累！綁起來明明比較可愛的說。」

亞蒂不改我行我素的本色，正坐在小魔導師肩上，試著幫她編頭髮。巨人族的頭髮又粗又堅韌，似乎讓她陷入了苦戰。

「這是巨人中隊睽違已久的集合呢！」

不久，亞蒂大概是放棄了，這才跳到地上，在艾爾身旁坐下。

面對兩人，小魔導師猶豫了一會兒。見拿布對她點點頭，她才終於下定決心，開口道：

「艾爾、亞蒂，謝謝汝等幫吾等做魔導兵裝。吾很驚訝，汝等真的知道很多事情呢。」

「這樣都做不到的話，可沒辦法領導一個騎士團。」

並沒有這回事。放眼整個西方，也只有銀鳳騎士團的人需要具備如此多方面的能力。

不曉得這個事實的巨人少年、少女衷心感到佩服。以為西方小鬼族全都如此地強大，這樣的錯誤認知繼續往奇怪的方向發展。

「吾找汝等前來……是有一事相求。」

被四隻眼瞳真摯地望著，兩人於是端正姿勢，仔細傾聽。

「吾……向先代所學之事不多。尚為年幼不過是藉口。實際上全因吾未善盡職責，使得先代於聚落被襲擊時蒙百眼寵召。」

亞蒂凝視著小魔導師眼簾低垂、有些悲傷的臉。她的沮喪只持續了一下子，又很快恢復堅定的眼神，正眼看向艾爾。

「艾爾，請汝將所知的魔法傳授於吾。」

「這……可是我不知道巨人用的魔法哦？」

艾爾所知的魔法當然都是由人類創造出來的。巨人魔法並不屬於他的專業範疇。即使如此，小魔導師仍毫不猶豫地說：

「吾身為魔導師，能力有所不及，也無法再接受教導。假若沒有力量……」

她緊握住拳頭。受到汙穢之獸襲擊的那一天，在危及氏族存亡的關頭，她卻一點都派不上用場。

「吾不認為可以繼續安於現狀。就算只是習得那種武器的魔法，應該多少也能幫上忙。」

聽著少女真摯地傾訴，艾爾點頭了。

「我明白了，好吧。既然是團員的請求，我身為騎士團長就不能坐視不管。我或許力有未逮，不過一定會把我的知識教給妳。」

小魔導師高興地微微一笑。這時，亞蒂突然挺身向前，說：

「那以後就叫我們『老師』吧！」

「咦，亞蒂？叫騎士團長不行嗎？」

「不行！團員和學生有點不一樣！」

姑且不論以前教過歐塔兄妹的艾爾，這算是亞蒂第一次收的學生，同時也是她的學妹。這似乎讓她非常高興。

「好的。艾爾老師，亞蒂老師。」

「老師！呵呵呵，聽起來真不錯……」

「亞蒂……那樣真的好嗎？」

「因為很可愛，沒問題！」

「嗯，有時候真搞不懂妳的標準……」

雖然有點傻眼，不過艾爾也沒有阻止。他原本就不太會干涉別人的行動。就這樣，自從收了雙胞胎以來，艾爾久違地又收了學生。

「那拿布呢？」

守護小魔導師的少年短暫思考了一下，然後搖搖頭說：

「我學魔法也不能幹嘛。還是先讓自己變強，學會怎麼操作魔導兵裝吧。」

接著，艾爾便一副馬上可以開始學習的態度，興沖沖地對小魔導師說：

「可以先讓我看看巨人使用的魔法嗎？簡單的也可以。如果能寫下魔法術式的話更好。」

小魔導師點點頭，隨手撿起一根木棍，開始在地上描繪圖形。

這個世界上的魔法形式很普遍。不論是人類或巨人魔法，大抵皆由魔法術式組成。

「嗯——基本上沒什麼太大的區別。真有意思。不愧是巨人族使用的魔法，輸出功率很高，可惜有不少多餘的部分呢。是因為可以靠輸出突破，所以不重視效率嗎？」

艾爾仔細研究地上的術式，接著突然拿起木棍跑上前，俐落地逐一改寫地上描繪的圖形。將結構改得更為精密、更有效率。將圖形原本的內涵壓縮了好幾倍。

弗雷梅亞王國擁有各種最新型的魔導兵裝，構築起那些兵器所用的精密魔法術式的不是別人，正是艾爾涅斯帝。

雖說他最近大部分時間都在進行騎士團長和騎操士的工作，積藏於腦中的魔法知識仍然存在。他身為魔法師（程式設計師）的天性正蠢蠢欲動著。

「核心術式的結構也太粗糙了。不需要這麼多連結術式，把這些轉移到擴大術式吧。這樣會分散現象，發揮不了威力……」

「老、老師……？」

魔法術式就在眼前被唰唰地改寫，小魔導師只能愣愣地在一旁看著。雖然她不能理解艾爾所做事情的全貌，但唯一可以肯定的是，與過去魔導師所教授、截然不同的某種課程即將展開。

「反正要改，就改成更有效率的魔法吧。巨人魔法（Big Magic），不是很好嗎？既然做了，就做得徹底一點。」

艾爾露出得意的笑容，一邊快速編寫巨人用魔法，就這樣，在無人知曉的小村子裡，有什麼可怕的計畫正要開始——

◆

凱爾勒斯氏族的菜鳥魔導師——小魔導師這天依然絞盡了腦汁。

「先從基本開始吧。以基礎式為中心，請把擴大術式和連結術式記起來。」

「艾爾老師，小鬼族所用的術式竟然這麼多嗎？」

艾爾涅斯帝雖然是小鬼族，結果卻成為她這個魔導師的老師，他正幹勁十足地講解授課。嬌小的身體不停四處走動，在學生面前畫出各種魔法術式。

見他一個接一個畫出大量小規模的魔法術式，小魔導師很快就顯露怯色。儘管做好了心理準備，這數量也比預期來得多。

「巨人族和我們使用的魔法基本上相同。把這些全部記下來後，再來就是組合應用了，使用魔法的時候，這部分應該比較重要。」

「還、還要記更多嗎？」

在小魔導師把魔法術式死記硬背下來之後，艾爾繼續解釋關於魔法術式的組合運用。這是他所發明的高效率魔法運用方式：關於更精密地描繪術式的方法，以及該怎麼提升所謂的效率。

對於傾向靠直覺運用魔法的巨人族而言，艾爾的方法論簡直前所未聞。說起來，艾爾的主張對一般人也是很特殊的種類，不過小魔導師對此無從知曉。

「這邊的術式可以畫得更細緻一點，與這裡連結，然後提高輸出。」

「唔唔。」

熟記並加以描繪後，再由艾爾指導修正。

記住多到讓人頭痛的術式，然後再進行排列組合——日子一天天過去。這樣高密度的學習方式，是過去向氏族魔導師學習的時期所不能比的。

艾爾的教學方式偏重基礎。他認為只要學會單純且有秩序的作法，剩下的就是應用了。因此愈是基礎的部分，就愈要求她徹底地塞進腦袋中。

到了這個階段，小魔導師就已經有點淚眼汪汪了。

「接下來試著放大規模吧。巨人的魔術演算領域容量比我們大，應該可以做更大規模的運算。」

「啊，嗯嗯……」

「等習慣這個以後，再加把勁練習同時間的多重運算。」

「……欸嗚。」

每天學習完後，小魔導師都累得筋疲力盡。

艾爾作為老師相當不留情面。無論是魔法還是幻晶騎士相關的技術，他本人的興趣——同時也是生存意義，就是徹底調查、記憶、盡情改造，最後發射。說穿了，是動力本身就全然不同。

即便如此，小魔導師仍拚命跟上進度。連她本人也漸漸搞不清楚，這麼做是為了魔導師的自尊，還是為了氏族的存續了。

「光是看著也學不起來。重要的是將學過的知識付諸實行。」

「……！瞭解。老師，請睜大眼瞧仔細了！」

講習課程後，接著是實際運用的時間。到了這時候，小魔導師才會瞬間變得有精神。因為不用再死記硬背了。

實習課由學姊——也是另一個老師亞黛爾楚負責指導。

「來吧，小魔導師！感受圍繞在身體四周的魔力動向，然後一口氣聚集到手上！」

「是，亞蒂老師！感受周遭的魔力，然後一口氣凝聚對吧！」

小魔導師大聲回應，閉上上面兩個眼睛。基本上，身軀愈大的生物，魔術演算領域也相對地愈強。她靜靜地開始處理剛學到的術式。

「演算術式的時候，妳可以把想要顯現的魔法一字排開！然後一鼓作氣連結起來！」

「好！排列……連結……」

雖然做得還不夠快，但她還是逐一組成術式。慢慢增加規模，最後完成不遜於巨人等級的戰術級規模魔法。

「混合術式和魔力！一口氣放出!!」

「一口氣放出！」

前伸的手心上產生耀眼的紅色火焰彈，是與爆炎的基礎式系統相連的魔法。消耗巨人魔力而生的火焰，在小魔導師張大眼睛的注視下飛了出去。

練習標的是離村子有段距離的巨岩。因為擔心訓練會把這一帶的樹木全破壞掉，所以找了個比較堅固的目標。巨岩的表面上已經有不少裂痕和燒焦的痕跡，而現在數目又要增加了。

炎彈撞上岩石後，立刻化為爆炎炸開。掀起一股猛烈的衝擊波與火焰，舔舐過巨岩表面。

「再來一發！盡情發揮吧！」

「再一發！」

小魔導師的另一隻手也生出火焰，雙手一齊伸向前放出炎彈，再次襲向巨岩。

接著，她維持著伸出手的姿勢，喘氣喘個不停。雖說是巨人族，但小魔導師年紀還小。魔力不足以支持連續使用戰術級魔法。

即使如此，她的技術與魔法威力仍穩定地提升。兩位老師雖然嚴格，可是他們的教導確實讓她的實力慢慢增強。

「老師！您看到了嗎！」

「嗯。小魔導師跟亞蒂一樣是憑本能行動。是說巨人族以往也不曾在理論上下工夫，這樣或許也是理所當然……」

艾爾沉吟著，盤起手臂看著與亞蒂一起開心嬉鬧的小魔導師。

「不管怎樣，訓練的成果已經展現了。這樣繼續努力下去，妳應該可以成為無愧於先代的魔導師。」

「……！好。總有一天要在百眼尊前，讓先代看看吾的成長。」

話說回來，艾爾的特訓其實有一個極為重大的問題，那就是他並沒有完全理解巨人族的魔法能力。

因此，他是以他所知的巨大物體——也就是幻晶騎士的性能為基準。

小魔導師不知道那個標準以巨人族來說，相當可怕且異常，她就這樣懷著滿腔熱情持續訓練。如此，她平穩的生活可以說宣告結束了。

◆

在小魔導師從早到晚進行魔法特訓的期間，其他凱爾勒斯氏族的巨人們也進行著魔導兵裝訓練。他們亦找了個離村落有段距離的岩石區，共用仍為數不多的裝備。

「從沒想過吾等也有運用魔法的一天。竟然能做到這種事，小鬼族的技術實在不容小覷。」

「唔。難怪馴養小鬼族的盧布氏族之力突飛猛進。」

三眼勇者盯著手中的箱型物體發出感嘆。獨眼侍從也點頭稱是。

好不容易獲得巨人族的認同，但以艾爾涅斯帝為標準是非常危險的。遺憾的是，他們並沒有艾爾涅斯帝以外的參考對象，更不會有修正誤解的機會。

有個少年混在一群成年巨人中。拿布抱著對自己來說有些過大的魔導兵裝，對準目標後就開始射擊。第一、第二發法彈接連粉碎了遠處的岩塊。

「哦。拿布很擅長瞄準射擊啊。」

「這可不成。讓後生晚輩超越可無顏自稱為戰士！」

少年奮鬥的身影更激起身邊巨人們的士氣。他們更繃緊神經，認真投入於訓練中。

凱爾勒斯氏族和艾爾他們就這樣在魔物森林裡，過著無法想像是身處於敵陣中的安穩（？）日子。

近來，小魔導師的課程比例逐漸轉向實地操作，指導老師自然多是由亞蒂擔任。拿布、勇

者及凱爾勒斯氏族的巨人們則熱衷於練習魔導兵裝，村人們也為了支援訓練而全體動員。

因此，艾爾變得有些清閒，終於能將精力放在幻晶騎士的材料上了。

村裡的人提供他們一間空屋當作住家兼工房。那裡起初還是空無一物的房子，卻在不知不覺間變成擺放各種道具的雜物間。

艾爾在桌上攤開樹皮紙，發出啪哩啪哩的聲響。這是處理白霧樹木材時用剩下的樹皮製作而成的。他拿起帶到這裡的慣用筆沾了墨水，開始將心中所想書寫下來。

「從伊迦爾卡和席爾斐亞涅的殘骸中取得的材料大致足夠了，魔獸材料也不無小補。」

艾爾陸續畫出像是伊迦爾卡，還有像席爾斐亞涅的骨骼構造。他當然將這些機體構造全記在腦海中了。

「但是，現在手頭上的結晶肌肉拼湊起來……也不曉得能不能做出一半的身體。」

如果只是要做出能夠運轉的東西，完成的幻晶騎士不是只有上半身，就是只有下半身。那樣別說是戰鬥了，就連移動都教人不放心。

如果只有半身——

「不，如果稍微……退一大步來思考，只要源素浮揚器能夠運作，還是有辦法可想。」

源素浮揚器這種裝置可以讓任何形狀的物體浮在空中。只要源素浮揚器啟動，接下來只要有魔導噴射推進器，就有可能做出簡單的飛行機體了。

既然已經找到白霧樹，魔導兵裝類的裝備就不成問題。換句話說，就算得費一番工夫，還是能做出魔導噴射推進器。不過，依然有一個致命的問題沒有解決。

「不行。根本做不出源素浮揚器。想要修好裝置本體，就得先找到源素晶石。這個地方絕對弄不到晶石。」

他的手停了下來。總是卡在同一個問題上。

在弗雷梅維拉王國，源素晶石這種東西甚至能夠量產。不過，那是因為有老大那樣優秀的鍛造師們存在的緣故。艾爾徒有知識，可惜卻沒技術。

「這裡只有乙太源源不絕啊。」

艾爾半是自暴自棄地靠在椅背上，愣愣望著空中。

「對嘛。將空氣中的乙太聚集起來以後，會不會有辦法啊……聚集。聚集。聚集!?」

艾爾睜大雙眼，猛地踢開椅子站起。慢慢低下頭看向圖紙，顫抖的指尖停在一點上。

「聚集乙太……這裡不就有大量高純度的乙太嗎？」

怎麼會沒注意到呢？艾爾慢慢移開手指。指尖剛才所停之處正是幻晶騎士的心臟——魔力轉換爐。

「魔力儲蓄量……!!」

幻晶騎士吸進含有乙太的空氣後，經由魔力轉換爐將之轉換成魔力。魔力儲存在結晶肌肉中，幻晶騎士則藉由消耗這些魔力來運作。反過來思考的話——

「魔力是乙太的激發狀態。如果能反過來將魔力恢復成乙太的話……可以把幻晶騎士本身，當成巨大的乙太過濾裝置!!」

如同彗星劃過一般產生的靈感從他的頭腦流經身體，再從指尖迸射而出。他揮筆不停地描繪出那些點子。

「該怎麼做？怎麼做才好呢？有無限的可能。就在可能的範圍內盡力而為吧。」

一個奇妙的形體誕生了。儘管缺少許多功能，卻如實反映出艾爾的想法。

「我的伊迦爾卡，請你再忍耐一下。雖然樣子會變得很『奇怪』……但是，這樣就能盡情戰鬥了。你不會在意吧。」

艾爾像是對待藏寶圖一般小心翼翼地捧起樹皮紙，露出讓人害怕的微笑。

◆

亞蒂像平常一樣陪著小魔導師進行訓練時，艾爾來了。還以為他來是要教授小魔導師新知識，結果卻不是如此。

向小魔導師說明後，艾爾帶走了亞蒂。雖然不清楚是怎麼回事，亞蒂還是乖乖跟著他走。兩人最後來到拖車旁邊。在那堆仍舊支離破碎的殘骸前面，艾爾回過頭對她說：

「我有事要拜託妳。」

「怎麼了？那麼一本正經。不管你拜託什麼，都沒問題喔！」

「呃，妳那麼說我很高興，不過還是先認真聽我說吧。」

「好～～」

她整個人已經抱了上來。反正跟平常一樣，艾爾不在意地接著說：

「其實我想解體妳的空降甲冑。」

亞蒂怎麼都沒想到竟然是這種要求。她驚訝地直眨眼，然後看向懷裡的艾爾，不解地問：

「為什麼？應該不是因為……空降甲冑已經派不上用場了吧？」

「當然不是。畢竟這可是我們貴重的武器。可以的話，還是希望能保留下來……」

自從流落博庫斯大樹海後，空降甲冑在戰鬥或是居住方面都是他們的得力幫手，他們多少對其產生了伙伴意識。想必今後還有很多讓它大展身手的機會吧。當然，艾爾並非要無謂地將之丟棄。

「我做了新的設計。為了實際做出來，我想把我們的技術教給這個村子的人們。」

艾爾從亞蒂懷裡鑽出來，正面望向亞蒂說：

「空降甲冑的構造儘管簡單，卻凝聚了我們幻晶騎士的技術。」

「對喔。還是讓他們親眼見過，比較容易理解……」

「可能的話，我也希望不要弄壞……可是應該很難。比起用看的，還是動手做學得更快。」

亞蒂閉眼沉思了一會兒。身為擁有者，或許會有點感傷吧。之後，她笑著抬起頭。

「嗯，好吧！伊迦爾卡和小席也得快點修好嘛！」

「謝謝，亞蒂。我保證一定會修好。雖然不能修復成原來的樣子，但我一定會讓它們再次動起來。」

艾爾涅斯帝・埃切貝里亞於是展開行動。在他的圖紙中，與魔物森林相襯的人造魔獸開始了胎動。

# 第六十二話　還差一步回到空中

林木蓊鬱、枝葉繁茂的魔物森林——博庫斯大樹海。

由於諸多身軀龐大的魔獸橫行，這座森林的獸徑往往十分寬敞。決鬥級以上的魔獸可以輕易推倒樹木，那些倖存下來的植物因此逐漸進化為往高處伸展枝幹。在不會遭受魔獸碰撞的高度伸展枝條，長出綠葉。

久而久之，博庫斯大樹海的獸徑便形成了彷彿以枝葉為頂的綠色隧道。

幾個巨大的影子走在由林木形成的天然隧道下方。影子靠雙足站立，軀體近似人形。但是，要說那些是巨人族，看起來卻也不像。

跟凱爾勒斯或盧布氏族的巨人比起來，那些『擬態』巨人的外型未免太詭異了。

有如年老的農夫彎腰駝背，格外粗長的雙臂幾乎要碰到地面。

相當於頭的部位並不明顯，而是身體延伸的尖端形成了頭部。

小小的頭部轉動時發出喀沙喀沙的聲響，複數的小眼睛炯炯有神地探查四周。其全身更覆蓋著甲殼，看不出一處柔軟的部位。既像是一種帶著甲殼的生物，也像是穿戴著甲殼狀鎧甲的巨人。總之是令人完全無法理解的存在。

牠們共有五隻，在天然的隧道中匆匆忙忙地行進。

不久，擬態巨人們穿過森林隧道，來到一片開闊的高地。眨著小小的眼睛望去，可以看到森林的一角有塊開發過的區域，也就是小鬼族(哥布林)居住的村落。

很快的，擬態巨人們發現一件事。從林木間可窺見巨大的身形在村裡活動。

小鬼族的村裡有巨人。不是擬態巨人，而是真正的巨人族。

擬態巨人們發出了像是叫聲的含糊低語後，開始一齊走下高地，前往小鬼族的村落。

不速之客即將到訪——

◆

「啊，艾爾！吶吶，今天一起訓練小魔導師……你在做什麼？」

亞蒂今天也預定要跟小魔導師一起訓練，她向在途中遇見的艾爾說話。

看到艾爾不曉得為什麼拉著滿載大量木板的拖車，一如以往帶著笑容的亞蒂，表情很快轉變為驚訝。

「我請大家幫忙準備了這些木板，接下來要開始雕刻紋章術式。這個術式需要相當大的面積……方便的話，妳能不能也來幫忙？」

「欸？……呃。對了，我正要去教小魔導師嘛！」

「這樣啊。最近都把她交給妳，真不好意思。」

看到堆得比艾爾的身高還高的木板，亞蒂馬上想溜了。就算她再喜歡艾爾，似乎也有一定的限度。艾爾不甚在意地點頭表示同意。

亞蒂身後的小魔導師四隻眼睛發亮，挺起胸口道：

「請別介懷，艾爾老師。亞蒂老師教得很好。改日再讓您看看吾特訓的成果。」

「我很期待。我這邊的工作倒是還得花一段時間。」

「你最近做了不少東西嘛。」

亞蒂看著後面的拖車這麼說。艾爾一旦著手進行什麼東西，就會一頭栽進去停不下來。這次似乎也工程浩大。

「嗯嗯，我想到了非常有趣的裝置！因為……」

「艾、艾爾！謎底要等完成後再揭曉對吧？」

他一開口一定會講得沒完沒了，而亞蒂也很習慣怎麼阻止他了。

「唔。這麼說也對。呵呵呵，等看到成品以後，妳一定也會大吃一驚喔！」

「連我也會驚訝啊……有種預感，這會是艾爾久違的瘋狂失控。」

亞蒂留下一陣乾笑聲後，就和小魔導師朝森林走去了。最近凱爾勒斯氏族對這一帶的森林破壞顯著，她們的練習場也因此離村子愈來愈遠。

「嗯，我也不能輸給她們。卯足全力開工吧！」

獨自留在原地的艾爾喜孜孜地對手腳施以『身體強化』魔法後，就輕快地拉著拖車快步奔向工房了。

在廣大魔物森林的某個角落，有個小鬼族的村落。

不久前，這個村子還過著只能苟延殘喘的日子，如今則充滿了前所未有的活力。

活力的核心就是村子盡頭唯一的一間工房。

這裡是製造巨人族鎧甲的地方，所以破例擁有十分齊全的大型設備。村裡的男人們幾乎都是這間工房的工匠。過去的他們加工金屬和魔獸材料，只是義務使然。

「這到底是什麼樣的構造？得記起來才行……」

「多麼精巧的工藝啊。這麼細緻的東西可以組成這種大小嗎？」

「仔細看好組裝方法。要是幫不上『騎士大人』的忙，就沒有未來可言了。」

現在的他們全體出動，醉心於研究巨大殘骸。

這些是由凱爾勒斯氏族運來的幻晶騎士——伊迦爾卡與席爾斐亞涅的殘骸。

在進行作業的他們旁邊，有一具拆解到一半的空降甲冑。他們便是利用這些實物教材積極投入學習技術。

這裡學到的東西將會大大改變自己未來的生活。他們再也不想回到以前那種明明成天餓著肚子，卻只能唯命是從、不敢違抗規定的日子了。也因此每一個人看起來都卯足了全力。

「把相似的零件分門別類。」

「看起來還能用的優先處理！破破爛爛的放進爐子！」

男人們賣力幹活，一旁的女人們也沒閒著。她們將拆解下的零件分類並且集中起來。沒錯，因為他們的目的並不只是拆解而已。

「喔喔，這些鎧甲的內側幾乎都是板狀結晶肌肉啊。」

用鑿子敲進巨大裝甲，把襯墊於內側的部分剝下來。這些鎧甲來自於席爾斐亞涅。伊迦爾卡因為被汙穢之獸的瘴氣侵襲，失去了心臟以外的大部分部位。

在弗雷梅維拉王國，最新型幻晶騎士的部分鎧甲都是採用魔力儲存式裝甲。那是一種單純地將裝甲和板狀結晶肌肉組合起來，用來增加魔力儲蓄量的裝置。對於欠缺鍊金術知識的他們來說，這方法也比較容易接受。因此眾人極為慎重地將各種零件進行分類。

不久之後，大部分的零件都被拆下來了。

「騎士大人，請問接下來要怎麼做？」

工房裡的男人們在矮小的『騎士』面前排成一排。他們周圍的地板上擺滿了大量的鋼材與魔獸材料。這些都是拆下來的零件以及之前儲備的材料。

工房中央有個用金屬管線固定，活像內臟的物體。那是維持原狀的伊迦爾卡心臟部位。

「首先，直接挪用心臟部位。修改進氣管線並補強周圍的結構。」

構成心臟部位的是幻晶騎士技術的核心，不可能在此地重新生產。此處一旦受損，艾爾也無法全身而退。正因為轉換爐還在，他才能再次邁步向前。

村人們依照艾爾的指揮一齊動了起來，接下來是真正的戰鬥了。

「請把較結實的魔獸骨頭拿過來。」

心臟部位的周圍結構用魔獸骨材依序建立起來。

這個部位以強度優先，所以需要用鋼材製的小型結合零件來強化，牢牢固定住骨材。

原本的幻晶騎士為了便於活動，還需具備一定的柔軟性。這次就不考慮這方面了。

此外，更在空隙間填上用白霧樹削磨成的木材。以魔力傳導率高的木材作為銀線神經的代替品。因為是不能活動的部位，只要可以讓魔力流通，用什麼材料都行。

讓本國的鍛造師們看了會昏倒的代替品，穩步而順利地組裝上去。

「手臂的狀況如何？」

「騎士大人，我們已經盡最大努力了，可是……」

用各種材料拼湊而成的軀幹完成後，接著裝上頭部與手臂。這些部位則是以可活動的結構為前提設計。

與講求強化堅固的軀幹不同，之後的作業遇到了阻礙。畢竟他們的技術水準尚未成熟，所以不得不盡可能降低難度。

挪用魔獸骨頭作為骨架，再以空降甲冑的構造為基礎，謹慎地裝上繩索型結晶肌肉。

「這裡要是失敗就危險了，我們慢慢嘗試吧。」

艾爾坐在裸露的駕駛艙裡，操作著暫時固定的手臂，手臂一抬起來，身邊就響起一陣歡呼聲。他們親手打造的騎士正逐步成形。

住在下村的這群人們原本被看得一無是處，如今卻逐漸掌握挑戰魔物森林的力量。教他們如何不歡呼出聲？眾人士氣也隨之更加高昂。

「再提高一點強度。照這情況來看，離完成也不遠了。就這樣繼續努力到完工吧！」

響亮的應和聲在工房裡迴盪著。

當村人們拚命地持續進行組裝作業，艾爾則專注地雕刻白霧樹板的紋章術式。

「總之，不能少了強力的空氣操作。就分解『真空衝擊』的魔法，借它的基礎式一用吧。」

他將並排的木板交叉擺放，慢慢拼出風屬性的魔法。

不論想做得再怎麼強大，如果想用於推進力，還是做成與爆炎配合的魔導噴射推進器更有效率。即使如此，他仍一心一意地投入加強風系魔法的作業。

「加入大～～量的擴大術式。很多很～～多，還要更多更多更多更多更多更多更多。」

艾爾嘴裡一邊哼著莫名其妙的歌，一邊使勁地雕刻術式。那幅景象實在太過詭異，所以這段期間別說村民，就連亞蒂也不敢靠近。

此事暫且不提。

隨著時間過去，木板上逐漸刻滿密密麻麻的術式，鋪展出強大的破壞力量。單純以輸出功率而論，甚至超過金獅子裝載的『獸王咆哮』。使用那種武器的話，等級較低的魔獸挨上一擊就會灰飛煙滅吧。

更可怕的是，這並不是攻擊用的裝備。

「好了。既然有這麼大的動力，應該能順利運作了吧。」

艾爾依然維持著好心情，將管線連結到組裝中的機體上。伊迦爾卡的心臟沒有停止，隨時能夠產生魔力。

收到久違的指令而覺醒的皇之心臟與女皇之冠，開始貪婪地大口吸進空氣，然後轉換為大量的魔力將其吐出。連工房也為之震動的巨大進氣音讓村人們都快昏厥了，只有艾爾愉快地盯著木板。

「……儲蓄魔力再轉換，放出乙太。」

滿溢而出的魔力光芒沿著木板上雕刻的術式流過。光芒很快又變為七彩虹光。

在虹彩光波的映照下，艾爾陶醉的笑臉也染上了彩虹的顏色。

「呵呵呵……如我所料。很好，這真是太棒了。我的下一位夥伴總算能確實運行了呢。」

以幻晶騎士的標準來看，這樣的軀體還是不夠完善而且粗糙。加上恐怖的魔法後，艾爾內心描繪的新型野獸的輪廓便逐漸浮現出來。

這時，他突然像想起什麼而環抱雙臂。

「對喔！外型已經不是伊迦爾卡了呢。這麼說來，就得幫新機體想個新的名字。取什麼好呢……」

艾爾微偏著頭，哼著歌開始煩惱起來。

◆

「好，今天來複習魔法的種類吧！」

「是，亞蒂老師。請多指教。」

充滿活力的聲音迴盪在魔物森林的某個角落。是亞黛爾楚・歐塔和小魔導師兩人平時的特訓景象。

因為小鬼族村附近一帶被破壞得頗為嚴重，所以她們來到離村子有段距離的地方。這裡四處散落著留下破壞痕跡的岩石，表現出小魔導師的努力和破壞力。

亞蒂跳上附近的一塊岩石，和小魔導師對看了一眼後，接著舉起銃杖。

「如果是論單純的破壞力，還是爆炎系最強！」

「嗯！」

模仿並不存在於這個世界的道具——槍的銃杖，從頂端射出火焰子彈，子彈一命中目標，便立即綻開爆炎的花朵。

「風系魔法在防禦和快速移動的時候很方便！」

亞蒂構築『大氣壓縮推進』的魔法，並且藉由爆炸的反作用力使身體飛上空中，然後直接在小魔導師的肩膀上降落，又輕盈地回到了岩石上。

「可是，要靠這個移動巨人族的體重，應該不簡單吧。」

「嗯。吾曾嘗試過，魔力消耗太劇烈了。」

小魔導師遺憾地發出呻吟。儘管她仍年幼，體重在巨人族中又算是輕的，但這種魔法似乎並不適合她。

「還有雷擊系的魔法！雖然運算很麻煩，射程又短，但是幾乎不可能躲開。」

亞蒂轉一轉銃杖再瞄準目標之後，晴天之下突然打起響雷。雷光槍矢挾帶著轟隆聲一起射出，猛然劈向標的物後將之徹底破壞。

雷擊系統能夠百發百中而且無法迴避，但缺點是若想放出遠距離攻擊，將會消耗大量魔力。

「真不愧是老師。要想成為魔導師的話，就必須學習各種魔法啊！」

在讚嘆不已的小魔導師面前，亞蒂高興地挺起胸膛。

「妳也漸漸能使用各種魔法了吧？」

「嗚嗚，還差得遠……老師們為什麼記得住那麼多呢？」

小魔導師一下子洩了氣。

姑且不論像艾爾涅斯帝那樣，只要是有關幻晶騎士的一切全都塞到腦子裡的例子。亞蒂自己也為了追上艾爾而不斷付出努力。說到底，還是兩人的資歷差太多了。

「只要弄清楚基本的部分，再來就是應用了。這方面都是靠艾爾不斷幫我複習！」

「唔唔，只好加油了……」

小魔導師在地上一邊畫著術式，一邊整理著情報。

雖然她們多少是憑直覺行動的類型，但如果不好好記住基礎部分也是白搭。只能靠努力了。

亞蒂幫小魔導師複習了一段時間，然後，她突然站了起來，一臉嚴肅地傾聽周圍的動靜。

「……小魔導師，提高警覺。有東西來了！」

身為弗雷梅維拉的騎士，她憑著鍛鍊出的直覺得知有東西正在接近。小魔導師也立刻起身，一樣探查著周圍的氣息。

「魔獸嗎？」

「大概吧。如果只有幾隻還沒什麼，要是來一群就不妙了。我們先撤退……」

亞蒂說到一半就中斷了，眼睛直盯著森林深處。沉重且連續的聲響從那個方向傳來，很快又混進撥開草木的沙沙聲，最後露出牠們的真面目。

「……欸？那是魔獸？」

一看到牠們的全身，亞蒂不禁露出驚訝的神色。小魔導師也因此瞪大眼睛。

牠們就和巨人族一樣，形貌近似人類。然而，與巨人族絕對不同的一點，就是全身包覆著形狀奇特的甲殼。如果只有甲殼的話，還可以視為某種鎧甲，不過從牠們身軀頂端的頭部，以及有好幾隻小眼睛的特徵來看，就能知道那是牠們的本來面貌。

那些她們倆都沒見過的東西大約有五隻，從樹林間露出臉來。

「不知道。可是實在是難以直視對象。」

「而且一點都不可愛！」

異形巨人——或稱之為擬態巨人，在她們面前擺出明顯的警戒態勢。帶爪子的長手臂朝她們伸過去。

接著，牠們打開頭的底部。那大概是嘴巴。從那裡面傳來低沉的呻吟聲。牠們用奇怪的語調吼叫了幾次以後，又慢慢開始前進。

「唔。那些傢伙……打算戰鬥嗎？」

小魔導師雖然將手掌對準了敵人，卻無法動彈。

儘管受過一連串的魔法特訓，年幼的她對戰鬥還是不夠熟悉。由於無法決定如何出手，因而有所遲疑。亞蒂馬上跳到她的肩膀上，在她耳邊悄聲說著：

「小魔導師，放出爆炎魔法。」

「老師，敵人的數量很多。」

小魔導師的魔力量不足以攻擊那麼多敵人。恐怕很快就會耗盡魔力吧。

「我知道。只是用法彈拖住他們的腳步，妳要馬上撤退。大家聽到戰鬥的聲響，一定會注意到的。」

「也對。若集合氏族之力，那種程度的對手一轉眼便能解決！」

她的四隻眼睛還有手臂充滿力量。沒有必要獨自對抗。凱爾勒斯的族人們就在附近，艾爾涅斯帝也在村子裡。

亞蒂在她肩膀上警戒著周圍。只有她一個人的話還能想想辦法，現在帶著小魔導師。一旦被包圍就很難突破了。

「眼瞳混濁，肯定是野獸。那就無須客氣了。火焰前來！」

小魔導師構築魔法術式，在手心凝聚成形。她將翻騰滾動的火球扔向擬態巨人。火球立刻落入集團的正中間，激起猛烈的火焰並隨之爆炸。

這一擊重挫了擬態巨人們的士氣。

只見牠們狼狽地閃避火焰，一邊發出「嗡嗡」的低沉吼叫聲。

趁著這個空檔，小魔導師立刻轉身跑向從村裡來時的路上。

「不曉得是什麼狀況，還是走為上策！」

亞蒂也緊跟著小魔導師的腳步，飛奔而出。

◆

在某個和小魔導師她們訓練的場地有一段距離的地方，三眼位勇者轉動額頭上的眼睛。他凌厲的目光瞪視著空中。一眼位的侍從詫異地問：

「怎麼了？」

「是風。看得見戰鬥的風。」

「吾的眼瞳看不出來。是在何處……」

侍從轉動大大的獨眼。勇者沒回答他，繼續以三隻眼瞳四處逡巡，最後停在某處，他察覺到有誰在那個感知到氣息的方向。

「小魔導師在那個方向！吾等氏族，動作快!!」

「唔！跟著勇者!!」

勇者果斷地衝過去後，凱爾勒斯氏族的巨人們也一齊跑了起來。

「小魔導師！汝等著，吾等現在就趕過去！」

拿布也緊跟在率先跑在前頭的勇者後方。他的手上穩穩地抓著經過反覆訓練的魔導兵裝。

◆

小魔導師朝向小鬼族的村子奔跑著。她利用身材嬌小的優勢穿過樹林，筆直地不停跑著，可惜的是……

「唔，這些傢伙好快!!」

擬態巨人們雖然長得怪模怪樣，速度卻比小魔導師還快。在很短的時間內就縮減了一開始還很遠的距離，緊追在小魔導師後面。當背後傳來沉重的腳步聲，她不由自主地回頭看一看。一隻高舉的巨大爪子填滿她的視野，接著毫不留情地朝著她的背揮下。

「狂風纏繞！」

她情急之下揮出拳頭，製造出壓縮的空氣團塊。

一股衝擊猛烈撞上擬態巨人，勉強錯開攻擊。小魔導師趁隙想要進一步拉開距離，卻有其他個體搶先堵住她的去路。

「呼啊、哈啊……!!嗚，這麼點小事……」

小魔導師還不成熟。相對於使出的強大魔法，她的魔力量還不夠充足，更不習慣邊跑邊戰鬥的方式。馬上就變得上氣不接下氣，完全失去冷靜。

雖然她伸出手掌牽制逐漸逼近的擬態巨人，但不曉得還能撐到什麼時候。這時，把樹木當成立足點移動的亞蒂跳了下來。

「小魔導師，冷靜下來！先深呼吸！」

「老師……」

「使用魔法的時機不用太多，就是擊退敵人和打倒敵人的時候。看準最有效率的時機！」

「明白了，老師。吾會用這四眼仔細觀察！」

小魔導師不是孤軍奮戰。如果有旁人引導，就能彌補她的不成熟。她平復呼吸，同時轉動四隻眼睛。

四周的擬態巨人堵住了去路，很快就會形成包圍網。

在被完全包圍之前，她向某個方向走去，伸出手掌並正面衝向擋在眼前的擬態巨人。擬態巨人揚起長臂並張開爪子，正欲刺穿衝過來的年幼巨人。

「很遺憾，那不是我們的目的喔。」

一個小小的人影躍入視野中，是亞蒂。她一跳上擬態巨人的頭部，就毫不客氣地用火焰彈轟炸眼睛部位。

區區一個人類的攻擊或許不會造成什麼嚴重的傷害，但是火焰確實遮蔽了視線，使擬態巨人產生動搖。牠因此錯失了攻擊目標，爪子在空中揮舞著。

「狂風猛烈纏繞！」

小魔導師看準了那一瞬間破綻，潛入牠的懷中。

在老師的協助下，她的手心碰到擬態巨人沒有防備的軀幹上。削去多餘的魔力，將徹底集中的壓縮空氣團拍向敵人的軀體。空氣團於是形成一股強烈的衝擊力，將擬態巨人轟到半空中。

前進的道路打開了。少了阻擋小魔導師的東西，她於是卯足全身力氣，拔腿奔跑。村子就近在眼前。

「老師！勇者，還有拿布!!有敵人!!」

她一跑進小鬼族的村子裡，還來不及緩過氣來，就大聲向理應在那裡的夥伴發出警告。然而，沒有人回應她的呼聲。只有小鬼族的村人們吃驚地轉頭看著她。

「快來人！大家都不在嗎……!?」

在沮喪之際產生了破綻。

「小魔導師！危險，快避開……」

就在小魔導師聽見亞蒂緊迫的喊叫聲，回過頭來的剎那，她的身體被擬態巨人的拳擊中了。挨了從背後追上的巨人猛力揮下的一擊，使她的身體飛到空中。

她一下子喘不過氣，也沒做出護身動作，就直接撞上村子後方的建築物。撞破牆壁，掉進房子裡，整個人消失在飛揚的塵土之中。

「噫噫！那是……!!」

「快、快逃啊!!」

村人們紛紛放聲慘叫，狼狽地四處逃竄。對那種一擊就把巨人打飛的對手，小鬼族又能怎麼辦呢？除了逃跑以外也別無選擇了。

「那些傢伙居然把小魔導師……！可是，怎麼辦？這裡又沒有幻晶騎士。」

亞蒂躲到建築物後方，懊惱地咬緊牙關。期間，追上來的擬態巨人們陸續闖進村子裡。一邊發出「嘰嘰、嘰嘰嘰」的低鳴，一邊轉頭張望四周。

下一秒，村子後方就引起了爆炸。那裡是小魔導師剛才掉進去的建築——工房。

不是因為擬態巨人的攻擊，工房的牆就從內側炸開。擬態巨人們心生警戒的同時，目不轉睛地盯著那股瀰漫的塵土。村子裡充滿了緊繃的寂靜。小鬼族的村人們屏住氣息，都觀望著情況變化，擬態巨人們則益發提高警覺。

忽然間，一陣強烈的進氣聲打破了緊繃的氣氛。煙塵的深處搖曳著朦朧的光。有什麼東西發出咯吱咯吱的聲響，在那裡蠢蠢欲動著。

接著，光芒滿溢而出。虹彩光芒閃耀著照亮四周。伴隨著強烈的爆炸聲吹散了煙塵。『那個』從中現身。

「那、那是什麼……」

那個存在實在太過怪異，怪到連亞蒂也忍不住發出呻吟的地步。

若依照它的外表來形容，那就像飄浮在半空中的人形上半身。一具尚未完成──或者該說是半死不活的軀體，大剌剌地浮在空中。

「艾爾，是你吧……？但那個不是還沒做好嗎？」

她的疑問在下一刻消失了。那個東西先是發出一陣高亢的進氣聲，然後就看到本來應該是腹部的空間產生光芒。搖曳著虹彩的光愈來愈亮，最後形成一個清晰的形狀。

──一個圓環。

圓環散發著耀眼的虹彩，轉眼間便擴大直徑，上半身則悠然地飄浮在圓環上。沒有任何人能理解到底發生了什麼事，只能目瞪口呆地看著。

那個東西接著伸出雙臂，溫柔地將昏迷的小魔導師抱了起來。原本收在背後、折疊起來的裝甲蠢動著，然後像斗篷一樣圍起四周。有如正在保護自己和小魔導師。

它額上長了一支角的頭部移動了。當亞蒂看到它的臉孔時，不由自主地叫了出來。因為它的臉簡直就像『骷髏』。眼球水晶的光芒在空蕩蕩的眼窩深處閃耀著。

「艾……艾爾！變得愈來愈可怕了喔！」

面對這意料之外的情況，擬態巨人們一時也無法動彈。那個邪門又詭異的東西衝著那些擬態巨人們說：

「……我不知道你們是什麼來頭，但是攻擊了我的學生，就是我的敵人。你們得為此付出代價，當我試駕的對手。請做好心理準備。」

在異形機體的駕駛座上，艾爾涅斯帝・埃切貝里亞平靜地表現出憤怒。他從幻象投影機上確認了一下小魔導師的狀態，然後把手伸向操縱桿。

「魔力儲蓄量剩餘五成。」

一旦握住操縱桿，他的意志就和魔導演算機直接連結在一起——所謂的直接控制，能夠隨心所欲地操縱所有功能。

「『開放型源素浮揚器』狀態穩定。魔導噴射推進器運作正常。我們上吧……『卡薩薩奇』，展現你的力量！」

放出的轟鳴聲益發高亢，恐怖的怪異機體動了起來。

虹彩圓環愈來愈閃耀，上面浮著一個怎麼看也不屬於這個世界的異形。

那個面貌有如骷髏，並且只有上半身的異形在空中飄浮著，其真面目正是幻晶騎士的末路——艾爾涅斯帝所創造的模型機體『卡薩薩奇』。

戰場上存在著幻晶騎士（？）與擬態巨人這兩種巨大之物，亞蒂急速穿過其間。

「既然艾爾出馬了，村子（這裡）就很危險。」

雖然她不知道卡薩薩奇有什麼能耐。不過，她可是很清楚被決鬥級以上的存在之對戰所波及，村子會有什麼下場。

「艾爾！小魔導師就拜託你了！我去疏散村裡的人。」

她朝著避難場所飛奔而去。

很難想像她的聲音能在進氣聲隆隆作響的戰場上傳到艾爾那邊。然而，飄浮於空中的異形騎士卻像作出回應似的，響起一陣更加高昂的進氣聲。

◆

坐鎮於虹彩圓環上的卡薩薩奇轉動頭顱，瞪視著擬態巨人們。

「那麼，你們是什麼人呢？是魔獸、巨人還是其他更異常的存在？不管是什麼都無所謂就是了……」

在異形機體的駕駛座上，艾爾透過幻象投影機審視著小魔導師的樣子。因為被打飛出去的衝擊而陷入昏迷，但幸好沒受到致命傷。不愧是身強力壯的巨人族。

「多虧妳努力撐到現在，小魔導師。害我的學生受了傷，就請你們付出代價吧。」

包圍住卡薩薩奇本體和小魔導師的可動式追加裝甲改變了配置，穿插於裝甲間隙的魔導噴射推進器吐出火焰，使異形機體滑行過空中。

順帶一提，這個魔導噴射推進器是在木板刻上術式，手工製作的成品。

面對這個突然出現，而且自帶虹彩圓環在空中行進的可疑存在，擬態巨人都表露困惑。匆忙地轉動牠們小尺寸的頭部四下張望。那幅景象看起來既像是感到慌亂，又像在跟其他同伴討論著什麼。

不久，牠們看到卡薩薩奇過來了，於是開始準備迎擊。因為卡薩薩奇的樣貌實在太過不祥，很難將它視為懷著好意而來。

「我就先下手為強了。」

艾爾輕巧地敲打操鍵盤，可動式追加裝甲隨即開始動作。魔導兵裝的前端從裝甲底下露了出來。眼球水晶轉動著，與視線連動的魔導兵裝也跟著改變方向。

法擊留下魔法現象附帶的光發射出去。一般的魔導兵裝大多採用每一擊威力都很強大的戰術級魔法裝備，卡薩薩奇用的卻是威力較弱的火焰彈，也因此能夠連續不斷地射擊。

火焰彈有如機槍掃射過一樣，在地面上劃出一道爆炸的線條，路徑則鎖定了擬態巨人。

擬態巨人來不及避開暴風雨般猛烈的法擊，全身籠罩在槍林彈雨中。牠們的外殼上炸開一朵又一朵的爆炎之花，使巨軀遭受痛擊──看似如此。

擬態巨人彷彿什麼事也沒發生一樣活動起來。儘管外殼上有些許焦痕，看起來並沒有造成多大的傷害。反而因為明確地對其進行了攻擊，更激起牠們的怒火。

「情況可能不太妙。輸出動力的消耗比想像來得多……」

艾爾蹙眉，同時變更卡薩薩奇的前進方向。卡薩薩奇的主要武裝是速射式魔導兵裝，其輸出功率就魔導兵裝的標準而言算是非常地低。雖然可以連續射擊，但是對大多具有堅硬外殼和耐久性的決鬥級以上魔獸來說，效果則不盡理想。

那麼，為什麼要使用這種無力的魔導兵裝呢？

若說這就是在村子裡製造的武器的極限，也並非因為如此。實際上，艾爾交給凱爾勒斯氏族的魔導兵裝也是威力十足。卡薩薩奇實際上是受到另一種限制——

擬態巨人們開始對在上空盤旋的卡薩薩奇發起投石攻擊。

牠們本身並不具有遠距離攻擊的手段。要說能做什麼，頂多就是投擲東西而已。話是這麼說，好歹也是決鬥級規模的存在丟出的石頭（或者該說是岩塊），萬一被砸中也不是開玩笑的。

艾爾操縱著推進器躲避投石。動作看起來四平八穩，可以感受到他的慎重。推進器放出的爆炎也被壓抑著，速度並不快。

卡薩薩奇的中樞原本就是由伊迦爾卡的心臟部位所構成。伊迦爾卡擁有兩座大型魔力轉換爐——皇之心臟與女皇之冠，照理說應該有非比尋常的輸出動力才對，但是卻無法從卡薩薩奇身上看到那樣的特徵。

「開放型元素浮揚器！本身運作得很正常……什麼都靠魔法來彌補果然太亂來了啊！魔力消耗量未免太大了！」

雖有大型爐，卡薩薩奇卻苦於魔力不足的原因，就在於既是新裝備，也是最重要裝備的開放型源素浮揚器。

該裝置的運作機制是先提取高純度的乙太形成浮揚力場，再用大氣操作的魔法強行固定在空中。

至於乙太的原料，就是機體中保有的魔力。為了把它固定在空氣中，更必須持續使用大規模的魔法。說穿了，這就是一種靠大量揮霍魔力儲蓄量來運作，耗魔率異常驚人的裝備。

「裝置和術式還沒有進入最後階段就啟動，可能也太亂來了！雖然機體本身也是倉促趕工而成……」

艾爾嘴裡嘀咕，並忙著控制機體。

卡薩薩奇這架機體就像還沒有完全復活的半死人一樣。極其難以控制的最新機器，加上臨時湊合的軀體，將這兩者硬是結合起來，還得靠艾爾涅斯帝這個史上最強的騎操士才能勉強讓它運作。

艾爾一邊操作機體，一邊將機體調整到最佳化狀態。

「這也是萬不得已，戰鬥不會等我做好準備。」

與此同時，擬態巨人的攻擊也變得愈來愈頻繁。牠們意識到卡薩薩奇的無力，眼見它一味閃避，於是放棄原本的慎重，行動漸漸大膽起來。

這時，掉頭折返的卡薩薩奇又射出另一波速射式魔導兵裝的法擊。如果被擊中幾發的話，說不定還是會造成不能忽視的傷害，不過這點損害還承受得起。擬態巨人已經不把那個攻擊視為威脅了。

一陣猛烈的法擊過後，卡薩薩奇從擬態巨人的頭頂上飛了過去。就在這個時候——

「……嗚，好痛……」

被抱在卡薩薩奇懷中的小魔導師逐漸恢復了意識。

朦朧的意識變得愈來愈清晰。她清醒後，最先感覺到的是一種不可思議的飄浮感，以及有什麼東西支撐著身體的感覺。彷彿被人抱著一般——她首先想到可能的人選。

「勇者，來了……嗎……!?」

接著，她馬上想起被擬態巨人攻擊的事情。她驚慌地試著直起身，並睜開眼睛。眼前赫然蹦出一張凶神惡煞的骷髏面孔。

她發現自己正被眼前這個東西抱著，於是反射性地伸出手心。

「火焰！速速前來……！」

由術式引導的魔法現象顯現出來，搖曳著光輝。很快察覺到魔法氣息的骷髏臉以慌張的語氣對她叫道：

「小魔導師！等一下，妳先冷靜下來！是我，不是敵人!!快停下攻擊！」

「……!!那、那個聲音是艾爾老師？這是怎麼回事……!?」

險些放出魔法的小魔導師帶著僵硬的表情大叫。然後，她掃視了一下那個骷髏臉的全身。

尖銳的獨角，在凶惡面孔下的軀幹穿戴著大概是由魔獸甲殼拼裝成的鎧甲。身軀四周更圍繞著甲殼製的大型裝甲，將她連同機體保護在內。

「老師的身體為什麼變成這樣？老師應該更小一隻……」

「我非～常理解妳是怎麼看我的了。不管怎樣，現在抱著妳的是由我操縱的機體。」

小魔導師再次打量卡薩薩奇的全身，然後感慨地低語：

「不過，這樣一點也不可愛。」

「只有奇怪的地方像妳的學妹……總之，妳醒了正好。我們一起戰鬥吧。」

「是！該向彼輩討回公道了。」

說完，她就開始尋找敵人的身影，然後馬上意識到自己在空中飄浮著。

「噫噫噫啊啊!?老師！空中、在空中!!會掉下去!?」

「我就省略說明了。有卡薩薩奇的力量，所以沒問題。」

「什麼沒問題！老師！吾要求解釋！」

「要解釋可以，但還是先把牠們打倒吧。」

朝令人害怕的骷髏臉示意的方向一看，她終於看見敵人的身影。雖然小魔導師自從清醒後就被自己所處的狀況嚇得目瞪口呆，不過一看清楚應該打倒的敵人身影，她的精神馬上集中起來。

「好吧，老師，在勇者到來之前解決那些傢伙！」

「就是那股氣勢。因為有些情況，我和這個卡薩薩奇的攻擊力不太足夠，想拜託妳負責進攻。」

「吾嗎？那正合吾意。不過，這個狀態無法瞄準啊。」

維持著被卡薩薩奇抱在懷裡的姿勢，小魔導師為難地說。

本來就未曾體驗過這樣的空中飛行，何況還得用這種不自在的姿勢，攻擊相距甚遠的敵人。對於剛開始學習魔法不久的小魔導師來說，這樣的條件未免太苛刻了。

透過幻象投影機看出小魔導師面露困惑。艾爾則露出大膽的笑容，對她說：

「妳放心。我早就有方法讓妳易於瞄準了。」

話一說完，艾爾對卡薩薩奇下令，讓它放開扶抱住小魔導師的雙臂。

「老師!?你做什麼……？」

大驚失色的小魔導師忍不住伸手，接著很快發現自己的身體並沒有往下墜落。原來卡薩薩奇腹部下的彩虹色圓環，也將她包含在效果範圍內。

「這、這是什麼……!?」

沒有支撐就浮在空中，這種不踏實的感覺讓小魔導師有些不知所措。

同時，卡薩薩奇移動至覆蓋在小魔導師身上的姿勢。收在卡薩薩奇的軀幹部位折疊起來的輔助臂接著展開，然後抓住小魔導師的身體和雙肩，穩穩地固定住了。

「噫噫欸欸!?老、老師！汝要做什麼!?」

「我也差不多習慣控制這個的感覺了。小魔導師，請把力量集中到腹部。」

他無視慌張的小魔導師，毫不留情地提高了機體的輸出功率。

虹彩圓環變得更加閃耀，魔力轉換爐發出隆隆的咆哮聲。艾爾的控制能力對各部位的術式進行干涉，並且一點一點地集中餘力。

可動式追加裝甲開始躁動起來，並以小魔導師為中心，分散在她身邊包圍起來。

於是就在這短暫的時間內，卡薩薩奇變化成猶如保護小魔導師的鎧甲，亦像長袍的面貌。

只不過，從背後探出的骷髏頭部散發出一股讓人不寒而慄的異樣感。

至於小魔導師本人，則是到現在還沒有擺脫混亂，上下揮舞著雙手哭訴：

「嗚嗚嗚嗚老師！這樣感覺很不穩!!」

「乖，妳忍耐一下。」

小魔導師的視線轉向下方。浮在空中、無所依靠的腳底下，地面飛速地流逝。在巨人族中，恐怕從未有人體驗過在天上飛行的經驗。雖說是借用卡薩薩奇的力量，但她現在正處於一個未知的世界。

「小魔導師，動作和防禦由我來彌補。妳就盡情攻擊牠們吧。」

「！攻擊……就好了吧！雖然不太清楚狀況，可是都要怪彼等！吾要讓彼等瞧瞧何謂絕望!!」

抱著小魔導師的卡薩薩奇在空中盤旋，朝著擬態巨人前進。她也有些自暴自棄地進一步提高對擬態巨人的敵意。

他們在空中滑翔著，即將飛到敵人的頭上。

卡薩薩奇的速射式魔導兵裝開始發射法擊，小魔導師也放出了魔法，是經過充分演算，威力十足的魔法。可惜法擊卻遠遠偏離了目標，徒勞地在村裡轟出一個大洞。

擬態巨人們見這次的攻擊威力與之前截然不同，於是加強了警戒。

「小魔導師。冷靜看好敵人的行動，仔細瞄準。這樣下去會波及村子、造成損害。」

「老師，在這個狀態根本冷靜不下來！」

被卡薩薩奇抱在懷中，在未曾涉足的天空飛行，同時還要使用魔法狙擊。要面對的考驗實在太多了。見小魔導師已經超越自暴自棄，一副快哭出來的表情，艾爾沉吟了一聲。

卡薩薩奇在空中盤旋，再度朝擬態巨人的方向飛去。才剛接近，就突然開始減速。

「老師，你做什麼!?」

「沒關係的，小魔導師。在牠們頭上的我們本來就比較有利……」

小魔導師無暇聽完艾爾的解說。另一波反擊的投石已經朝動作慢下來的卡薩薩奇飛了過來。這樣會被正面擊中。

小魔導師不自覺地伸出手，保護自己的身體。

「小魔導師，睜開眼睛看好。這就是我們的力量。」

眼前的可動式追加裝甲移動著擋在前面，把投石彈開了。裝甲表面迸散出火花，可是並沒有造成傷害。

「我和卡薩薩奇會負責防禦。沒什麼好怕的。妳可以盡情瞄準，再打倒牠們就好了。」

聽著艾爾的引導，小魔導師睜開四隻眼睛。防禦進攻的裝甲、在空中的力量、背後給予建議的老師，以及自己所扮演的角色。

她下定決心，全神貫注地瞪著敵人。

「明白了，老師。吾便在此展現學到的魔法給汝看！」

她的手心開始發出淡淡的光芒。

◆

破壞的聲響在魔獸森林裡迴響著。由魔法現象引起的爆炸，是戰鬥的證據。

「小魔導師正在移動嗎？」

「從此處看不見。只能靠魔法的聲音辨位。」

凱爾勒斯氏族的巨人們邊跑邊說著。他們離小鬼族的村子還有一點距離。

「空中有東西。是魔獸嗎!?」

一個巨人突然指向天空，某個物體快速地橫掠而去，而且向著地面放出攻擊，引起一陣陣爆炸聲。

「唔！小魔導師，汝一定要平安無事!!」

他們強忍焦急的情緒，更加快了奔跑的速度。凱爾勒斯氏族的戰士們來到了戰場。

◆

卡薩薩奇裝載的魔導噴射推進器從各部位噴出爆炎。每當猛烈的火焰高聲咆哮，便推動著卡薩薩奇和小魔導師在空中飛翔。

他們在村子附近的上空環繞著，小魔導師則將視線轉向占據了村子中央的敵人們。

「火焰前來。」

在演算的同時，從手心現出火焰。她的四隻眼瞳鎖定住敵人，舉起手掌。

儘管不是建造得十分完美，卡薩薩奇上搭載的魔導噴射推進器依然運作順暢。只要有意發揮，想必也能達到非比尋常的速度。

「從正面進攻。用力投擲出去吧。」

「艾爾老師，明白了！」

之所以不加速，是因為抱著不習慣機動戰鬥的小魔導師之故。艾爾涅斯帝刻意進行單調的動作，讓她容易鎖定目標。

卡薩薩奇提升了推進力朝擬態巨人們飛去。可動式追加裝甲隨之打開，露出裡面的小魔導師。她伸出手掌，對巨人放出火焰彈攻擊。

察覺到攻擊的擬態巨人立刻跳向一旁迴避，法彈緊接著砸到牠腳邊，掀起一陣爆炸的氣浪，把擬態巨人吹得在地上翻滾。

面對這威力明顯較之前為高的攻擊，擬態巨人之間開始散播動搖的情緒。

卡薩薩奇看起來是怪模怪樣沒錯，但是並沒有造成多大的威脅。結果巨人小孩才剛醒來，就一下子變成危險的存在。

岩塊朝著橫掠上空的卡薩薩奇投擲過去。艾爾用速射式魔導兵裝將之擊落。

速射式魔導兵裝的火力雖然不足以對抗魔獸，但因為消耗較少，善於靈活機動。由他這樣的騎操士控制，便能作為迎擊用裝備，發揮不可忽視的能力。

卡薩薩奇飛走後，擬態巨人們開始發出與之前不同的叫聲。牠們敏銳地察覺到，這樣下去遲早會被小魔導師的魔法壓過去，恐怕無法達成原本的目的。因此有必要改變戰鬥方式。

擬態巨人們瞥向在空中盤旋的卡薩薩奇，它似乎準備再次衝過來，牠們做出與之前不同的舉動。只見包覆全身、看起來胖墩墩的甲殼上，脖子周圍的部分陸續打開了。

那裡面是黑漆漆的空洞。那些布滿脖子周圍的洞，看上去就像是奇怪的嘴巴。緊接著，擬態巨人們還打開了背上的甲殼，同樣露出裡面的空洞，使牠們的樣貌看來變得十分通風。

從空洞深處傳來模糊的低鳴聲，而且伴隨著低沉的震動。那個聲音是風流過空洞所產生的。風的聲響逐漸增強，然後產生一種對生物來說強烈得不自然的音量，最終變成強烈的吼叫，在森林裡迴盪。

「！這到底是什麼聲音!?」

「似乎不是打算弄壞我們的耳朵。」

在小魔導師的背後，卡薩薩奇骷髏似的臉孔觀察著周圍的情況。

吼聲的餘音繚繞，一股躁動的氣息在森林中散播。

「這大概是某種信號吧。我們要多加警惕增援。」

他們從上空的角度可以馬上發現增援到來。

林木間傳出不自然的動靜，四處突然有樹木被折斷或倒下，許多樹木發出的悲鳴漸漸逼近小鬼族的村莊。很明顯的，是有決鬥級以上的魔獸引發了這個現象。

「在召集同伴嗎？」

「……不。小魔導師，妳看那邊。那真的是牠們的同伴嗎？」

小魔導師朝卡薩薩奇指著的方向看去，露出疑惑的神情。

出現在眼前的是甲殼與毛皮顏色斑駁的巨大四足獸。那是一種很常見的決鬥級魔獸。當然和擬態巨人們的種族並不相同。

「牠是聽到聲音過來的嗎？」

「我有不祥的預感。來到這裡的決鬥級魔獸不會只有一隻。」

彷彿要印證艾爾的預感似的，從另一個方向又出現了不同種類的魔獸。是一種長手長腳，行動敏捷的四足獸。只見牠一邊牽制已經到場的魔獸，一邊大搖大擺地闖進村子裡。繼牠之後，又出現另一種不同的魔獸。村子轉眼間就被魔獸群占據了。

「小魔導師，我們要改變戰鬥方式。」

「老師打算怎麼做？」

「竟然把魔獸集中過來，這樣下去村人們會有危險。」

卡薩薩奇降低了高度，降落到擬態巨人和魔獸群的正前方。將村人們的避難處護在身後，然後打開了可動式追加裝甲。

「不是把魔獸群全部引開，就是打倒牠們。我們不能再逃跑了，就在這裡迎擊。」

說話的同時，魔獸的數量也不斷增加。更奇怪的是，牠們並沒有對擬態巨人發起攻擊。所有魔獸不分種類，像是保護著擬態巨人一樣分散在四周。

然後，將這裡唯一的異類——卡薩薩奇視為敵人。

「老師，這數量……！」

「我知道。氏族的人應該很快就會來了吧。只要撐過這段時間就好。」

在兩人交談的期間，魔獸朝著卡薩薩奇跑了過來。跑在前頭的是那隻長手長腳的魔獸。牠活用天生的敏捷，一口氣欺近卡薩薩奇。

「喝！」

趁著還有段距離的時候，小魔導師放出法擊。魔獸踏著輕快的步伐躲開飛來的火球，然後加快速度，縮短與卡薩薩奇之間最後的距離，縱身一躍而起。

小魔導師的魔法是來不及了。因此卡薩薩奇的速射魔導兵裝先放出攻擊。

雖說威力較小，好歹也是攻擊魔法。卡薩薩奇接著用可動式裝甲猛砸向遭受大量火焰襲擊而失去平衡的魔獸。利用離心力以鋒利的尖端揮向牠，加上魔獸本身前進的勁勢，使那致命的一擊折斷了魔獸的脖子。

卡薩薩奇隨即發動推進器，跟倒地斷氣的魔獸拉開距離。

然後，卡薩薩奇再次打開可動式追加裝甲，讓完成演算的小魔導師放出法擊。法彈鑿進地面，激起一股漫天塵土，稍微牽制住魔獸後續的行動。

「照這情況會撐不下去！」

在剛才的戰鬥中的消耗，以及為數眾多的敵人使形勢更加不利。更重要的是，小魔導師的魔力量開始吃不消了。考慮到她經驗不多這一點，反而該佩服她能夠撐到現在。

「只靠卡薩薩奇，這個數量就有點棘手了。要是有伊迦爾卡……」

如果艾爾的愛機仍然完好，區區魔獸來個一百或兩百隻都不是問題，無奈現在的狀況不容許他挑三揀四。他強忍內心的苦澀，只做目前力所能及的事情。

卡薩薩奇的速射式魔導兵裝迸散出法彈，想盡辦法不讓魔獸同時接近。

一隻魔獸從驚慌失措的獸群中衝出來。是那隻全身包覆著甲殼、身軀剛強結實的四足獸。這種魔獸的耐久性高。在眾多決鬥級魔獸中也稱得上強敵。

「這麼忙的時候還來湊熱鬧，真是麻煩！」

「老師！吾來！」

小魔導師甚至沒有時間擦去汗水，就開始進行魔法演算，但她的專注力已經下降，氣息也顯得紊亂，導致術式統合不起來，需要花費更多時間顯現魔法。

期間，魔獸已來到眼前。艾爾開始提高開放型源素浮揚器的輸出。

畢竟這樣下去不僅無法打倒魔獸，還會讓小魔導師暴露在危險當中。

「我們可以那樣做，但是……！」

如果卡薩薩奇逃往空中，魔獸就會長驅直入，襲擊村人們，他們和卡薩薩奇不同，沒有抵抗魔獸的手段。即便如此，對艾爾來說，學生還是比較重要。

然而，這時出現了這兩種情況之外的選項。

森林裡飛來一發法彈，不偏不倚地命中魔獸的側面。動作遭到妨礙的魔獸失去平衡，一頭朝著地面栽倒。

表情充滿憤怒的魔獸剛抬起頭，裝甲鋒利的邊緣特寫便映入視野中。將魔導噴射推進器開到最大的裝甲，氣勢洶洶地收割了魔獸的生命。

「剛才的攻擊是……!?」

森林裡傳來吶喊聲。聽起來不像是擬態巨人發出來的。

「……魔獸為何會聚在一起？」

「小魔導師沒事吧!?」

出現在眼前的，是真正的巨人。巨人族的氏族——凱爾勒斯氏族的勇者肩上扛著魔導兵裝，滿是疑惑地發問。

站在他旁邊的拿布看到村子的慘狀，不禁瞪大眼睛。

小鬼族的村莊原本所在之處，如今已面目全非，淪為一片廢墟。先是遭受擬態巨人和卡薩薩奇戰鬥的摧殘，現在則被大量魔獸占據。三眼位勇者掩飾不住焦躁，馬上舉起武器下令：

「吾等氏族的戰士們！小魔導師應該就在這裡，快找……!?」

就在回過頭的瞬間，勇者的三隻眼睛驚愕得大睜。迫切尋找的小魔導師就在他的視線前方——連同其背後那個神秘的存在。

那個東西從小魔導師的背後伸出裝甲，將她的身體包覆起來。

骷髏似的頭部轉過來看向勇者，在那空洞的眼窩深處，發出朦朧的光芒。這個世界上沒有誰能夠一眼看穿其真面目，連在異世界（地球）也未必找得到那樣的人。

當然，那完全超出了勇者的理解範圍。

「汝是什麼東西!!不管是何來頭，吾等也要救回小魔導師!!」

「咦！」

他們理所當然地將眼前的景象解釋成小魔導師被擄走了。令人悲傷的是，眼下艾爾完全找不出理由否定。

拿布、侍從以及巨人們齊聲應和勇者的怒吼，並立刻舉起魔導兵裝——瞄準了卡薩薩奇。每個人都架勢十足，可見這段期間的訓練收效顯著。如果不是將武器對準同伴就更好了。

「原來如此。這下不妙。」

見巨人們射出的法彈朝自己飛來，小魔導師露出目瞪口呆的表情。族人們為什麼……？她的疑問還沒解開，背後就被用力扯了一下。

原來是卡薩薩奇啟動了推進器避開法擊。

虹彩圓環增強了光輝，他們一口氣飛到上空。巨人們的法擊也追在那個軌跡之後。

「勇者！拿布！大家為什麼瞄準吾!?」

「他們不是瞄準妳，是我吧。」

「老師!?可是為什麼……啊！」

她戰戰兢兢地回頭轉向背後。怪異的機體正支撐著她的身體在空中飛行。看見這種外觀可怕又異常，真面目又尚且不明的物體以後，應該不會有人還能將其視為夥伴吧。畢竟連小魔導師自己一開始也差點發動攻擊了。

「既、既然這樣就由吾說明！知道是吾的話，眾人也會看清真實！」

「很遺憾，目前的場合並不適合和平地接近。」

這時，凱爾勒斯氏族的巨人們放棄攻擊卡薩薩奇，轉而向地上的魔獸進攻。流暢地運用魔導兵裝，逐一擊敗魔獸。

只有兩個巨人——拿布和勇者還沒有死心，繼續追著在空中飛翔的卡薩薩奇。為了救回小魔導師，他們也是拚盡了全力。就算能靠近，又有多少時間說服他們呢？

「所以，我要用稍微粗暴一點的手段。」

「要怎麼做？」

「當然是拜託妳說服他們了。」

艾爾操縱著卡薩薩奇在空中盤旋，接著朝凱爾勒斯氏族的巨人們直線前進。看到帶著小魔導師的魔獸（？）往自己的方向飛來，勇者露出猙獰的笑容。

「吾等氏族的戰士們，這是個好機會！睜大諸位的眼睛，絕不能放過那物！」

「噢！」

「小魔導師！我現在就去救妳！」

巨人們舉起魔導兵裝，開始對靠近的卡薩薩奇展開射擊。

卡薩薩奇將飛來的法彈無一遺漏地全部打落。一邊是最近才開始練習魔導兵裝的巨人，另一邊則是弗雷梅維拉王國最強的騎操士，迎擊筆直地朝自己方向飛來的法彈可說輕而易舉。

「那就拜託妳了。」

「交給吾！」

接著，艾爾鬆開了支撐小魔導師的輔助腕。當她離開機體，卡薩薩奇又在後背推了一把，她的身體於是順勢脫離圓環浮揚力場的效力範圍。

小魔導師感受著強烈的風和正常的重力，身體同時被拋入空中。

「狂風纏繞！」

小魔導師伸出的手心產生旋風，減緩了掉落的速度。她以凱爾勒斯氏族的中心為目標慢慢降落。

「小魔導師，汝沒事吧！」

最後，勇者張開雙臂接住她。確認落在懷裡的她平安無事，這才鬆一口氣。

「看來汝沒受傷。全賴百眼保佑。」

在短暫的安心後，小魔導師很快從他懷裡跳出來，轉向氏族的巨人們說：

「勇者、吾之氏族！詳情以後再說明，那是吾老師的幻獸，並非敵人！現在立刻停止攻擊！」

聽到這意料之外的話，勇者驚訝得睜大眼睛。一旁的拿布和侍者也面面相覷。

「小鬼族的勇者在裡面？此話當真……？」

「吾親眼所見，並且與彼交談過。重要的是，得先打倒這裡的魔獸群。吾等的小鬼族鄰居正深受其害！」

「嗯、唔，這也沒辦法。」

儘管還有些動搖，不過救回小魔導師的凱爾勒斯氏族的巨人們一下子湧起幹勁。他們已無後顧之憂，接下來只需打倒仇敵。

對巨人戰士來說，森林裡的決鬥級魔獸原本就是仇敵，亦是獵物。

歷經多場殊死戰鬥，並且獲得了魔導兵裝這項新武器的他們，得以單方面將魔獸群殺得大敗。

◆

一段時間過後，此處只留下火焰與屍體。

一旦成為眾多巨獸與巨人的戰鬥舞台，小鬼族的村子根本撐不過這樣的蹂躪。唯一的安慰大概就是那些早一步逃出去的村人們都平安無事吧。

實。

「這些魔獸為何無故挑釁？」

「吾和老師都不明白。是那些從沒見過、像是巨人族的某種東西呼喚來的。」

這時，小魔導注意到某件事而跑了出去。她四處檢查留在現場的屍體，並確認了那個事實。

「沒有。沒有那些假巨人族的屍體………!?」

這裡只剩下魔獸的屍骸──

# 第六十三話　知其人者

「嗯！戰鬥好像結束了。」

戰鬥的動靜漸漸遠離，和村人們待在一起的亞蒂走出來觀察情況。

看見倒地不起的魔獸群，顯見最後是哪一方獲勝。

她將所見狀況告訴避難所裡的人們，躲起來的村民們膽戰心驚地探出頭。

「大家都沒事嗎？」

「沒事，可是村子……」

起先為了彼此平安而互相慶賀的村民們，在看到周圍的情況後也慢慢沉默下來。

村子的模樣簡直是慘不忍睹。

經過巨大兵器、巨人加上巨獸的恣意破壞之後，小鬼族的住處已經成了一片斷垣殘壁。

「各位，我們還有一條命在。這是個新的開始，不要氣餒。」

村長走上前，環視所有人說道。

雖然村民們都很消沉，但是還沒有到完全放棄的地步。當遭到擬態巨人襲擊，還冒出大批魔獸的時候，他們都已經做好了失去性命的心理準備。結果因為巨人族的奮戰，再加上幾分好運而得以挺過這次危機。村子儘管受創嚴重，只要人還活著就會有辦法，沒時間讓他們感到沮喪消沉。

村長踏著緩慢的步伐走到巨人族腳邊，然後低下頭說：

「多虧各位巨人老爺與魔獸戰鬥，我們才能逃過一劫。對各位只有感謝再感謝。真不知該如何表達我們的感謝……」

「不必放在心上。汝等為吾等製造鎧甲和武器，吾等只是對汝等的勞動予以回報罷了。何況吾等連小鬼族的住所都沒能保住。」

三眼位的勇者也有些不好意思地回應。

身強體壯的巨人族即使沒有住所，隨便找個地方躺下也不會有問題，但總不能讓小鬼族露天席地而臥吧，他們還是需要村子。

在走投無路的氣氛隨之蔓延時，上空傳來一陣推進器的轟鳴聲。

虹彩光芒平等地灑落在巨人族和小鬼族身上。眾人抬頭一看，視線前方出現一個恐怖的怪異身影。

骷髏似的面孔，只有人形上半身的異形。展開的裝甲發出喀嚓喀嚓的異音出現在大家面前，那正是卡薩薩奇。

隨著虹彩圓環愈縮愈小，卡薩薩奇也降低了高度。最後在眾所矚目之下，靜靜地落到地上。

壓縮空氣外洩的聲音響起，胸部裝甲隨即打開。看到從裡面現身的艾爾，不管是巨人還是小鬼族全都從口中發出嘆息。

「……小鬼族勇者，真的是汝啊。」

凱爾勒斯氏族的巨人們在不知不覺中放鬆緋緊的神經，解除警戒狀態。雖說小魔導師事先向他們解釋過了，在親眼看到艾爾本人之前，還是抱有一些懷疑——這也不能怪他們。

勇者用力皺起眉頭，問道：

「這可怕的東西到底是什麼玩意兒？」

「說可怕也太失禮了。這是我的新型機。雖然還在進行調整，但它可是很有潛力的哦？」

「吾不是在問這個！」

想起剛才差點演變成自相殘殺的局面，他忍不住極力反駁，卻被艾爾輕輕帶過了。小魔導師和拿布只好安撫著瞪大眼的勇者。

「吾說過了吧?勇者。不過艾爾老師,吾也覺得那個有點……比較……呃,相當地奇怪。」

「怎麼看都像是森林的魔獸哦,艾爾。」

「你們怎麼都這樣啊。材料有限,但這也是大家努力完成的機體呢。」

在一致報以噓聲的巨人面前,艾爾反而理直氣壯地說道。亞蒂則是和村人們一起看著雙方一來一往,環抱雙臂沉吟著。

「嗯~~想在與幻晶騎士有關的事情上讓艾爾反省,應該沒辦法吧。」

看著這些人,小鬼族的村人們只能一臉五味雜陳地對望。

卡薩薩奇原本就是借助了他們的力量才建造而成。他們完全理解製造過程的艱辛,但也非常能夠體會對那個模樣覺得牴觸的感受。因此立場相當尷尬。

「先不提卡薩薩奇的事,我們來談談這個村子以後該怎麼辦吧。」

回到正題。聽到艾爾的提醒,他們於是開始行動。

◆

跟擬態巨人的戰鬥過了幾天之後。

借助巨人族的力量，村子裡零星地可以見到趕工建造出的房屋。

雖然沒有比臨時搭建的矮屋好到哪裡去，至少可以用來遮風避雨。足夠應付緊急需求。

同時，小鬼族村人們則四處查看被破壞的屋子，並從中搜集還可以使用的物品。雖然受害情況非常嚴重，但他們正堅強地重新站起來。

「那些傢伙到底是什麼來頭？」

在稍事歇息的期間，巨人族和小鬼族的村長聚在一起進行談話。

撲通坐到地上的勇者輪流看著小鬼族的村長等人問道。村長闔上眼思考了一下，然後定睛看向勇者，開口說：

「那是……我們小鬼族的守護騎士大人。」

「守護騎士？看起來實在不像呢。」

聽村長這麼說，艾爾意外地偏著頭。從牠們破壞村子的行動來看，確實和守護這個字眼沾不上邊。

「我還以為是巨人族的同類。」

「吾等一族中，沒有那種不合眼的東西！」

勇者不滿地蹙眉，如此低吼道。

「各位所看到的並非巨人族老爺的同類。它們是貴族大人的騎獸……名為『幻獸騎士』。」

艾爾突然停下動作，臉上掛起莫名和顏悅色的表情，用格外緩慢的速度轉過頭。村長感受到不對勁的氣氛，頓時有些畏縮。

「你說的是幻獸騎士嗎？」

「是、是的。幻獸騎士就是騎士的證明。只有能夠駕馭它的人，才能得到騎操士的稱號以及貴族的地位。」

「哦，竟然是這樣！那些是騎操士操縱的，那……」

亞蒂驚訝得瞪大眼睛。艾爾接過她的話，臉上的笑意慢慢加深。

「它們一定和幻晶騎士……和卡薩薩奇是一樣的東西吧。」

「我們是這麼認為的。那個卡薩薩奇就是您的幻獸吧？」

村長點點頭。儘管多少有些差異，但從他們的角度來看，應該是那麼理解的吧。艾爾刻意不糾正他們。

「原來如此。真是沒想到竟然有那種東西。既然這樣……」

艾爾思索了一會兒，然後鄭重地點頭，說：

「真希望把它們一個不剩地全部抓過來。」

身旁的人都假裝沒聽見他小聲說的那一句話。

勇者振作起來，開口問：

「汝等之眼沒有看見真相。那些幻獸為什麼挑起戰鬥？無論身形樣貌為何，都是汝等的同胞吧？」

「這……我們也不明白。」

村長等人露出困惑的神色，只能面面相覷。

「唔。真搞不懂小鬼族在想什麼。」

「不過，我們倒是知道他們來這裡的原因。」

「嗯？」

「差不多要到『進貢』的日子了。也許是為此……」

村長正要開始說明時，村子外圍傳來一陣騷動。有名村人臉色大變地衝了進來。

「大、大事不好，貴族大人的……幻獸又來了!!」

「什麼!?」

不顧動搖不安的村長等人，巨人族立刻發出沉重的腳步聲站了起來。勇者瞇起三隻眼睛。

「那時候逃走的幻獸回來了。究竟有何恩怨，要這樣三番兩次挑起問答？」

「怎麼會……」

巨人族之間的鬥志愈發高昂。相對的，村長等人難掩惶惑。

「我不知道他們回來的理由。不過兵來將擋，水來土掩，而且我對那些人造巨人很感興趣。到時候還可以拆開來看看，也許還能當成不錯的材料。」

「艾爾？」

「村長，幻獸騎士就交給我和巨人們對付。請你帶著大家退到後方。」

「我知道了。接、接下來就拜託您們了……」

當艾爾正要轉身離去，亞蒂的手臂從他身後伸了出來，一把將他摟到懷裡，然後探頭看著他的臉。

「艾爾，我呢？」

「請妳做村人們的護衛。」

「咦咦!?你又要丟下我嗎？」

「這次的對手還是幻獸騎士，而且這次也不排除只有作為游擊部隊的騎操士潛入的可能性。」

「嗚嗚嗚……艾爾，如果抓住了幻獸騎士，那我也有一個請求！下次我要一起去！」

「好，沒問題。反正我打算殲滅它們。」

艾爾露出燦爛至極的笑容，那肯定沒問題吧。亞蒂一副滿意的樣子走到村人身邊。反而是村長他們感到一種難以形容的不安。

他們的守護騎士，真的有可能在這一天全滅也說不定。

◆

「唔，樣子有點奇怪。」

凱爾勒斯氏族的巨人們迅速聚集到村子的入口處。

他們各自穿戴鎧甲，配備武器，連魔導兵裝也準備好發射了。不過，對方並沒有發起攻擊。

「怎麼回事？難道是埋伏在暗處，伺機狙擊嗎？」

小魔導師的四隻眼睛轉動著四下張望，拿布看起來則是氣勢洶洶。

這時，卡薩薩奇帶著推進器高亢的轟鳴聲來到了這裡。

「敵人的情況如何？又帶著魔獸嗎？」

「不，老師，彼……」

小魔導師慢慢伸手指向前方，卡薩薩奇也伴隨咯吱聲響轉頭看去。

在通往小鬼族村莊的森林裡的獸道上，一個巨大的身影站在那裡。它就是前幾天來襲的擬態巨人——真正的名稱為幻獸騎士。在這片土地上的騎士們駕馭的幻獸，小鬼族們的守護騎士。

但意外的是，站在那裡的幻獸騎士只有一隻。

它沒帶著同伴，甚至連一隻魔獸也沒有帶，真的是單獨而來。如果那樣還打算戰鬥的話，對方要不是對自己的實力很有自信，不然就只是個狂人。

然而，幻獸騎士的行動並非如巨人們所想的那樣。

它張開帶著利爪的手，擺出的架勢不像是為了戰鬥，就維持那樣的姿勢慢慢坐了下來，並從腳邊撿起某種東西。原來它的腳邊有一名小鬼族，只不過剛才被幻獸騎士的存在感蓋過了。

在場的人自然而然地將目光集中在那個人物身上。

那個小鬼族的男人泰然自若地站在幻獸騎士的手上。他穿了一件用魔獸材料製成、作工精細的皮甲。

皮甲上裝飾著羽毛狀的飾品，一身加上鮮豔色彩的行頭，暗示著佩戴者的地位。

「……嗨！初次見面，不同於盧貝氏族的各位巨人族!!」

他的嗓音嘹亮，光明正大地打招呼。

連凱爾勒斯氏族的巨人們也無意在此刻突然發起挑戰。儘管維持著警戒，但還是判斷暫時不需戰鬥。

收到小魔導師的眼神示意後，勇者點頭上前。他和幻獸騎士正面相對，凝視著站在手上的矮小人影。

「小鬼族，是汝輩先伸出利爪攻擊，如今卻要交談嗎？」

「非常抱歉！我們也是有苦衷的啊。根據約定，除了盧貝氏族以外的巨人族，基本上都得站在敵對的立場！還是得先打一場做做樣子嘛。」

「不管汝輩有何企圖。既然主動提出問答，其餘便交由百眼之瞳認定。」

被勇者炯炯有神的三隻眼睛盯著，那個小鬼族的男人卻滿不在乎地聳聳肩。

「唉，巨人族老是動不動就提起百眼，那樣不累嗎？我覺得那種不知變通的做法實在很麻煩。」

「用不著提問。」

男人面對充滿戰鬥氣魄的勇者，雖然身處勇者的攻擊範圍內，他的言行舉止卻十分大膽。對勇者頑固的態度也只是一笑置之。

「哼。算了，怎樣都行。反正我來這裡的理由，跟你們巨人族無關。」

「啊？」

他犀利的目光根本沒把巨人放在眼裡，直勾勾地盯著浮在空中的異形，也是這裡唯一的異端分子——幻晶騎士卡薩薩奇。

「既不是巨人，也不是魔獸，甚至不是幻獸騎士……那就是傳說中的『幻晶騎士』嗎？來訪者啊!!」

繼他的高呼之後，推進器的咆哮隨之響起。

被指名的卡薩薩奇越過巨人的頭頂，慢慢地向前方行進。

「他的目標好像是我。勇者，這場問答可以讓給我嗎？」

「……好吧，但若彼再把爪子轉向吾等，即使是汝的請求，吾也不會放過彼。」

「謝謝，到時候我也不會阻攔你的。」

談妥之後，艾爾和卡薩薩奇再度轉向幻獸騎士。小鬼族的男人仍站在幻獸騎士的手心上，擺出不可一世的態度笑著說：

「哈哈！那模樣真是奇怪！那就是——那種東西就是我們的祖先!?」

看到模樣怪得不能再怪的卡薩薩奇，他臉上卻沒有害怕的神色。反而瞇起眼仰望虹彩光芒，愉快地笑著。

「唔。怎麼每個人都那麼沒禮貌。」

卡薩薩奇停留在空中，同時開啟了胸部裝甲。既然對方顯露出真身站在巨人們面前，艾爾覺得出於禮貌，自己也應該當面跟他談談才對。

可是——

小鬼族的男人一看到從凶惡的卡薩薩奇中出現的矮小人影，立刻捧腹大笑起來。還因為笑得太過頭，差點從幻獸騎士的手上滾下去。

「呼呼、哈！……嘻嘻，怎、怎麼搞的！你就是從遙遠國度來到此地的旅行者嗎？有能耐闖進森林，我還以為是更高大魁梧的戰士咧！結果居然是那麼可愛的小姐!!」

「正確來說應該是迷路了。不過，說是旅行者也相去不遠。」

等盡情大笑過了，終於停止大笑的小鬼族男人才挺直背脊站好。

「失敬失敬，因為實在太超乎我的想像。歡迎你，客人！不，在過去分別的同胞後裔，我們衷心歡迎你!!」

「聽起來，你好像已經知道我們到底是從哪裡來的了。」

「那是自然！我非常清楚。」

男人強而有力地斷言，身上的羽毛裝飾隨之擺動。空中的卡薩薩奇與地上的幻獸騎士相互注視，而兩位人物也同樣堂而皇之地對視著。

「我的名字是艾爾涅斯帝・埃切貝里亞。是銀鳳騎士團團長，現在則流落於森林。方便請教你的大名嗎？」

「當然。我的名字是『小王（奧伯朗）』，是統治這片土地上所有小鬼族的王！」

如此這般，騎士團長在此晉見國王。

◆

「小王（奧伯朗）……？不是首領嗎？又出現了意外的人物呢。真的是本尊？」

在空中飄浮的卡薩薩奇上，艾爾用無比懷疑的目光瞪著自稱國王的人物。小王則是哈哈大笑，不因他的視線而畏縮。

「哈哈！哎呀，光是自報姓名還不肯相信，真是謹慎！」

到底有什麼那麼好笑的，他從剛才開始就一直笑著。那種輕浮的態度也是令人難以信任的原因之一，他卻像毫不在意。反而表現出格外自信的態度，加深了微笑。

「感到懷疑是理所當然，但懷疑也沒有意義。我確實是王，不然還有誰能領導這些幻獸騎士？」

他揮揮手臂示意，把他放在手掌上的幻獸騎士則用低沉的聲音予以回應。

光憑這一點仍然無法判定真偽。艾爾決定暫時擱置這個問題。現在最重要的，是聽聽他有什麼話說。

「……好吧。那麼，小王陛下親自到這裡來的理由是什麼？假使有話要和我們說，派個人過來不就好了嗎？」

「那就太沒意思了。難得有機會見面呢！」

小王直接否定了他的疑問，然後再次用手勢發出指令。幻獸騎士慢慢蹲下來，把他放到地上。

「好了，客人請跟著我來！我想對話的對象只有你，不需要巨人族在場吧？」

語畢，小王就把幻獸騎士留在原地，隻身一人大大方方地走進村子。

附近圍繞著絕對算不上伙伴的凱爾勒斯氏族巨人，何況艾爾也還坐在卡薩薩奇上面。處於這種對方只要有意，隨時能夠轉而發動攻擊的狀況，小王卻一副滿不在乎的樣子。

他走了一會兒，然後環顧四周，露出有些不滿的表情仰望卡薩薩奇。

「嗯，村民們是怎麼了？本王大駕光臨，卻沒有一個人出來款待。」

「因為你們來了，所以我讓他們離開了。」

推進器的轟鳴聲降低，卡薩薩奇同時開始移動，在村子的廣場上降落之後，艾爾也走下機體。

「哦？小王和騎士來了，村民竟然會逃出村子！看來他們相當聽你的話嘛？」

他再次忍俊不禁，和走過來的艾爾正面相對。看上去就像大人和小孩，小王自然變成低頭的姿勢。他刻意張開雙臂，表現出自己沒有惡意以及歡迎之意。

「長了一張那麼可愛的臉，出手倒是滿快的嘛。不，應該說就因為可愛嗎？呵哈哈哈哈……」

小王別有用心地揚起嘴角，隨便挑了一間小屋走去。在巨人蓋起的矮屋前毫不猶豫地一腳踢開門，擅自走了進去。

艾爾微微皺眉，並輕輕嘆一口氣。

「……小魔導師、拿布，能請你們叫亞蒂來嗎？還有為了以防萬一，我想請你們保護村民。」

「唔，好的。老師也要睜大眼看清楚了。那個人是敵人吧？」

「到剛才為止確實是這樣。現在還不好說。」

「發生戰鬥的話隨時叫我們！我們會馬上趕過來。」

背對兩個巨人跑走的腳步聲，艾爾跟著小王走進小屋內。裡頭幾乎沒有什麼東西。小王坐在一張臨時湊合的椅子上，擺出傲慢的態度。

「再次對客人的到來表示歡迎。雖然這裡沒什麼好招待的，還是請你別客氣，當自己家就好了。」

「你有資格說嗎？你以為村子被破壞是誰害的？」

艾爾在對面的座位上坐下，瞇起眼瞪著他。說起來，要是這個小王手下那些幻獸騎士不來找麻煩，村子也不至於遭受波及。

見艾爾的態度十分不友善，小王反而露出高興的表情。

「哈哈！哎呀，你真溫柔。但是，那樣想就有點偏頗了。這裡是盧貝氏族的統治地區，其他外來的巨人族不能待在這裡。讓那些巨人進來，並且無視此地法律的是村人們吧？哎，我也不好對客人說三道四，反正這不是正題。」

他停頓了一拍後，一下子探出上身來。

「這些小事無所謂，嗯，其實可以說，那些事怎樣都好。舊時的同胞啊，來聊些更有意思的事吧。關於我們和你們、過去以及現在的故事。」

「確實。我對此也很感興趣。」

兩人中間夾著一張倉促趕工而成的桌子。艾爾一臉嚴肅，小王(奧伯朗)則是淡淡地笑著。兩人用幾乎要射穿對方的犀利目光正面相對。

「呵呵呵哈。有趣，真是太有趣了。正是我所盼望的客人。想不到能在我還走得動的時候得償所願，迎接來自西方的客人！」

「到底是怎麼回事？」

「有幸和長久以來分離的同胞在此相遇。老實說，雖然這也是無可奈何，但我還是很不甘心讓普通的村人搶先了，所以才像現在這樣親自前來。」

王真的是因為那種無聊的理由而來到這裡嗎？艾爾雖然感到懷疑，但是從眼前這個人的態度來看，也不見得是在說謊。小王看起來的樣子就是如此興奮。

小王本人目不轉睛地看著艾爾，彷彿要將他的身影烙印在眼底般從頭到腳仔細地打量。被人這樣毫不客氣地盯著看，艾爾的表情變得愈來愈僵硬。

「流行的服裝果然很不一樣啊。你覺得這邊的服裝怎麼樣？雖然用了很多野獸身上的材料，也算很有特色吧？」

說著，小王張開了雙臂。

他的服裝使用了很多魔獸素材，以皮革為主要材料製成的形狀相當厚實，與其說是衣服，更類似護具。上面還點綴著帶著魔獸原有色彩的裝飾品。

「那樣的服裝在一般人身上不常見到，反而更類似騎士的裝備。」

「哦？騎士啊！的確，畢竟他們可以說是我們的起源！」

小王表示理解並且很高興地點點頭，然後突然想到什麼，抬起頭說：

「對了，客人，記得你自稱騎士團長？這才是令人難以置信的事啊。你看起來實在不像擅長戰鬥的樣子。」

「唔，也許是吧。不過，你也看到我操縱那個的模樣了吧。那還有什麼好懷疑的嗎？」

「確實如此，而且來到這裡不久後就哄騙了一個巨人氏族，真是大意不得！」

小王從喉嚨深處發出笑聲，視線仍定在艾爾身上。艾爾有些不高興地瞪回去。

「講得真難聽，我才沒有哄騙他們。他們是根據自己的意圖行動，只不過和我們的目的很相近而已。」

「哦，和那個凱爾勒斯氏族的意圖有所關聯，那可不得了。」

與話中內容恰恰相反，小王看起來一派輕鬆，完全沒有驚訝的樣子。

「你……小鬼族是在盧貝氏族的庇護之下吧。那麼，這情況應該是你們所不樂見的。至少不會只是伸出爪子攻擊就算了。」

「我剛才也說過了，哎，這是不得不履行的義務，不過如此而已。我們還有其他的願望。」

「哦？」

他甚至沒表現出煩惱的態度，似乎真心認為怎樣都無所謂。艾爾沉思了一會兒。

「你們和盧貝氏族……不，和巨人族的關係……要談這個話題，首先應該瞭解起源。」

「被稱呼為小鬼族的人們，你應該早就知道他們的起源了吧？小鬼族的王。」

「這個嘛，也許比其他的人更瞭解一點。」

小王臉上掛著淡淡的笑意，靜待艾爾的下一句話。

「那麼請你告訴我，為什麼稱呼我們為舊時的同胞。」

「你似乎知道得不少。真不愧是站在領導騎士團的立場。既然這樣，你已經知道答案了吧？是時候對答案了，說出來吧。」

「你們……可能是過去被稱為森伐遠征軍的後代。」

小王的臉上綻開深深的笑意。他馬上站起來，張開雙臂高喊：

「恭喜你，正確答案！太棒了，正如你所說啊，舊時的同胞!!沒錯，我們就是被拆散的族群後裔！」

小王欣喜若狂，不停地鼓掌。

「聽說森伐遠征軍碰上強大的魔獸，因而毀滅。如果是這樣的話，為什麼會在這樣的森林深處……不、不對。你們的先祖也許是走散了，或者是逃跑了？」

「答得漂亮！在過去，被稱為森伐遠征軍的人們因出師不利而導致全滅。但是，並不是所有人都死光了！」

因為太過興奮，他手舞足蹈的動作變得愈來愈誇大。如果沒有表現出對艾爾的提防，說不定就會當場抱住艾爾，分享自己的喜悅了。

「不曉得是走運還是不走運，當時搞錯逃跑路線的蠢蛋似乎挺不少的。呵呵呵，但多虧如此，遠征隊得以在減少消耗的情況下存活下來。迷失到最後，我們遇見了巨人。」

他做了一次深呼吸，終於平息興奮的情緒。

「真不知道那時的祖先們在想什麼。經過各方面的交涉後，我們改名為小鬼族，並且歸入巨人族麾下。這塊土地上只有一小部分人知道真相。我親自出馬果然是來對了！」

「你所謂的真相不是應該保密嗎？實際上，村子裡的人就對自己的祖先一無所知。」

「沒錯。因為就算那些村人知道了，也完全派不上用場！萬一他們一時想不開，貿然反抗巨人也沒有意義。」

「既然這樣，為什麼對我毫無隱瞞地說出來？」

「對已經知情的人隱瞞也沒用吧？而且你又不像那些普通村民無足輕重。」

艾爾微微瞇起眼。對方愈是興奮，他的眼神就愈是犀利。

「所以，幻獸騎士就是過去的幻晶騎士改變型態之後的產物嗎？」

「要跟那些光長個頭的巨人打交道，還是需要展現一定程度的力量，而幻晶騎士正好合適。不過，你也知道吧？它們非常消耗材料。」

小王(奧伯朗)往椅背一靠，閉上眼，像是在回憶什麼。

「一味逃跑的我們很難維持機體所需的消耗。隨著時間過去，軀幹的材料也逐漸汰換成魔獸素材，變成野獸的形貌……當時便已到極限了。」

緩緩睜開的眼眸從正面鎖住艾爾的身影。

「我們不斷地摸索、尋求、遇到瓶頸……這時候『飛在天上的船』出現了。那麼，接下來輪到我發問：你原本是搭著那艘飛天船來到此地的，我有說錯嗎？」

「你說得沒錯。我們的船遇到汙穢之獸，經過一番混戰後，只有我們被留下。」

聽見艾爾的回答，小王的表現比之前都還要興奮。他探出上半身，一副現在就要撲上前用力抓住艾爾的樣子。

「噢！還有你的『幻晶騎士』也飛起來了！真是神奇，這表示你們也有自己一套讓騎士飛起來的技術吧!?有辦法用那種技術穿越森林嗎!?」

「……如果可以的話，你打算前往西方嗎？」

「那還用問。西方可是我們的起源之地。如果能夠實現，我是很想藉由現有的技術前往那裡，但我還是別奢望太多了！」

「我們和小鬼族分開已經過了好幾百年。事到如今……」

小王(奧伯朗)用力搖頭，反駁道：

「那種程度不過是轉眼間的差異！我已經受夠這裡了。與其安於現狀，最後融入偉大的歷史洪流中，不如竭力試著抵達西方之地！」

他露出堅定無比的神情，高聲道：

「而關鍵就在於你。我們自己也想過各種回歸西方的手段。你想聽聽結果怎麼樣嗎？」

「不用了。這樣啊，被留在森林裡的同胞後代，小鬼族……真的可以帶回國嗎？」

在艾爾陷入沉思的期間，小王起身離開椅子，逕自走向門口，轉頭對他說：

「還有充足的思考時間。就先招待你們來到我們的國都吧。對了，那些巨人也可以同行。你很中意他們吧？」

「凱爾勒斯氏族也一起去？可是他們和盧貝氏族處於敵對狀態。」

剎那間，奧伯朗臉上的笑容消失了。他的表情轉為正經嚴肅，揚言道：

「那才是必要的。你們和那些巨人，還有我們攜手合作，共同打倒盧貝氏族。」

「……你是認真的嗎？」

艾爾靠上椅背，凝視著小鬼族之王的臉。男人沒把那銳利的視線放在眼裡，低聲笑了起來。

「當然，我也考慮了很久。總算湊齊手裡的牌了，要行動只能趁現在。成敗在此一舉！我不會有絲毫猶豫。」

他打一個響指，然後逕自準備離開小屋。

「話是這麼說，這對你們來說也太突然了。你可以再考慮一陣子。無論如何，對現在的你們來說也是必要的……」

當他把手放在小屋的門上，準備開門之前，門猛地打開了。一名少女擋在瞇起眼睛的國王面前。

「嗯？那身服裝，妳不是村人……是你的同伴嗎？」

「對。亞蒂，把路讓開吧。」

即使艾爾這樣說了，亞蒂還是一直瞪著小王。在他對她咧嘴笑了一下後才讓開，可是他沒有走出屋子，而是掛著一張愉快的笑臉輪流看著兩人。

「嗯，這可真是……西方的同胞們還真捨得把這樣的美人送過來啊。這是那麼回事嗎？」

「你說呢？」

「呵呵呵，兩位我們都很歡迎！哈哈哈……」

在裝傻的艾爾面前，小王（奧伯朗）又笑了好一陣子才離開小屋。亞蒂立刻跑到艾爾身邊，有點不高興地說：

「那傢伙真奇怪！艾爾你沒事吧？有被怎樣嗎？」

「我沒事。什麼叫被怎樣啊……」

亞蒂抱住苦笑著的艾爾，這才安下心來。

「那個人是誰？啊，小魔導師有跟我說，那個擬態巨人就是幻晶騎士。」

「對，這邊似乎叫作幻獸騎士，同行而來的是那個小王陛下。他是統治這個地方的小鬼族之王喔。」

亞蒂抬起頭來，直眨著眼睛。

「欸？小鬼族的王怎麼會突然過來？我還以為他是那邊的騎士團長之類的呢。」

「他的行動確實很大膽又出人意料。」

大膽已不足以形容沒有探察情況，就突然直接前來的王了。但是，從他提出的要求來看，又讓人沒有懷疑的餘地。

「總之，亞蒂，我們也一起去吧。」

「和那個國王一起？」

「小鬼族可以說是我們的同胞，所以國王來邀請我，問我們要不要合作對抗盧貝氏族。」

亞蒂皺起眉頭，在艾爾耳邊悄聲說：

「太突然了。總覺得那個人不能信任。你打算怎麼做？」

「我想接受他的要求。」

她意外地偏著頭，問：

「這樣好嗎？」

「拒絕的話得不到好處，但是如果接受的話，能夠暫時得到同伴，而且凱爾勒斯氏族也希望和盧貝氏族對決，我也想還清欠下的人情。所以跟他們的利害關係一致。」

艾爾加深了微笑。

「再說，他們應該還有其他的願望。為了搞清楚他們的底細，也得多打聽一些消息。」

「嗯，好吧。狩獵的基本守則就是進行踏實的調查！」

「在瞭解對方的習性（願望）之後，才是重頭戲喔。」

亞蒂再一次緊緊抱住了艾爾，下定決心說：

「呵呵～～沒關係。我到哪裡都會跟著團長！」

「謝謝妳，亞蒂。暫時聽聽他們的說法……還得要保護卡薩薩奇。」

「卡薩薩奇？」

「除了與盧貝氏族作戰之外，他們似乎希望回到西方，而且還知道飛空船的事情。既然這樣，應該也會想瞭解不依賴魔獸的飛行技術——也就是純乙太作用論吧。」

艾爾的視線轉向村子廣場的方向。他重要的飛行機器正坐鎮於那裡。

「畢竟卡薩薩奇就在眼前，和不曉得在哪裡的飛空船不同。雖然那個不是隨便就模仿得了的東西，也不可能輕易地交出去。要是他們敢出手，就要付出相應的代價。」

「那個用了伊迦爾卡和小席的零件嘛。」

艾爾和亞蒂對彼此點點頭。

「那就先去看看他們所謂的國都吧。」

定下方針的兩人一走出小屋，意外地看到小王(奧伯朗)還在那裡。原本漫不經心地眺望周圍景色的他，在兩人面前張開雙臂。

「哎呀，看來你們很快就得出結論了？」

「是的。我接受你的提議。另外，我還得和凱爾勒斯氏族談談才行。」

小王拍拍手，加深臉上的笑容。

「那真是太好了！我實在太高興了，西方的同胞！而且……」

他中斷了話語，望向兩人。在兩人疑惑地偏著頭時，一下子湊上前來並伸出手。

「嗯，果然和這裡的人不一樣……」

眼看就要摸到亞蒂的頭髮的時候，他的手撲空了。原來是亞蒂迅速移動到艾爾身後，然後從艾爾嬌小的背後，狠狠瞪著小王。

「哦。呵呵，恕我失禮。別用那麼危險的表情看著我。哈哈哈……」

他一瞬間露出詫異的表情，不過又馬上用笑臉蓋過去了。他聳聳肩，然後轉身招手。

「那麼，就一同前往我們的國都吧。在這樣的村子根本沒辦法好好招待各位。敬請期待歡迎的宴會吧。」

亞蒂緊緊擁抱著艾爾，仍然瞪著小王離去的背影。

「搞什麼！真沒禮貌！我還是不怎麼喜歡那個人！」

「哎，他暫時算是夥伴。如果變成敵對關係的話，就等那個時候再說吧。」

亞蒂依然板著一張臉，揑著艾爾的臉頰往兩旁一拉。

「你看起來有思考過之後的事情，但其實都是一時興起決定的吧。」

「嗯歐辣樣，請說我是思慮周延。」

兩人就這樣一邊拌嘴，一邊走向凱爾勒斯氏族所在之處。

◆

巨人們聚集在小鬼族村子的入口附近。

眼前是那隻停下腳步的幻獸騎士。對巨人們來說雖然是主動挑釁的敵人，不過現在是艾爾的談話對象。不能輕率地挑起戰鬥。

巨人們彷彿進入冥想一般，靜靜地度過這段時間。只不過，他們的身體並沒有放鬆警戒狀態，一有什麼風吹草動就可以馬上開始戰鬥。

「讓你們久等了。」

這時，艾爾他們回來了。三眼位勇者睜開一隻闔上的眼睛，望著腳邊問：

「問答的結果如何？」

「決定不戰鬥了。」

「這樣啊。」

接著，艾爾簡要地說明了與小王（奧伯朗）的談話內容。

凱爾勒斯氏族的巨人們互看彼此一眼，開始思考他所說的內容。其中唯有勇者愉快地拍著膝蓋，說：

「小鬼族要反抗盧貝氏族？這倒是好消息。居然會被自己飼養的小動物反咬，看來那些傢伙的眼睛都糊了，連自己周圍的情況也看不清。」

勇者低聲笑著，然後站了起來。他的三隻眼轉向百都的方位。

「小鬼族的勇者，汝說得沒錯。」

「你是指哪一件事？」

「盧貝氏族是巨人族中最大的氏族，規模龐大到若是不組成諸氏族聯軍，就無法撼動其分毫。不過，這番想法出於吾的無知，彼輩也有弱點，錯在吾等沒有先仔細瞭解彼輩的事情。汝所言不假。」

「那麼，勇者……」

勇者點點頭，回應獨眼侍從的疑問。

「吾等也一同前往。看來還得更加靠近、更加詳細地瞭解敵情。」

凱爾勒斯氏族的巨人們紛紛予以響應，大家都起身敲擊著拳頭。

艾爾也點頭說：

「那就決定和他們同行了。我是很想立刻出發，但這件事也得跟村裡的人說一聲。」

艾爾接著來到躲起來的村民身邊，向他們說明情況。他們忐忑不安地互相看一看，然後下定決心，由村長作為代表走上前。

「王、王……打算如何處置我們……」

「他的興趣似乎在我們身上。雖然沒有提及各位的事，但我不會讓他追究責任。」

聽到艾爾的承諾，村人們頓時為之譁然。

「那、那麼，今後該怎麼辦……」

「對了。我們也陪同前往上城吧。」

雖然村民們是幹勁十足，紛紛點頭應和，艾爾卻慢慢搖了搖頭。

「和我們一起去的話，等在前方的就是戰爭，而且對方還是巨人族最大的氏族——盧貝氏族。」

短短幾句話就讓村人們消沉下去。

誠然，之前的行動證明了他們沒有戰鬥的能力。他們感覺到一波變化的巨大浪潮正在離他們遠去。

「我們會和小王（奧伯朗）一起去，但這場戰役的影響遲早會遍及在這塊土地上的所有小鬼族。」

艾爾挺直背脊，告訴村人們說：

「請放心。我會為了得到一個對各位有利的結果而努力，還得回報你們幫忙製造卡薩薩奇的恩情呢。」

艾爾溫柔地笑著，做出承諾，村人們則深深低下頭表示感謝。

儘管前途未卜，除了依賴這個小小的騎士以外，現在他們也別無選擇了。

◆

一個奇怪的團隊正走在有如貫穿森林般由林木環繞的獸道上。

帶頭的是長相怪異的人造巨人『幻獸騎士』，後面跟著一支人數不多的巨人氏族。在他們後頭的上空處，則飄著一個奇形怪狀的物體。那是載著艾爾和亞蒂的卡薩薩奇。

這個集團看似彼此之間毫無關聯，但成員的目的是一致的。

前往小鬼族國都的路途比想像中來得平穩。說到意外，頂多也是偶爾會有不識相的可憐魔獸送上門，變成那一天的食糧而已。在前進途中的某個夜晚，發生了一件事。

艾爾幾乎都和凱爾勒斯氏族共同行動。移動時就浮在他們的頭頂上，休息也和他們待在一起。在某天的晚餐時間，小王（奧伯朗）冷不防地出現在凱爾勒斯氏族的集團附近。

小鬼族到目前為止都不太干涉凱爾勒斯氏族的行動，盡責地擔任嚮導。巨人們亦無意跟小鬼族對話。雙方維持著一定的距離，小王個人或許根本不在乎。這次他沒有隻身一人前來了，身後帶著幾名隨從。

侍從們都穿戴著以野獸毛皮為主要材料的皮甲，動作明顯熟悉武藝，不是一般的隨從。他們正是這塊土地的統治階級——騎士。

跟行動自由不受拘束的小王不同，他們只是靜靜隨侍在後。雖然話不多，但偶爾會毫不客氣地打量西方來的客人——艾爾和亞蒂。

亞蒂有點不高興地皺眉，艾爾則以一副完全不介意的樣子迎接他們。

「細節可以等到抵達後再談。不過，光是帶路也太沒意思了！」

小王與艾爾他們共進晚餐，放聲大笑道：

「原來如此，和巨人族在一起就不必為了吃飯煩惱了。這還真方便。」

小王胡亂吃了幾口晚飯，自顧自地做出結論，然後疑惑地問：

「艾爾涅斯帝，你和巨人的關係似乎挺不錯的。」

「你們不是這樣嗎？」

聽見艾爾這麼反問，小王的表情有一瞬間變得嚴肅，然後又馬上綻開笑容，捧著肚子大笑起來，好像一時間停不下來的樣子，甚至不時還會微微發抖。

「你問『不是這樣嗎』？哈哈！當然不是了。根本天差地別！那些傢伙充其量只覺得我們是稍微有點智慧的蟲子吧！」

雖然小王仍然笑得停不下來，但他眼中的光芒卻與喜悅相去甚遠。

「擁有那樣的幻晶騎士，卻和巨人混熟到可以一起吃飯的程度。太令人不可思議了！你到底是怎麼把他們教成這樣的？」

「我並沒有教什麼。雖然發生了很多事，他們還是接納我們成為氏族的一員。」

「巨人和小鬼族嗎!?你也真會開玩笑！」

小王毫不客氣地笑著，可是艾爾並未出言表示抗議。

凱爾勒斯氏族之所以接納他成為氏族成員，實際上是因為他擁有最高階騎士的實力的緣故，並非誰都有辦法打敗勇者。

假設其他氏族也同樣好戰，就不難想像當初筋疲力竭的森伐遠征軍的殘兵敗將，經歷過什麼樣的苦難，才能在這塊土地上存活下來。

「戰鬥力……也就是幻晶騎士。不，是操縱幻獸騎士的人支撐著這塊土地。」

艾爾將目光轉向站在笑個不停的小王後面的人。

相較於吵吵鬧鬧的王，他們一語不發地站在那裡。身上散發的敏銳、危險的氣息或許更勝弗雷梅維拉王國的騎士們。他們和巨人族之間的關係果然算不上和平吧。

「呵呵。哎呀，感謝你讓我聽了這麼有價值的故事。既然你和他們像這樣一起行動，可見不是在說謊。無論如何，對盧貝氏族舉起造反之旗都很值得慶幸！」

在吵完一陣後，小王就和護衛們回到了自己的營地。

「他到底想幹嘛？」

從頭到尾吵的都只有小王一人，護衛的人甚至連表情都沒有變過。在亞蒂看來大概非常令人不舒服吧。她到現在還是不明白對方的意圖。

「誰知道。不是想要加深交往，就是來探探斤兩。那都無所謂。」

「你也滿過分的呢。」

她嘆了口氣，試著抹去前一刻的想法，二話不說地摟住艾爾。

這時候，小鬼族一行人回到了營地。

他們的營地被幻獸騎士包圍守護著。和無論被什麼襲擊大抵都不為所動的巨人，以及應變處理能力非比尋常的艾爾他們不同，必須做好萬全的防備抵禦魔獸。

「偶爾吃點新鮮的食物也不壞啊。」

「小王（奧伯朗）……話是這麼說，那樣的行為實為不妥。」

護衛裡最為年長的男人走上前來。他飽經風霜的臉龐上透露出一絲苦澀，開口勸諫道。

「有什麼關係。將一同捕獲獵物的人接納為夥伴。虧那些頭腦不足的巨人能想到這麼好的風俗習慣。」

即使經驗告訴他，這樣提出三兩句諫言，小王也聽不進去，男人依然抑制不住嘆息。他轉念一想，改變了話題。

「小王，無論怎麼看，那人在我們眼中都只是小孩子。」

「你也親眼看見了吧？那身打扮不可能是普通的村人。如果他已經名列騎士之流，我們又不可能不知道。」

「他們的確是異鄉人，但即使如此，那樣的孩子能做什麼？」

男人提出再理所當然不過的疑問。小王的嘴角揚起笑意。

「我才不管他是小姑娘還是奄奄一息的老人。他有那個奇怪的幻晶騎士，還有不借助任何力量就能飛到空中的技術，這些就足夠了。」

「是，我們只需要幻晶騎士。應該用不著那個孩子吧？」

小王臉上的笑容忽然消失。他深深嘆一口氣，用不同於之前的銳利眼光盯著男人。

「說什麼傻話。你以為我們花了多少時間才搶到『毀滅詩篇』？我們對他的幻晶騎士一無所知，可不保證能夠輕易學會操作。他終究是不可或缺的。」

小王站起身，環顧著眾騎士開口道：

「將詩篇和天空掌握於這雙手，然後攜手合作，共同討伐敵人。巨人族終要離去，而我們將『船』納為己有……這才是我的願望。」

# 第六十四話　接受歡迎吧

在小鬼族國王一行人的帶領下，凱爾勒斯氏族的巨人在森林裡前進。不久，他們的眼前開始浮現與森林不同的景色。

「那是……牆壁？」

「哦，這就是小鬼族的住處啊。」

一眼位的侍從睜大了他的獨眼；拿布和小魔導師好奇地東張西望；連三眼位的勇者也抱著胳膊，感嘆地低語。

他們眼前出現一道由巨石堆砌而成的城牆。以巨人族也無法輕易搬動的巨石為基座，愈往上就愈零碎的石塊層層堆疊，看起來十分牢固。其穩固的程度也許不遜於弗雷梅維拉王國的各個都市，對森林裡的魔獸也能發揮充分的防衛能力。

特別是對一直直接在森林中生活的巨人來說，小鬼族——人類的城市非常罕見。何況他們所知道的小鬼族住處，就只有幾天前半毀的村莊，根本無法與之相提並論。

「大小似乎也容得下巨人族(吾等)居住啊。」

也難怪他會點著頭說出這番感想。只不過，聽到這句話的小王(奧伯朗)馬上快步走過來。

「可別開玩笑！這裡是我們的土地，不能讓巨人族進入！」

勇者和侍從面面相覷。

「即使城牆氣派宏偉，裡面的建築物也和那個村子相同吧？因此不能供吾等遮風避雨。」

「是啊。就和在村子那時一樣，還是住在森林裡好了。」

拿布和小魔導師來到浮在空中的卡薩薩奇身邊。

「老師，吾等在外面等候。那個小鬼族似乎也是這麼希望的。」

「唔唔，我有點想看看那裡頭的樣子！」

「哈哈。那可不行喔，拿布。對了，如果你們要在外面等，我有件事想拜託你們。」

在打開駕駛座探出身子的艾爾面前，少年少女疑惑地互相看著對方。

◆

小鬼族的都市被住在下村的人們稱作上城。

實際上，它擁有足以稱為要塞都市的規模，而且城牆內側是安全的。跟前幾天借住的下村揮之不去的魔獸威脅相比，兩者之間存在著決定性的差距。此地的小鬼族貴族——騎士們就居住在這個地方。

幻獸騎士們走在前面，巨大的城門打開了，一行人陸續進入城牆內側。

「看到城牆，讓我回想起弗雷梅維拉呢。」

「我也好久沒有看到城市了。不過這裡的氣氛和弗雷梅維拉真是不同啊。」

亞黛爾楚也興致盎然地四處張望。

城市裡有人類的生活和文明。不過，街道的模樣和他們的故鄉差異非常明顯。城裡還留著很多樹木——這裡所指的不光是種在道路兩旁的樹很多。道路多半被樹木所侵蝕，連建築物也與樹木融為一體。彷彿是在原本的林地間就地蓋起一座城市一樣。

街道的模樣讓艾爾莫名覺得有些似曾相識。他納悶地想了想，很快決定不去在意。森伐遠征軍自從消失在博庫斯大樹海之後已經過去了數百年歲月。足夠讓在這片土地上紮根的小鬼族發展出獨自的文化。

他們心裡產生各式各樣的感想，一邊走向城市中心。

愈朝著市中心走去，建築物就變得愈巨大。不時還能看到幻獸騎士站崗放哨。這一帶應該就是具有騎士身分的人們之中，地位最高的騎操士所住的地方吧。

這裡稀稀落落地散布著揚起煙霧的巨大建築物。在弗雷梅維拉王國也有很多地方的氛圍與這裡相似。艾爾馬上就想到了它們的原形。

「那是工房嗎？數量真不少呢。」

「就只有那種地方看得最清楚……」

艾爾不可能放過任何細節。他已經把城裡的工房位置都記到腦海中。從記得最清楚的只有工房這一點來看，實在很有他的風格，不管到哪裡都改不了本性。

最後，一行人抵達城市中心一棟格外巨大的建築物——也就是城堡。當權者的思考模式似乎無論在哪裡都是相同的。就在到達城堡的面前時，小王（奧伯朗）轉過身來。

「歡迎兩位客人來到我的城市，來到我的城堡！再次歡迎你們！」

◆

到了城堡後，艾爾和亞蒂還來不及稍微休息一下，就被小王（奧伯朗）邀請過去。

不明就裡的他們過去後，出現在眼前的是一場豪華宴會，以及露出滿意笑容的小王。他的個性似乎相當重承諾，如同說好的那樣準備了盛大的歡迎儀式。

這場宴會比艾爾他們想像得更為盛大。

寬敞的房間因為擺放盛了豐盛料理的桌子而顯得狹窄。不僅菜色多樣，每一道都是頗費心思準備的料理。房間一隅還有樂師演奏著音調柔和的曲子。

雖然小王曾做過保證，但這樣的熱情招待對於普通的旅行者來說未免太過頭了。幸好參加宴會的不只有他們兩人。當他們走進房間的時候，已經有很多人先一步到了。

「哦……那就是來自西方的客人。」

「我聽說是操縱幻獸騎士的騎操士，可那不是小孩子嗎？」

「很難說。我不認為王會如此鋪張地招待普通的孩子。」

「可是，就因為是那個王啊……」

所有人的視線都集中在艾爾和亞蒂身上。到場的都是這個地方的貴族階層的人。他們似乎也還沒有掌握詳細的情況，交相耳語著各自聽說的謠言。

在這樣不平靜的氣氛中，只有小王看起來十分滿意。

「全是在那種窮苦村子裡吃不到的東西。兩位盡情享用吧！來來，大家也不要客氣！」

得到許可後，亞蒂和艾爾便猛然向料理展開進攻。他們得以在森林裡頑強地生存下來，吃的自然都是野味。已經很久沒有機會品嚐這種精心製作的料理了。因此當然顧不得客氣，以飛快的速度大口消滅食物。

「哈哈哈，客人覺得這個地方的料理怎麼樣？」

「有一種和弗雷梅維拉不同的風味。這也相當不錯！」

「是的，真的非常美味。這肉真軟，不是魔獸嗎？」

貴族們的目光集中在霸占桌子大啖美食的兩人身上，怎麼也稱不上是能讓人放鬆用餐的狀態，可是他們卻完全不把其他人的視線和盤算放在心上。

他們好歹是銀鳳騎士團的核心人物，字典裡早就不存在『緊張』這個字眼了。相對的，『膽量』或『厚臉皮』一類的詞語肯定大大地寫在上頭。

「嗯，因為這裡也有家畜！不必像巨人那樣特地獵捕魔獸。話說回來……客人的吃相還真豪邁啊。嗯。」

相反的，貴族們的臉上則是浮現出驚訝的神情，甚至停下了用餐的手。

他們很難推測越過了森林來到此地的旅行者會是什麼模樣。儘管宴會氣氛有些尷尬，但表面上還是相當融洽。

「哎呀，感謝您如此盛情款待。真是太過意不去了。」

「客氣什麼！這可是闊別許久，難得和同胞重逢的機會。」

小王(奧伯朗)和填飽了肚子的艾爾他們閒談著。貴族們沒有輕率地上前攀談，而是由小王前來打頭陣。

「雖然我們留在森林裡，過著被巨人包圍的生活，但這裡也不是那麼壞喔。」

「我想也是。畢竟你們還像這樣建立起城市嘛。」

「我們的祖先……借助巨人的力量，在這塊土地上存活下來。即使如此，依附在巨人的腳下也有相當的意義。」

「所以才需要幻獸騎士吧。」

小王(奧伯朗)一舉起手，貴族們就挺起胸膛向他們點頭。身為守護這塊土地的存在，想必也讓他們感到莫大的驕傲。這時他們終於加入了對話。

「正如小王所言。因為有我們，小鬼族才能夠在巨人族身邊生存。」

「來自西方的客人，聽說你也是騎操士，真是人不可貌相。」

「哦……既然如此，真想見識你有多少能耐啊。」

貴族們的視線變得更加犀利。想要看清異鄉人有多大的力量。不管生活在怎樣的地方，武人的習性似乎都沒有太大的不同。

「是的，我在故鄉率領一支騎士團。」

貴族們一瞬間詫異地揚起眉毛，又很快地發出輕笑聲。以為艾爾的回答不過是開玩笑，卻沒注意到他的笑意正逐漸加深。

「哎，各位別急。突然提出那種要求，客人也會覺得為難。」

小王在此時介入了。他裝模作樣地摩娑著下巴思索，然後像是想到什麼好事一樣，拍了拍手說道：

「噢，對了，有個好方法展現你的力量。讓大家瞧瞧『你的幻晶騎士』如何？」

「雖然機會難得，可是這有點困難呢。我把它寄放在巨人那裡了。」

小王（奧伯朗）簡直像現在才意識到的一樣，露出苦澀的表情說：

「唉，客人，想不到你居然把重要的幻晶騎士交給那些巨人……感情好是沒關係。不過，那些巨人真的值得信任嗎？」

「當然，拿布和小魔導師是我騎士團的一員。他們不會做出違背約定的事。」

一陣壓抑的議論聲在貴族之間逐漸蔓延。艾爾和凱爾勒斯氏族的關係並沒有傳到他們耳中。接受巨人統治的小鬼族，以及對巨人站在某種平等（不如說支配）立場的艾爾他們，從各自的角度所看到的景色完全不一樣。

接著，這次換艾爾忽然想起什麼似的拍了手。

「那就這麼辦吧。請您借我這邊的幻獸騎士怎麼樣？我想這樣就足夠展示我的實力了。」

「艾爾開始了……」

「哈哈哈！嗯，來這招啊。」

艾爾和王兩人相視而笑，看似和睦，又有點為難。那樣開朗愉快的氛圍甚至讓附近的貴族們都感覺喘不過氣。

「為了客人，我是很想借給你……但是幻獸騎士屬於騎操士。不是說借就能借的東西呢！」

「噢，那真是遺憾。那麼，拜託這裡的各位貴族怎麼樣？」

隨著艾爾看過來的視線，貴族們一齊移開了目光。沒有任何人敢涉入艾爾和王之間莫名緊張的氣氛中。

「客人，請不要太為難他們。嗯……話說回來，想不到你會對我們的幻獸騎士有興趣呢。」

「是啊，我很好奇守護這塊土地的騎士構……我是說力量。」

「艾爾，真心話、真心話跑出來了。」

小王啪的一聲拍了拍手。

「就算我是王，也不好強人所難。你看這麼做如何？把你的幻晶騎士的詳細構造告訴我們，再由我們重新打造出來給你瞧瞧。如此便可以見識到彼此的技術，這主意很不錯吧？」

「哦哦。可是很遺憾，如果不回到本國，就不可能重現我的幻晶騎士。」

霎時間，緊繃的空氣震動了一下，而在下一秒，艾爾和小王又輕聲笑了起來。貴族們都提心吊膽地從旁觀望。

「本國啊……你也想回到自己的國家。那麼，就需要像『那艘船』一樣的東西對吧？不過，拜託那些村民大概行不通吧。」

「是啊，這對他們而言負擔太大了。」

「但如果交給我們的話，也不是不可能在將來造出船。你若願意助我們一臂之力，就更有希望了。」

小王（奧伯朗）收起了嘻笑的表情，用認真的目光看著艾爾。

「這麼一來，就可以考慮打倒巨人……盧貝氏族之後的事。失去了巨人的庇護，我們也沒有理由留在這裡。」

貴族們的氛圍也變了。他們與小王共生死，並且遵循王的意志。沉默的壓迫感排山倒海而來，身處於中心的艾爾只是歪著頭問：

「能乘坐那艘船的人，也包括那些下村的人嗎？」

「…………那是當然。只不過因為人數眾多，應該要有相應的準備時間吧。」

小王回答前的那段停頓，對艾爾來說就足夠了。他露出最燦爛的笑容答道：

「請讓我考慮一下。」

「嗯，好吧。我想你也不會做出浪費時間的決定。」

於是宴會到此結束。眾人各自散場離去。

◆

艾爾和亞蒂被分到城堡中的某個房間。順帶一提，由於亞蒂的堅持，所以兩人住在同一個房間。

房裡的格局設備和弗雷梅維拉王國的城堡大有不同，但大致上還算齊全。亞蒂四處走動，確認房裡的情況。

「喔，還有一張床！看起來夠我們一起睡呢！」

「看來他們真的很歡迎我們呢。雖然門口有人監視就是了。」

表面上，他們是受邀而來的客人，但終究還是來自他國的旅行者。因此兩人的行動也受到各方密切的注意。

「那種事情無所謂啦！艾爾，今天可以好好睡一覺了！」

「那也不錯。不過在睡覺之前……」

艾爾的視線轉向窗戶。窗上鑲著鐵欄杆，讓人無法輕易出入。

「亞蒂，要不要來一趟夜晚的約會？」

他露出開心的笑容，腰間的銃杖（溫徹斯特）咔嚓地響了一聲。

◆

小鬼族（哥布林）的城市籠罩在夜幕之下。

和樹木混雜在一起的建築外觀描繪出獨特的線條，在黑暗中浮現著奇妙的輪廓。亞蒂站在位於城中央的城堡外牆上，眺望著黑暗中的街道，深深地嘆一口飽含死心之意的氣。

「嗯，我早知道會變成這樣。」

「從來的途中看到的感覺推斷，那一帶應該有『工房』，快點過去看看吧。」

她旁邊的艾爾指著黑暗中的某一處，興奮雀躍地說著。即使身處初次造訪、還不熟悉的城市，他對於人形兵器的執著仍然存在。

掌握地形原本就是騎操士必備的技能之一。何況，艾爾好歹也是騎士團長，必須決定前進的方向才能發號施令。因此擁有過目不忘的能力——其實不至於如此，但他也絕對不會忘記工房的位置。

他立刻鎖定目標，輕快地縱身躍入夜空中。

「哎，沒辦法。他就是那樣。」

從森林吹來的風輕輕吹拂過亞蒂的頭髮。她留下一抹苦笑，然後拿起腰間的銃杖，追著前頭的艾爾奔向夜晚的街道。

在理應有人監視的房間裡的兩人，為什麼會像這樣於夜晚的街道上奔跑呢？原因非常簡單，想要用幾根鐵欄杆和監視，根本不可能阻止全副武裝的艾爾。

他們只是輕鬆地卸下窗框，然後離開房間，沿著牆壁爬到屋頂上。

再來就像往常一樣使用『大氣壓縮推進』的魔法在空中飛越，在夜晚的街道上觀光（約會）。

眼前擺明了就是一個機密要地，但是艾爾並不會因此打消一探究竟的念頭。

「這裡就是他們的工房啊。」

「看起來跟弗雷梅維拉的沒什麼太大差別呢。」

儘管相隔了數百年，弗雷梅維拉的人民和小鬼族原本仍屬於同一個文化圈。特別是工房的規模往往蓋得比較大，所以有注重實用性的傾向。無論在哪裡都會建起相似的設施，想來也是理所當然。

「既然這樣，應該會有通氣口……有了。」

「果然要悄悄潛入嗎？」

「那還用說。他們不肯告訴我幻獸騎士相關的詳細構造，就表示要我自己去看了吧。」

「我認為絕對不是那樣，可是也阻止不了你了。」

兩人一邊說著，一邊往下滑進通氣口。從本來不是讓人進出的高處成功入侵了。

「有人在嗎？沒有人。那我們馬上動手吧。」

寂靜冷清的工房裡充滿濃厚的黑暗氣息。沒有任何一點亮光。

艾爾在銃杖尖端發動小小的魔法。被固定於發射前狀態的『火焰彈』魔法發出朦朧的光芒照亮四周。

兩人快速地走過用來支撐起重機移動的橫樑。不久，在模糊的照明中，擺放在工房牆邊的巨大物體逐漸顯現出它們的輪廓。

「……幻獸騎士。」

眼前的景象似曾相識，卻又多少有些不同。

在遙遠的過去曾是幻晶騎士的幻獸騎士，經過反覆的整修改造後，變成了完全不同的面貌。也許是使用魔獸的材料進行修復，或者是出於某種意圖，它們才會偏離原本的樣子……

「讓我們仔細看看它的廬山真面目吧。」

艾爾喜孜孜地踩著輕快的步伐跑向幻獸騎士腳邊。亞蒂一邊追著艾爾，也仔細地打量著這些機體。

「還是覺得很奇怪。我比較喜歡幻晶騎士呢。」

「即使材料有很大的變化，但也能看出他們為了維護機體所下的努力。這樣不是很好嗎？」

「艾爾，你是不是常把『～不是很好嗎』掛在嘴邊？」

說著說著，艾爾跳上了機體，然後鑽進軀幹附近。傳來喀嚓一聲輕響之後，軀幹上的裝甲就發出壓縮空氣的噴射聲打開了。

「呵呵。幸好打開駕駛座的裝置沒有變。」

「雖然外表看起來那樣，終究還是幻晶騎士的同伴呢。」

艾爾一跳進開啟的駕駛座，就熟練地握住操縱桿，藉由指尖冰涼的觸感感受到魔力的流動，以及和路徑相連的感覺。艾爾的臉上綻開得意的笑容。

「我看要整個拆開也很困難。就先從魔導演算機開始研究吧。」

幻獸騎士的魔導演算機就像過去的幻晶騎士那樣，對入侵完全沒有防備。因為沒有預料到艾爾這種異常的人才，所以這也沒辦法。

他的意識朝向魔導演算機裡儲存的大量魔法術式，逐一進行解析。

「果然幾乎都是很眼熟的東西。機體動作、輸出控制……不過，深處有個沒見過的東西，這才是真正目標吧。」

那是存在於幻獸騎士上，而不存在於幻晶騎士的機能，艾爾的笑容性質明顯發生了變化。

「好久沒有進行解析了，希望本事沒有退步。」

嘴上這麼說，他也毫不猶豫地開始深入探索未知的魔法術式。分析的基礎是分類和比較。他動員了迄今為止所學會的所有魔法術式，調查其中是否有任何一丁點類似的東西。

雖然這是一項份量多得幾乎要讓人昏過去的大工程，但艾爾涅斯帝卻不以為苦。畢竟在魔法方面的運算能力正是他最大的異能。

流落異鄉、歷經漫長歲月的人型兵器究竟有了怎樣的進化？他就像收到生日禮物的孩子一樣，樂不可支地一頭栽進分析的作業中。

當艾爾窩在駕駛座裡專注分析的期間，亞蒂則對幻獸騎士的機體本身展開調查。

儘管外觀不合她的喜好，但她也並不是完全不感興趣，另一方面亦是因為光是等待實在太無聊的緣故。

正因為小鬼族受到巨人族支配，所以行動受到諸多限制。其中最為不易的是獲取資源。此地能採到的金屬不多，卻要優先讓給巨人們使用，小鬼族分到的量所剩無幾。

然而，他們還有豐富的魔獸材料可以利用。

博庫斯大樹海又被稱為魔獸樂園。不管是為了自衛還是狩獵，他們不缺與魔獸交戰的機會。補充魔獸材料（前提是殺得死）並非難事。實際上，艾爾也是想到利用魔獸材料，才會做出卡薩薩奇。

「感覺比機體的外表還要奇怪，一點也不可愛——」

只是簡單地調查一下手腳和軀幹部分，她臉上就露出詫異的表情。

雖然不像艾爾那麼專精，但亞蒂對幻晶騎士的構造也有一定程度的瞭解。騎操士本來就對自己的座機非常熟悉，而她甚至進一步參與了機體製造作業。

「奇怪？這個不是進氣口。」

所以她才會注意到，在軀幹部分的覆蓋管線看起來很不自然。

「連接到哪裡呢？進氣管不接到魔力轉換爐的話就沒用了。而且，在內側……這裡變成紋章術式了。」

所謂的進氣管，是吸收乙太送入魔力轉換爐的裝置。當然沒有必要在那種地方刻上紋章術式。魔導噴射推進器的技術還與眼前之物比較相似，但那個技術應該不會出現在這裡才對。

「……嗯——完全看不懂寫的是什麼！」

她試著解讀紋章術式，又很快放棄了。上面到處夾雜著沒見過的術式。這應該算是艾爾的專業領域。

「艾爾，這裡好像有奇怪的東西。」

「妳也找到了什麼嗎？」

「嗯，你那邊也有發現嗎？」

散發朦朧光芒的火焰彈照亮了在駕駛座上的艾爾。他似乎仍在繼續演算，眼神看似沒有聚焦，他接著開口：

「我在演算機裡找到很奇怪的魔法術式。照理說不需要這種機能。還有，這是……」

他的臉上浮現困惑的表情。亞蒂納悶地偏著頭。因為很少看到處事明快果決的艾爾表現出那種反應。

「在我所知的魔法術式中，最類似的是……『生命之詩』。那是『亞爾芙人』的奧秘，應該不是正常人處理得來的東西。為什麼會在這種地方使用呢？」

脫口而出的問題在夜晚的空氣中融化消失。艾爾有種感覺，這個問題看起來很奇怪，同時也事關重大。

「幻獸騎士。這東西大概不光是幻晶騎士的遠親那麼簡單。一下子激起我的好奇心了。」

就在這時候，一陣嘈雜的動靜傳入他們耳中。

他們憑感覺辨識出聲音的來源還很遠，不過也很快地從四面八方逐漸靠了過來。

「艾爾，有人要過來了吧？」

「嗯，露出馬腳了嗎？好戲明明現在才要開始……」

艾爾十分遺憾地嘆一口氣，但是他的行動卻很敏捷。

兩人把幻獸騎士恢復原狀，並迅速消除痕跡，再次飛向屋頂附近的樑柱。他們一口氣跑過横樑，在通氣口附近熄滅了火焰彈的光。

一陣急促的腳步聲走近黑暗中的工房。他們凝神細看，看見拿著的燈光的人走了進來。沒多久，這裡就會有很多人聚集過來吧。心想久留無益，艾爾他們於是回到夜晚的街道上。

◆

夜已深，原本陷入睡夢中小鬼族的城市卻不得不馬上清醒過來。

街上的燈光愈來愈多，四處都聽得到急促的腳步聲。城堡裡也是一樣的情況。不如說正因為是城市的中樞，騷動的程度比其他地方來得更大。

艾爾涅斯帝他們房間的門外傳來敲門聲。

「……請進。」

過了一會兒才聽到回應，門外的幾個人隨即走進房間。是小王（奧伯朗）帶了幾個隨從前來。艾爾涅斯帝——明明才剛回來——卻用若無其事的態度迎接客人。

「到底發生了什麼事？」

「這麼晚打擾真是抱歉！我這邊突然有點急事。」

「急事嗎？」

看樣子，他們似乎不是為了艾爾他們的夜間觀光而來。

從小王的樣子無法看出他是當真不知情，或是覺得無所謂。倒不如說，他的表情顯然不甚愉快。

「對。我也不瞞你了，就在剛才，盧貝氏族對我們下達了命令。」

聽到這番意外的宣告，艾爾和亞蒂彼此對看了一眼。他們從奧伯朗的表情中明白別樣的意義，於是瞭然地點了點頭。

「盧貝氏族那些傢伙真把我們當成小嘍囉。就會隨意使喚我們！」

他握緊拳頭，但是又馬上放開。

「這筆帳遲早會向他們討回來。不過，現在還不能讓人發現。我們必須服從他們的命令。」

說到這裡，小王（奧伯朗）馬上站了起來。情況似乎真的很緊急，他只是來做最低限度的說明。

「事情就是這樣，我們要去工作了。我是很想繼續跟你談下去，但是也無可奈何。如果你能老實等待一段時間就太好了，客人。」

「我明白了。雖然很遺憾，但也沒辦法。」

「多謝。我派幾個人給你，有什麼需要的話就跟他們說吧。」

小王倉促地說完，然後就和來時一樣急急忙忙地走了。目送他們離開之後，艾爾和亞蒂不禁鬆了口氣。

「有點危險呢，艾爾。」

「嗯。在這麼不平靜的情況下，我們也不能慢慢進行調查。話說回來……」

他盤起雙臂，不解地微歪著頭。

「巨人那邊出了什麼事嗎？」

從黑夜另一頭傳來充斥著城中的喧囂氣息。艾爾他們的眼睛無法看穿黑暗中巨人族與小鬼族，還有這塊土地，究竟發生了什麼事。

◆

夜空中，狂風呼嘯。

夜行性野獸在魔物森林中四處徘徊。牠們翹首望天，眼底倒映著微弱的月光。

一個巨大的黑影緩緩游過，撥開陷入睡眠與沉默的夜晚。遠方的森林裡迴盪著嚎叫聲，彷彿追逐黑影而來。

不同於星光的閃爍光點在黑夜中描繪出細細的軌道。有相當數量的某種小型物體圍繞著巨大的黑影飛翔。風聲變得愈來愈強。黑影揚起有如鰭一般的帆，迎風招展。

它們的真面目是『船』。

飛在天上的異形船──『飛空船』在沒有水的天空中乘風前行。

巨大的船體上掛著旗幟。旗面描繪著劍與盾，以及與草木的紋章，下面有隻展開雙翅的銀鳳。放眼整個西方，唯獨某個騎士團才能夠懸掛這個紋章。

──銀鳳騎士團。

為了帶回留在森林深處的兩人，他們再度踏入魔物森林的地盤。

在這籠罩於黑暗中的森林裡，那些蟲型魔獸恐怕也正潛伏於某處吧。少了身為銀鳳騎士團長的那個人及他的愛機，又能戰鬥到什麼程度？每個人心中或多或少都懷有不安，卻也有滿腔更為熾熱旺盛的鬥志。

旗艦飛翼母船『出雲』坐鎮於船隊中央，朝著即將破曉的夜空前進。出雲的四周圍繞著兩棲突擊艦、運輸型飛空船，以及許多正在巡邏的空戰特化型機。這是一支為了挑戰可怕的魔物森林集結而成，西方最大規模的艦隊。

想必不用多久，他們就能如願與團長重逢吧。

然而，那將會發生在左右西方命運的一場巨大戰亂之中——

接續《騎士&魔法8》

輕小說

LIGHT NOVELS

# 騎士＆魔法 7

（原著名：ナイツ＆マジック7）

**作者：天酒之瓢**

插畫：黒銀

譯者：郭蕙寧

日本主婦之友社正式授權繁體中文版

【發行人】范萬楠

【出　版】東立出版社有限公司

台北市承德路二段81號10樓　TEL：(02)2558-7277

【劃撥帳號】1085042-7

【戶　名】東立出版社有限公司

【劃撥專線】(02)2558-7277　總機0

【美術總監】林雲連

【文字編輯】謝欣純

【美術編輯】王宜茜

【印　刷】勁達印刷廠

【裝　訂】台興印刷裝訂股份有限公司

【版　次】2017年12月12日第一刷發行

 ISBN　978-957-965-206-3